HOW NOT TO DIE ALONE

U0661513

安德鲁不想孤独终老

[英]理查德·罗珀 著　　王颖 译

Richard Roper

上海文艺出版社

谨以此书献给我的父母

《公共卫生法案》（《疾病控制法案》）1984年，第46章

（1）如有人在其管辖区域内死亡或被发现死亡，在判断其尸体未受到或将来也不会受到合理处置的情况后，所属地的地方当局应负责其埋葬或火化之事宜。

1
第一章

　　看着眼前的棺材，安德鲁绞尽脑汁想要想起死者的名字。里面躺着的是个男人，这点他非常确信。但可怕的是，他对此人的名字完全没有印象。他努力地回忆着，觉得他不是叫约翰，就是叫詹姆斯，可就在刚刚，杰克这个名字又突然闪过脑海。在他看来，自己已经参加了成千上万场葬礼，肯定会在某些时刻出现记忆短路，这也无可厚非，但并不能成为原谅自己的理由。一股厌恶感浮上心头，他痛恨自己竟然连死者的名字都忘了。

　　如果能在牧师提及之前想起死者的名字该有多好！这次的葬礼并没有悼词单，或许他可以查看一下工作手机。但那算作弊吧？估计是的。如果教堂里坐满了前来吊唁的送葬者，偷瞄一眼手机或许不会被察觉，很容易蒙混过关。然而，现场除了他，只有牧师一个人，根本无法实施计划。通常情况下，殡葬承办方也会出席，但那人今天请病假了。

　　令安德鲁不安的是，自从仪式开始，旁边的牧师就时不时地看看自己。在此之前，安德鲁并未跟他打过交道。有些孩子气的牧师说话有些颤抖，而教堂内部的回声结构无情地放大了他的颤音。安德鲁搞不懂这是不是出于紧张，他努力地挤出一丝微笑，想要安慰眼前的牧师，可似乎收效甚微。要给他竖个大拇指鼓鼓劲吗？不合适吧。他放弃了这个想法。

他又看了看棺材。或许他叫杰克吧，尽管他死的时候都七十八岁了，自己也没碰到几个叫杰克的人能活到这么大岁数。至少，目前没几个。五十年后，当养老院里住满了一堆叫杰克、韦恩、"小叮当"、"气泡果汁"的老头儿老太太们——腰上刻着的类似"前方五十码正在施工"意思的部落文身也变得不可辨识——那可真的很奇怪了。

上帝啊，集中精神，他告诫自己。他在场就是要为踏上人生最后一段旅程的可怜人送行，见证他们的最终时刻，替亲友献上充满敬意的悼念。要有尊严地离开——这是他的座右铭。

不幸的是，对于这个不知是叫约翰、詹姆斯还是杰克的人来说，基本无尊严可言。验尸官的报告显示，他是蹲厕所的时候死的，当时正在读一本关于秃鹫的书。更为悲惨的是，安德鲁去现场才发现，那本介绍秃鹫的书根本就算不上什么好书。当然，自己不是这方面的专家，可随手翻了几页后，安德鲁就发现该书的作者脾气极为暴躁，他花了整整一页的篇幅来诋毁红隼。而死者偏偏将这一页折了个角，粗鲁地留下记号，或许他也同意作者的观点吧。脱下橡胶手套的同时，安德鲁在心中暗暗发誓，等下次看到红隼——或任何隼的同类，他都要诅咒它们，算作对死者的一种哀思。

除了另外几本鸟类书籍，整幢房子里找不到一丁点儿可以推测出死者性格的物件。既没有唱片，也没有影碟，墙上没有一幅画作，连窗台上都找不到一张照片。唯一能看出点儿死者癖好的就是厨房橱柜里堆的大量干果麦片盒了。因此，可以推断出，这位名叫约翰、詹姆斯或杰克的先生是个敏锐的鸟类学家，身体消化功能极佳，除此之外，安德鲁便一无所知了。

安德鲁一如既往地仔细检查着房子的里里外外。这是一栋古怪的都铎式平房，在梯形街道的房屋群中赫然挺立，显得尤为突兀。他把房内翻了个遍，直到他确信未曾遗漏一丁点儿能与死者亲属联系上的证据才罢休。他还去敲了邻居的门，但那些人要么漠不关心，要么没留意到有这么个人存在过，也就根本不曾发现人已故去的事实。

牧师依旧小心翼翼地演讲着，等他说到上帝时，安德鲁根据经验得出，仪式要接近尾声了。他必须想起死者的名字，这是原则性问题。他已竭尽全力在做一个称职的吊唁者——即便现场再无他人，他也表现得如同参加那种几百名伤心欲绝的亲属在场的葬礼仪式一样毕恭毕敬。他甚至在跨进教堂之前就取下了手表，他不想让逝者最后的一段旅程受到一丝丝干扰，哪怕是秒针的嘀嗒作响。

可以确定，牧师已经在说结束语了，安德鲁必须作出选择。

约翰吧，他决定，他肯定叫约翰。

"而且我们相信，约翰——"

答对了！

"——在生命的最后几年，生活得不尽如人意，孤苦伶仃地离开了这个世界，身边没有亲朋好友的相伴。但我们可以放心，仁爱善良的上帝正张开双臂欢迎他的到来，这会是他最后一次踏上孤单的旅行。"

一般葬礼结束，安德鲁便会迅速离开现场，不作逗留。仅有几次未能脱身，不是被迫跟殡葬承办方扯东论西，尴尬得说不出话来，便是撞上了看热闹的围观群众。后者的数量多得令人咋舌，他们在外面闲逛，尽说些毫无意义的废话。为了避免此类的麻烦，安德鲁早已熟能生巧，一溜烟地便逃开了。可今天，教堂布告栏上一则"疯狂仲夏宴"的通知让他分了心，那欢快的语气使人不安。等他回过神来，才感到有人在不停地拍自己的肩膀，活像个不耐烦的啄木鸟。回头一看，原来是牧师。近距离看上去，他似乎更加年轻，眼眸浅蓝，金色的头发整齐地中分，仿佛是他妈妈精心梳理的。

"嘿，你叫安德鲁，对吧？还有，你是议会的人吧？"

"是的。"安德鲁答道。

"所以说，没找到他的任何亲属？"

安德鲁摇了摇头。

"遗憾，这、这真的是太遗憾了。"

牧师看上去十分激动，仿佛心里憋了一个天大的秘密，迫不及待地想要与人分享。

"我能问个问题吗？"

"当然。"安德鲁一边说着，一边快速思考，想找到一个可以谢绝参加"疯狂仲夏宴"的借口。

"你觉得刚才怎么样？"牧师问。

"你是想问……刚刚的葬礼？"安德鲁边说边拽了拽大衣上一段松了的线头。

"对。那个，具体来说，是我在葬礼中的表现。因为，不瞒你说，这是我头一回主持葬礼，实话实说，因为没有亲朋出席，对于一个新手来讲，刚才的葬礼真的让我大大地松了一口气，就像是一次练手。无意冒犯，但我希望，等我准备好之后，可以去主持一场真正的葬礼——逝者的家人和朋友坐得满满当当的——而不是像这次，整个教堂，就只有一名议会的工作人员。"他补充道，一只手搭在了安德鲁的肩膀上。安德鲁努力阻止自己不去甩掉对方的手，他讨厌别人那样的举动。他幻想自己能拥有像乌贼那样的防御功力，这样就可以将墨汁直接喷到他们眼睛里了。

"所以说，那个，"牧师继续问道，"你觉得我的表现如何？"

你想让我怎么评论？安德鲁默默想道，好吧，你既没有推翻棺材，也没有不小心把死者叫成希特勒先生，要我说，能打个满分吧。

"你表现得非常优秀。"他说。

"啊，太棒了，谢谢你，哥们儿，"牧师再次热烈地盯着他说，"非常感谢。"

他向安德鲁伸出了手，安德鲁握了握，便松开了，但牧师丝毫没有松手的意思。

"好了，我得走了。"安德鲁说。

"噢，对，当然了。"牧师说着，终于松开了手。

安德鲁顺着小路往下走，长长地舒了一口气，还好，躲过了下一场质问。

"希望我们能很快再见哦！"牧师在他身后喊道。

2
第二章

　　近几年，葬礼被冠上了各式各样的前缀——"公共健康""合同""福利""第46章"——可任何的改头换面都无法取代最原始的本意。而"贫民葬礼"的表述却让安德鲁眼前一亮，心中一颤，他似乎看到了一种浪漫主义，甚至可谓是狄更斯式的情怀。这让他联想到了生活在一百五十年前的某个人，住在一个偏远的乡村——充斥着泥巴和咯咯叫的母鸡——罹患了惊人的梅毒病症，在二十七岁的"高龄"死去，随后被欢快地塞进深坑，来滋养大地。然而，实际上，他接触到的全都是冷冰冰的临床案例，压抑万分。如今，对于那些逃离了大众视线、只能通过腐烂尸体发出的恶臭或是久未支付的账单才被发现死亡的群体，他们的葬礼变成了英国各地议会的法律义务。更有甚者，如果逝者的银行账户里存有足够的钱，可自动抵付他们死后长达多月的水电费，那么尸体在保温的室内会更快地腐烂。截至目前，安德鲁已经接手了好几例此类案件。在第五次经历这样的惨剧后，他都要考虑在一年一度的《工作满意度调查表》的"其他建议与意见"部分中对此大大写上一笔了。然而，最终他还是打消了念头，换上了在公共厨房内多提供一个水壶的请求。

他熟悉的另一个说法是"九点钟小跑"。卡梅伦——他的老板，一边野蛮地戳着一份可微波加热的炒饭上的薄膜，一边向他解释这个表述的来龙去脉。"如果你孤零零地死去"——戳，戳，戳——"那么你也会被孤零零地埋葬"——戳，戳，戳——"所以，教堂可以在上午九点举行葬礼，即便遇到火车班次取消"——戳，戳，戳——"高速公路堵车"——戳——"也可以完全放心，不会出任何问题"，最后一戳，"因为根本就没人要来参加"。

去年，安德鲁整整安排了二十五场这样的葬礼（创造了自己的年度最高纪录）。虽然严格来讲，他并没有义务参加，却一场也没落下。因为，在他看来，如果并非法律要求，还能有人出席葬礼，那么这真的算得上是一个颇具意义的小举动了。但当他一遍遍地看到连漆都未刷的简陋棺材被沉入指定的墓穴，想到未来这里还要被重复挖开三四次，挤进更多的棺材，就如同死亡主题的俄罗斯方块游戏时，自己的出席就变得毫无意义了。

坐在通往办公室的公交车上，安德鲁低头看了看身上破旧的领带和皮鞋。不知道怎么搞的，领带上那处顽固的污渍，怎么都清洗不掉。皮鞋虽然擦得锃亮，但已经陈旧不堪了。教堂墓地的碎石在鞋上留下了无数的划痕，每次牧师支支吾吾地出现口误时，他习惯翘起大脚趾，连皮鞋都变得紧绷绷的了。他发誓，一发工资，就去买新领带和皮鞋。

葬礼结束后，他花了点时间整理思绪，想要忘掉约翰（打开手机后发现，他姓斯特罗克）的事。一如既往，他极力地抵制诱惑，想要清空大脑，而不是一直纠结于约翰悲惨下场的缘由。难道他真的连一个在圣诞节可以互寄祝福卡片的侄女或是孙辈也没有吗？甚至连一个仅仅在他生日打电话问候的老同学也不存在？可无尽的追问只会让一切越来越糟糕，他必须尽力保持客观的立场，这是为了自己好，只有这样，他才能振作精神来应付下一个处境同样凄惨的可怜人。公交车在红灯前停了下来。等它变绿时，安德鲁强迫自己同约翰作了最终的告别。

一到办公室，卡梅伦便热情地朝自己挥手致意，他只是沉默地点头回应。随后，他一屁股坐在了那把饱经风霜的椅子上，发出了一声听上去熟悉却哀伤的咕哝。椅面由于多年的使用已十分贴合他身体的弧度。他原本以为，刚满四十二岁的自己，还有好几年，才会在做轻体力活时发出些许怪异的声音，但如今看来，世界似乎在温柔地提醒，他已经正式迈入中年了。他想象着，在不久后的将来，每天一睁眼，便会感叹着过去上学时考试是多么简单，还能随心所欲地购买奶油色的斜纹棉布裤。

在等电脑开机的间隙，他用眼角的余光瞟见同事基思——在消灭了一大块巧克力蛋糕后——有条不紊地吸吮着粗短指头上的糖霜。

"一切顺利，是吗？"基思头也不回地说，目光仍然停留在电脑屏幕上，安德鲁知道，他不是在看一群无畏衰老的女明星们，就是在看滑板上一些毛茸茸的小玩意儿。

"还不错。"安德鲁说。

"有看热闹的没？"身后传来一个声音。

安德鲁吓得打了个激灵，他并没留意身后坐着的梅瑞狄斯。

"没有，"他说着，懒得转身，"只有我跟牧师在，这显然是他主持的第一场葬礼。"

"天啊，他竟然以这样的方式献出了自己的处女秀！"梅瑞狄斯说。

"说句良心话，这可比满屋子全是哭得稀里哗啦的人要好，"基思说着，最后吸了吸小手指，"真那样，你会吓尿的，不是吗？"

就在这时，办公室的电话响了，三个人定定地坐着，谁也不想去接。正当安德鲁准备起身时，基思先一步败下阵来，拿起了话筒。

"您好，殡仪办公室。嗯，当然，对，没错。"

安德鲁伸手拿出耳机，调出埃拉·菲茨杰拉德[1]的歌单。基思发现安德鲁直到最近才开始用"声田"[2]音乐平台，开心得不得了，追在后面开玩笑地喊了他一个月的"爷爷"。他准备听点经典的，又能舒缓神经的歌曲，于是就调到了《夏日时光》，可还没听完三小节，他猛一抬头便看到基思站在眼前，肥肚子上的赘肉撑开了衬衫的扣子。

---

1 埃拉·菲茨杰拉德（Ella Fitzgerald, 1917—1996），又被称为"埃拉夫人"，美国歌手，被公认为二十世纪最重要的爵士乐歌手之一，与比莉·荷莉戴、莎拉·沃恩齐名。——译者注（本书中注释如无特别说明，均为译者注）
2 正版流媒体音乐服务平台。

"你们好——呀——有没有人啊？"

安德鲁摘下了耳机。

"是验尸官打来的电话，我们又来了一桩新案子，当然，尸体肯定不'新'了，他们估计人在几周前就死了。没有明显的证据表明他有近亲，邻居也从来没跟他讲过话。尸体已经被搬走了，所以他们想清查一下住所，越快越好。"

"好的。"

基思挠了挠手肘上的一块结痂，说："你明天有空吗？"

安德鲁确认了下工作安排。

"我一早就去。"

"哎呀，你真热心。"基思说着，大摇大摆地回到了自己的桌前。而你就是一片被丢在太阳下暴晒的火腿，安德鲁想。他刚想把耳机塞回去，卡梅伦就从办公室出来了，拍着手引起大家的注意。

"伙计们，开团队会议啦，"他宣布道，"嗯，没错，不要担心——现任卡梅伦太太照例准备好了蛋糕。我们移步隔间去谈吧？"

他们三个拿出了如同小鸡们被要求穿着意大利熏火腿比基尼冲进狐狸窝的热情回应了老板发出的指令。小隔间里放了一张齐膝高的桌子，旁边摆着两张沙发，散发出一股莫名其妙的硫黄味。卡梅伦曾心血来潮地想添置个懒人沙发，但被众人无视了，一如他其他的主意——周二交换办公桌、搞一个"跟脏话罐[1]原理一样，不过是

---

1 当说脏话被抓到时，就要把特定数额的钱放进脏话罐里，以此来阻止人们说脏话。

针对负面情绪"的埋怨罐，以及团队公园跑。"我很忙。"基思打了个哈欠。

"我都没说是哪一天举行呢。"卡梅伦说，脸上的笑容勉强得如同风中摇曳的火苗。然而，在完全丧失热情的下属们面前，卡梅伦并未退却，他新近提出的方案是搞一个建议箱，不过，很不幸，又被大家无视了。

他们围坐在沙发上，卡梅伦分发着蛋糕和茶水，试图扯着家常亲近员工。基思和梅瑞狄斯挤进了较小的沙发。基思耳语着什么，把梅瑞狄斯逗得哈哈大笑。如同父母可以从新生儿的哭声中辨别出不同的需求一样，安德鲁也开始理解梅瑞狄斯不同的笑声所代表的含意。刚刚的笑声十分尖厉，她肯定是在狠狠地嘲笑某个人。从他们不断偷偷望向这边的动作来看，很明显，他们口中的那个倒霉蛋十有八九就是自己。

"好啦好啦，女士们先生们，"卡梅伦说，"今天最重要的通知是：别忘了，我们明天就要迎来一位新同事了——佩姬·格林。我明白，自从丹和贝萨妮走后，我们人员短缺，忙得不可开交，所以能多个人帮忙，真的很棒。"

"只要她不像贝萨妮一样'神经质'就好。"梅瑞狄斯说。

"也最好不是丹那样的傻瓜。"基思嘟囔道。

"不管怎样，"卡梅伦说，"今天，我真正想要跟你们说的就是我一周……呜！呜！"——他还真的在模仿鸣笛——"一次的有趣点子！伙计们，要知道，这是大家可以全员参与的绝佳机会。不管你的点子多么疯狂，只要有趣，没什么不可能的。"

安德鲁打了个冷战。

"是这样的,"卡梅伦继续说道,"我这周的有趣点子是——大家鼓掌欢迎啊——每月由一个家庭提供我们共进晚餐的场地,就跟《与我共进大餐》[1]的氛围差不多,只不过我们不作任何评判。大家吃点东西,再喝点红酒,办公室之外的接触可以让我们真正地联系在一起,更好地了解彼此,认识家人,等等。那从我家开始吧,我热情欢迎大家光临。你们觉得呢?"

安德鲁根本没听到"认识家人"后面的话。

"我们是不是有别的选择?"他说着,尽量保持镇定。

"噢,"卡梅伦像个泄了气的皮球,说,"我原本还觉得这主意不错呢。"

"噢,不是,这确实是个好点子!"安德鲁想要补偿刚刚的言语过失,但有点过头了,"只是有点……我们不能去餐厅吗?"

"太太太贵了。"基思说,嘴里的蛋糕屑喷得到处都是。

"嗯,别的活动也行吧?我不知道——'激光之谜'之类的,现在还流行这游戏吗?"

"我反对'激光之谜',毕竟我早就不是十二岁的小屁孩儿了,"梅瑞狄斯说,"我很喜欢共进晚餐的点子,实际上,我在厨房里可是个略有奈杰尔风范的神秘烹饪高手哦。"她转身朝基思说,"我打赌,你会爱死我烧的羊腿。"安德鲁的胆汁正在胃里翻江倒海。

1　英国真人秀节目。

"继续说，安德鲁。"卡梅伦说，梅瑞狄斯方才对点子的肯定让他重拾了信心。他轻轻给了安德鲁的胳膊一拳以示友好，可不曾想，后者一抖，茶水泼了一腿。"会很好玩的！别有压力，又不用准备什么五星级大饭店的菜，而且我很想认识下黛安娜和孩子们。所以，你觉得怎么样？你会赞成吧，伙计？"

安德鲁的大脑在飞速运转，他肯定可以想出别的方案来代替。人体素描？猜游戏？任何事情。其他三个人盯着自己，他必须说点什么。

"天哪，安德鲁，你看上去跟见了鬼似的，"梅瑞狄斯说，"你的厨艺不会那么糟糕吧。而且，我相信黛安娜那么有才华，她肯定也是个出色的厨师，她绝不会袖手旁观的。"

"嗯……"安德鲁支支吾吾地说，指尖不停地上下敲着。

"她是律师，对吧？"基思问。安德鲁点了点头。也许几天后会爆发什么毁灭世界的灾难，可爱的老朋友——核战争就会让大家将这个愚蠢的提议抛诸脑后。

"你那幢美丽的老洋房是在达利奇上，是吗？"梅瑞狄斯说着抛了个媚眼过来，"有五个卧室的别墅，对吗？"

"四个。"安德鲁说。他讨厌梅瑞狄斯和基思这样的语气，真是专职的嘲笑二人组。

"还是很赞哦，"梅瑞狄斯说，"可爱的四间卧室的大房子、大家眼里的聪明孩子们，还有你那个才华横溢、养家糊口的妻子。你可真是个深藏不露的老家伙。"

那天，安德鲁一直心烦意乱得无法好好工作。晚些时候，当他正要下班时，卡梅伦走了过来，俯身趴在他桌子前——这个动作应该是他从某门课程中学到的。

"听着，"他平静地说，"我知道，你并不是很喜欢共进晚餐的主意，但答应我，你会考虑考虑，可以吗，哥们儿？"

安德鲁无意识地理了理桌上的文件。"噢，我的意思是……我不想扫兴，只是……好吧，我会考虑一下的。但如果我们做不成这个，我肯定我们还会想到别的，你懂的，有趣的点子。"

"就是这股精神，"卡梅伦说，直起身子向大家宣布，"我希望大家都能喜欢这个主意。来吧，作为一个团队——让我们快点融入彼此的生活中去吧。好吗？"

最近，安德鲁斥巨资入手了一副降噪耳机，方便上下班路上用。这样一来，当坐在对面的人面庞扭曲地打喷嚏时、当车厢门口蹒跚学步的小孩儿在遭到必须穿两只而不是一只鞋的不公平待遇扯着嗓子大哭大叫时，耳边传来的却是埃拉·菲茨杰拉德舒缓人心的曲调，与眼前上演的默片形成了强烈的反差。可好景不长，办公室的对话如梦魇般重新浮现在脑海，同埃拉争夺着他的关注。

"黛安娜，你那养家糊口的妻子……聪明的孩子们……美丽的老洋房。"基思的假笑、梅瑞狄斯的媚眼，还有上述对话阴魂不散地一再重复，从去车站的路上一直到他准备买晚饭的时刻还回荡在脑海。此刻，他站在街角的商店，面前是一袋袋以名人命名的新式薯片，他努力抑制住自己想要放声大叫的欲望。他不断地拿起又放下四种即食食品，无法作出选择，十分钟后，他空手走出了商店，闷头走进雨中，径直朝家奔去，肚子饿得咕咕叫。

他站在门口，浑身发抖。终于，寒意侵袭了全身，他再也无法忍受，掏出了钥匙。一般每周都会有这样一天，他定定地愣在门外，钥匙插在锁眼里，屏住呼吸。

或许这次可以。

或许就是这次，推开门，他就能进入可爱的老洋房：黛安娜正准备晚餐，空气中弥漫着大蒜和红酒的香味。他还没进门就听到斯蒂芬和戴维争吵或询问家庭作业，但当门推开的一刹那，孩子们立即欢呼雀跃起来，因为爸爸回家啦，爸爸回家啦！

一走进门厅，刺鼻的潮气迎面扑来，比往常来得更加猛烈。两旁的墙上是熟悉的划痕和污点，劣质的条形照明灯发出昏黄的光。他吃力地爬着楼梯，湿透了的鞋子每上一级都吱嘎作响。他摸到钥匙环上的第二把钥匙，插进右手边的锁眼——上面挂着的"二号"门牌已经摇摇欲坠，随后他走了进去，来到了过去二十年从未离开的地方——一个荒无人烟的沉寂之地。

3

第三章

五年前

安德鲁迟到了。如果在今早面试前提交的简历中，他没有用
"极端守时"来形容自己的话，那么这一切还算不上是场灾难。不
仅仅是守时，用的还是极端守时。这说法也能成立？守时也有极端
吗？怎么会有人能衡量出极端的程度呢？

这愚蠢的错误也是他自找的。过马路的时候，一阵奇怪的叫声
吸引了他的注意，他抬头一看，就瞧见一只鹅飞过头顶。它白色的
肚皮被清晨的阳光照成了橙色，古怪的叫声和飞行姿势令它看上去
活像一架挣扎着逃回基地的受损战斗机。正当大鸟稳住身子继续飞
行时，安德鲁却在冰上滑倒了。有那么短暂的一刻，他的两只胳膊
像风车一样拼命挥舞，双脚无处施力，如同正要摔下悬崖的卡通人
物一样，最终还是重重地砸向了地面。

"你没事吧？"

对于刚刚扶自己站起来的女子，安德鲁没有半个字的回应，只是大口大口地喘着粗气。他觉得自己的腰部像是被人用大锤猛烈地敲了一下似的，但这并不是他无法对女子致谢的原因。她看自己的方式有点不对劲——脸上若隐若现的微笑、头发被别到耳后的方式——这一切都熟悉得令人诧异，他的呼吸顿时停滞了。女人的目光逡巡过他的脸庞，仿佛也被一阵强烈的熟悉和痛苦所击中。而直到她说完"那好吧，再会了"走开后，安德鲁才意识到这女人实际上是在等自己表达谢意而已。他犹豫着，不知是否要追上去做些补救。但就在那时，脑海中响起了一首熟悉的曲调："蓝色的月亮啊，你看到我孤独地站着。"[1]他紧闭双眼，按压着太阳穴，用尽全力才清空不断回响的旋律。等他再睁开眼时，那个女人已经不见踪影了。

他掸了掸身上的灰，突然意识到，目睹了一切的旁观者正在幸灾乐祸地盯着自己。他不敢正眼瞧任何人，耷拉着脑袋，双手插在口袋里，继续赶路。渐渐地，他不再觉得尴尬，心中却泛起了其他的感受。每当遭遇此类灾难，他都会感觉到内心剧烈的颤动。这种感受由内及外，越来越沉重，越来越寒冷，就像在流沙中艰难跋涉一般。他没有能够分享这些经历的朋友，也没人帮他一笑置之，渡过难关。只有永远警醒的孤独应和着他每一次的跌倒。

他滑倒后虽然有些站不稳，但除了手上的一点儿擦伤之外，并无大碍。年近四十的他已经十分了解，有一条细微但分明的年龄

1　出自理查德·罗杰斯和罗伦兹·哈特于1934年创作的经典歌曲《蓝月亮》，埃拉·菲茨杰拉德曾翻唱过这首歌。

界线令这样一次常见的脚滑演变为"摔了一小跤"。（但如果在等待救护车时，有同情他的陌生人将大衣披在自己身上，并且帮忙扶着自己的头，紧紧握着自己的手，他还是会暗自欢喜的。）虽然没受什么伤，但他原本干干净净的白衬衫却没这么走运，上面溅满了脏兮兮的泥水。有一瞬间，他考虑过以弄脏的衬衫和擦伤为基础编个故事，给面试官留下深刻的印象。"什么？您是指这个？噢，我来的路上，碰巧在一辆疾驰的公交车/飞驰的子弹/凶恶的老虎前救下了一个儿童/高官/小狗。不管怎样，我有提到过自己做事主动积极，既能独立完成工作，也可以很好地配合团队吗？"然而，他最终还是作出了更明智的选择，冲到最近的德贝纳姆百货公司买了一件新衬衫。等他赶到混凝土筑成的大教堂——议会办公室所在地——跟接待员作自我介绍时，已经是大汗淋漓，上气不接下气了。

他按照指示坐了下来，深深地吸了几口气，平缓着情绪。他需要这份工作，迫切需要。自打二十岁出头，他就在附近的行政区内做各式各样的行政工作。后来，他好不容易找到一个稳定的岗位，并在那儿工作了八个年头，突然有一天就接到了被裁的通知。安德鲁的老板吉尔是个和蔼可亲、脸颊红润的兰开斯特郡人。她一直奉行着"先拥抱，后提问"的生活方式，裁掉安德鲁让她感到十分过意不去。于是，她真的打遍了伦敦每一个议会办公室的电话，询问是否有空缺的职位。今天的面试便是吉尔打电话得到的唯一回应，她在邮件中对这份工作的描述含糊得令人沮丧。安德鲁只知道这份工作和他以前的工作内容差不多，都是大量的行政事务，只是还涉及一些和住所清查相关的事情。更重要的是，这份工作的薪资跟上一份工作差不多，而且下个月就能入职。如果放在十年前，他或许会考虑一个崭新的开始——旅行或是大胆地重新规划职业生涯。但最近，仅仅是离开家就会让他产生一种说不清道不明的焦虑，所以去马丘比丘徒步或是重新接受训练成为一名驯兽师的未来已经无望了。

他咬掉了手指头上的倒刺，抖着腿，努力让自己放松下来。当卡梅伦·耶茨终于露面时，安德鲁确信，自己曾经见过这个人。正当他要开口问两人是否见过时——或许还可以讨好一下未来的老板——他突然意识到，自己觉得见过卡梅伦，是因为他酷似电影《超级无敌掌门狗》中年轻的华莱士一角儿。同样的球根状双眼紧凑地挨在一起，钟乳石般的大门牙参差不齐地突出来，唯一的不同可能就是他茂密的黑发和伦敦近郊的口音了。

他们在棺材大小的电梯间里尴尬地闲聊了几句，安德鲁目不转睛地盯着对方如钟乳石般的门牙。别再看那该死的牙齿了，他对自己说道，可眼睛还是不受控制地直勾勾地盯着那该死的牙齿。

直到有人为他俩端来两只装着温水的蓝色塑料杯后，面试才真正开始。卡梅伦一开始就喋喋不休地描述着职位需求，连停下喘口气的时间也没有。他指出，如果安德鲁顺利拿到工作，那么他就会处理《公共健康法案》中涵盖的所有死亡案件。"所以说呢，你就要跟殡葬承办方打交道，安排葬礼仪式，在当地报纸上刊登讣告，办理死亡登记，追踪死者家属，通过拍卖死者的遗产来支付葬礼的开销。你能够想象，一大堆令人头疼的文书工作，全是老套的废话！"

安德鲁全程不停地点头，努力想要记住所有的事情，内心却在诅咒吉尔竟然完全没提到"死亡"这个关键话题，让他在毫无防备的情况下，站在了舞台的聚光灯下。令人不安的是，卡梅伦似乎跟他一样紧张，简单友好的问题变成了混乱的漫谈，他的声音也变得尖锐起来——好像是自己一个人在上演好警察/坏警察的戏码。等安德鲁有机会说话时，却发现，面对卡梅伦的无厘头问题，自己除了支支吾吾，什么都说不出来。好不容易组织出一句话，想展露的热情在卡梅伦听来像是一种绝望，想表现的幽默只是让卡梅伦徒增困惑。卡梅伦不时地朝安德鲁的身后望去，不断为走廊经过的人而分神。终于，安德鲁沮丧到了极点，他甚至想直接放弃，当场走人了。即便在他对事态的发展感到绝望时，视线还是忍不住停留在卡梅伦的牙齿上。首先，他的内心开始纠结那到底是像钟乳石还是石笋。还有，是不是脱下紧身衣，记性就能变好点？突然，他回过神来，意识到卡梅伦刚刚似乎问了自己一个问题，可自己完全没有头绪，而他正在等着自己的回答。他朝前坐了坐，有些惊慌失措。

"嗯……"他说着，希望这样的语调可以传达自己对刚才那样一个有深度的问题的欣赏，因此需要好好考虑方能作答。可显然，他错了，卡梅伦的眉头紧紧地皱在一起。安德鲁断定这肯定是个简单问题。

"是的。"他脱口而出，最简短的回答才是上上策。而当卡梅伦露出华莱士式的咧嘴笑容时，他如释重负。

"太棒了，有几个呢？"他说。

尽管卡梅伦的语气十分轻松愉快，但这问题更加棘手，安德鲁这次准备采用一个泛泛的、半开玩笑的回复来蒙混过关。

"这个，我有时候还真记不清楚了。"他说着，挤出一丝苦笑。卡梅伦对此发出了刻意的哈哈大笑，仿佛不确定这是否是安德鲁的玩笑话。安德鲁决定反击，以期获取更多的情报。

"您不介意我问您同样的问题吧？"他问道。

"当然不介意，我就一个。"卡梅伦热情地说着，同时将手伸进口袋里开始翻找。安德鲁脑海中突然闪现出一种猜测，这个面试自己的男人会马上掏出阳具——只有一个睾丸的家什儿，而他也问遍了能碰见的每个人，急切地希望找到同样只拥有一个蛋的男人。然而，卡梅伦掏出来的是钱包。直到安德鲁看到他翻出来的一张照片——一个裹着冬装站在滑雪板上的小孩儿时，才想明白刚刚的问题是什么。他站在卡梅伦的立场上，重新上演了刚刚的对话。

"你有孩子吗？"

"嗯……有的。"

"太棒了，有几个呢？"

"这个，我有时候还真记不清楚了。"

天哪，自己刚刚是什么混账回答！在未来的老板眼里，他已经成了一个到处留情的浪荡子，一辈子在镇里鬼混，搞大了一群女人的肚子，毁了无数家庭的花花公子？

他仍然盯着卡梅伦孩子的照片。说点什么呀！

"好可爱，"他说，"可爱的……男孩。"

哦，很好，你现在听上去就像是个偷孩子的贼。这样下去很好。你周一就来上班吧，恋童癖先生！

他握着那个早就空空如也的塑料杯，感觉杯子快要被自己捏碎了。这真他妈的是场灾难。他怎么一开始就把事情搞砸了呢？从卡梅伦的表情就可以得知，事情已经到了无法挽回的地步。如果安德鲁坦白，刚刚是不小心在孩子的事上撒了谎，对方会如何回应呢？他不确定，而且似乎也无法马上扭转局面了。他决定，目前最好的策略还是按部就班地完成余下的面试，尽量挽回颜面——就像在驾驶考试中撞倒了手持车辆暂停牌的女交通警察后，也要镇定地完成"先看镜，再打灯，后行动"的一连串动作。

松开塑料杯时，他留意到手上的擦伤，想起了早上帮他的那个女孩——棕色的卷发，神秘的微笑。他感到耳朵里在充血，嗡嗡作响。如果假装一下，哪怕就一会儿，会怎么样呢？发挥想象，来一段自编自导的演出，有什么坏处呢？实际上，哪怕在接下来这极短暂的片刻，幻想一切都顺利进行，又会有什么坏处呢？

他清了清嗓子。

他要这么干吗？

"他几岁了呀？"他问道，将照片交还给卡梅伦。

"刚满十岁，"卡梅伦说，"你的呢？"

他真的要这么干吗？

"那个……斯蒂芬八岁，戴维六岁。"他说。

显然，他已经这么干了。

"啊，太棒了。我是直到我儿子克里斯六岁时，才真正开始意识到他未来会成为什么样的人，"卡梅伦说，"虽然克拉拉——我的妻子——早在孩子出娘胎前就预知了一切。"

安德鲁笑了笑。"我妻子黛安娜也是这么说的。"他说。

于是，就这样，他拥有了一个家庭。

他们又继续聊了会儿各自的妻子和孩子，但很快卡梅伦就言归正传，回到了工作面试的主题上，安德鲁顿时觉得这梦幻的一切如流水般从指缝间溜走了。不一会儿，时间就到了。令人不安的是，卡梅伦的台词不是通常那样，询问安德鲁是否对自己有何疑问，而是问他"还有什么最后要说的话"，仿佛他下一秒就会被拖去绞刑架似的。他绞尽脑汁，讲了几句废话，说什么工作看上去真的趣味十足，如果能够跟卡梅伦活力四射的团队共事的话，那可真是自己的荣幸。

"那让我们保持联系。"卡梅伦说，真诚得如同接受电台采访的政客，宣称自己喜欢独立乐团一样。安德鲁挤出一丝微笑，时刻提醒自己要与人保持眼神交流，他握了握卡梅伦湿冷的手，仿佛在抚弄一条鳟鱼。"非常感谢您提供的这次机会。"安德鲁说。

他找了家咖啡店坐下，用店里的免费网络继续搜索求职信息，却完全不能集中注意力，只是胡乱地浏览着网页。当他对卡梅伦"提供的这次机会"表示感谢时，其实，他指的根本不是工作面试，而是，他今天得到了一个能够放纵自己幻想的良机，完全沉浸在拥有一个家庭的想象中，哪怕只有短短几分钟。原来过正常人的生活竟如此不可思议，既刺激又恐惧。

他努力清空杂念，强迫自己专注当下。如果他得不到这份议会的工作，就必须得扩大职位的搜索范围，这几乎是不可能完成的艰巨任务。他似乎没找到一份可以胜任的工作。一半的职位描述本身就够眼花缭乱的了。他绝望地盯着一口也没吃的大份玛芬蛋糕，不停地戳来戳去，直到它看起来像一个鼹鼠丘。也许他能从食物里面变出其他动物的地洞，入围特纳奖[1]呢。

整个下午，他就坐在咖啡店里，看着实力雄厚的商务人士开着重要的商务会议，观察着游客兴奋地翻阅着旅行指南。直到店里的客人全部走光后，他还坐了很久，整个人靠在暖气片上，尽量不让打扫卫生收拾椅子的意大利侍应生看见自己。终于，侍应生走了过来，瞧见了那个变成鼹鼠丘的玛芬蛋糕，碎屑撒了一桌子，他满脸歉意地笑着请求安德鲁离开。

安德鲁刚一出门，手机就响了，是个未知号码。

"安德鲁吗？"电话那端的人问，"听得到吗？"

"听得到。"外面狂风大作，还有一辆拉着警报的救护车呼啸而过，勉强能够听到的安德鲁答道。

"安德鲁，我是卡梅伦·耶茨。我打电话只是想告诉你，今天很高兴与你见面。你似乎真的领会到了我正在努力打造的'我能行'文化氛围的内涵。所以，长话短说，我很开心地通知你，欢迎你的加入！"

---

1 成立于1984年的特纳奖是英国本土奖项，被称为英国当代艺术的风向标，颇具艺术界的"奥斯卡"之势。奖项自创立之初就争议不断，经过三十余年的发展，逐渐成为欧洲视觉艺术的重要奖项。

"您说什么？"安德鲁用一个手指头塞住另一个耳朵，问道。

"你得到这份工作啦！"卡梅伦说，"当然，伙计，要办一些常规手续，但应该没什么问题。"

安德鲁愣在了原地，被风吹得摇摇晃晃的。

"安德鲁？你听到了吗？"

"天哪，是的，我听到了。哇哦，太棒了。我……我很开心。"

他真的开心，非常开心，开心到隔着窗户朝店里的侍应生展露出灿烂的笑容。侍应生很困惑，但也报以礼貌性的微笑。

"安德鲁，听着，我现在要赶去参加一个研讨会，所以我会请别人发邮件，通知你所有的注意事项。我知道，我们肯定要找时间聊聊零零碎碎的事，但别担心，现在不急。你快回家跟黛安娜和孩子们分享这个好消息吧。"

4

第四章

安德鲁很难相信，距离自己站在那个狂风肆虐的街道，费力地想搞清楚卡梅伦的意思，时间才过去五年。他感觉那都是上辈子的事了。

家里只有一把还算锋利的刀，塑料把手因烧焦而变形了，他用它切了一片全麦面包，又无精打采地翻动着铁架上旅行平底锅内噼啪作响的烤豆子，随后将豆子铺在了面包上。他目不转睛地盯着灶台后方那块有裂痕的方形瓷砖，假装它是台摄影机。"就这样，我会把豆子和面包放在一起，再加点番茄酱——我用的是船长牌番茄酱，任何牌子都可以——美味的三件套就出炉了！剩菜不能冷冻，当然，你只需九秒钟就能将其完全吞下，你会忙着厌恶自己，而没空担心剩菜的存在。"

楼下传来了哼唱声。安德鲁知道，这个女邻居是新搬来的，前面的租户在几个月前搬走了。之前那对年轻的夫妇，二十岁出头，魅力四射——完美的颧骨，健美的臂膀。他们赏心悦目的外貌意味着他们这一生都不用为任何事道歉。每次在走廊相遇，安德鲁都会强迫自己正视对方的眼睛，鼓足勇气，装作轻松地打个招呼，然而，他们从来都懒得回应。直到听到那独特的哼唱声时，他才意识到有新人搬进来了。他从来没见过新邻居，但奇怪的是，他闻到了她的气味。至少，他闻到了她身上浓烈的香水味，在走廊里久久不散。他曾幻想过她的长相，但他想象中的那张脸只不过是一张皮肤光滑、毫无特色的鹅蛋脸而已。

就在那时，工作台上的手机亮了起来。看到姐姐的名字，他心里一沉。他看了下屏幕角落显示的日期：3月31号。他早该有准备了。他仿佛看到，萨莉翻动着日历，看到31号上画的一个圆圈，低声咒骂着，知道又到了每季度的例行问候时间了。

他灌了一大口水，接起了电话。

"你好。"他说。

"你好呀。"萨莉说。

一阵沉默。

"对了，你过得还好吗，小弟？"萨莉说，"一切顺利吧？"

天哪，她为什么非得这样说话，好像他们俩还是年轻人呢？

"噢，就那样，你知道的。你呢？"

"我想没什么好抱怨的，老伙计。我和卡尔这周末要参加一个瑜伽静修项目，帮他了解一下瑜伽教学之类的东西。"

卡尔，萨莉的丈夫。每次见面，他不是在大口大口地灌蛋白奶昔，便是在积极地举重。

"听上去……不错。"安德鲁说。随之而来的短暂沉默是一个明显的分界线，必须谈些更紧要的事情了。"对了，你的检查进行得如何？"

萨莉叹了口气。

"上个月作了更多检查，但都没什么定论，也就是说，他们没有更多的进展了。不过，我感觉好多了。而且他们认为应该不是心脏的问题，所以我不会像老爸那样毫无征兆地一命呜呼。他们只是一味地重复那些废话，你也知道的呀——多运动，少喝酒，等等。"

"嗯，还好医生们没有过度担心。"安德鲁说，心里想着，如果萨莉说话不那么孩子气，自己也不该摆出一副压抑情感的牛津老学究的腔调。他曾以为，这么多年过去了，他们姐弟俩的关系不应该那么疏离。然而，依旧是老一套的无聊话题：工作、健康、家庭（好吧，卡尔，唯一算得上的共同家庭成员）。但这次，萨莉却丢出了一个难题。

"是这样的，我在考虑……我们要不抽时间碰个头吧。毕竟，都已经，差不多，五年了。"

七年，安德鲁心里纠正道。上次见面还是参加戴夫叔叔的葬礼，火葬场位于班伯里，对面有一家快照冲印连锁店。你喝醉了。自那之后，他也承认，自己并未向萨莉发出太多的见面邀请。

"那……那主意不错，"他说，"当然得等你有空，我们也许可以选个中间点碰头。"

"好呀，太棒了，老弟。不过我们搬家了，还记得吗？我们现在住在纽基——因为卡尔的事业在这儿，反正因缘际会吧。所以，我们可能要重新选个中间点了。不过五月份我要去伦敦见个朋友。或许，我们到时候可以见一面？"

"好，可以，你来之前记得打招呼。"

安德鲁环顾四周，咬了咬嘴唇。自从二十年前搬进来后，这个公寓基本维持着原样。因此，他的生存空间与其说是有点陈旧，还不如说是破烂不堪。在被当成厨房用的区域里，天花板和墙壁交界处污渍斑斑；灰色的沙发和地毯都磨破了，本来寓意着秋日风光的黄棕色墙纸，现在也只能看出消化饼干的成色了。墙纸褪色了，连带着安德鲁想要改造室内环境的热情也褪去了。虽然对目前的生活环境充满了鄙夷，但每当想到改造，安德鲁的内心就会整个被恐惧占据，更别提搬家了。独居且从不请人到家里来至少有一个好处——没人能够对他的生活方式评头论足。

他决定换个话题，正好想起了上次聊天时萨莉提到的一些事情。

"你跟你的……那个人最近怎么样？"

他听到电话那头传来打火机"扑哧"点燃的声音，随后萨莉轻轻地吐了一口烟。

"我的那个人？"

"就是你之前要去见的那个人，去聊聊心事的。"

"你是指我的心理治疗师？"

"对。"

"我们搬家时就把她甩了。说实话，兄弟，我还挺开心有了个摆脱她的理由。她尝试着对我进行催眠，可一直不成功。我告诉过她这招对我没用，可她就是不听。后来，我在纽基找了个新医生，我想她更像个精神疗愈师吧？她当时正在张贴广告，就贴在卡尔瑜伽课程的广告旁边，正好被我撞上了。你说巧不巧？"

好吧……安德鲁想。

"好了，听着，老弟，"萨莉说，"我还要跟你说件事。"

"噢。"安德鲁说着，立即起了疑心。先是安排见面，现在又搞这个。天哪，她该不会是想尝试让自己跟卡尔见面吧？

"嗯——一般我不这样做，因为……好吧，我们一般都不聊这个。但不管怎样，你还记得我有个叫斯帕克的老朋友吧？"

"不记得了。"

"你记得的，老弟。就是那个在布赖顿街开烟斗店的啊！"

显然是记得的。

"噢……"

"他有个朋友叫朱莉娅，也住在伦敦。就住在水晶宫路，离你不远。她今年三十五岁了，之前的婚姻很糟糕，两年前离婚了。"

安德鲁把手机从耳旁拿开。如果她是想说我在想的事情的话……

"但她现在已经缓过来了，而且听斯帕克说，她准备，你懂的，重新开始一段婚姻。所以，我在想，那个，就是，或许你想……"

"不，"安德鲁说，"一点儿都不想。别提这事了。"

"但是，安德鲁，我看过照片，她看上去真的很善良，也很漂亮，我认为你会很喜欢她的。"

"这不是重点，"安德鲁说，"因为我不想要……那个。这不适合我，现在不行。"

"'这不适合我。'天哪，老弟，我们现在讨论的是爱情啊，又不是什么比萨上面加不加凤梨。你不能无视爱情的存在。"

"为什么不能？我怎么就不能了呢？我这么做没伤害到任何人，不是吗？就算有什么，我只是想确保没人会因此受伤。"

"可你不能这样过一辈子啊，老弟。你才四十二岁，仍旧在人生的黄金时期。你得考虑考虑，好好投入生活，否则你就……就是在主动拒绝任何幸福的机会。我知道这很难，但你必须往前看。"

安德鲁的心开始怦怦直跳。他有种恐怖的预感，姐姐正在鼓足勇气准备问他一些之前从未聊过的话题——其实萨莉不是没有尝试过开启这些话题。但有些事已经再明显不过了。他决定把姐姐的想法掐断在萌芽期。

"我很感激你的关心，但说实话，真的没必要。我现在过得很好。"

"我知道，但是，说真的，我们终有一天会讨论……你知道的……那件事。"

"不，我们不会讨论。"安德鲁为自己说话的声音轻得如同蚊子叫而感到愤怒。此时此刻，任何展现出来的情绪都会被萨莉当成一种继续追问下去的默许，仿佛他私底下渴望的便是谈论"那件事"——实际上，他肯定、绝对不想再谈。

"但是，老弟，我们今后肯定会谈论到的，这不健康！"

"是不健康，就跟你一辈子抽大麻一样，所以我觉得你没有资格评论我，不是吗？"

安德鲁皱了皱眉，他听到萨莉吐了一口烟。

"对不起，我不是故意的。"

"我只想说，"萨莉说，语气明显慎重多了，"我觉得把这件事说清楚，对你也好。"

"我也只想说，"安德鲁说，"我真的不是很想谈论这个话题。聊到我的爱情生活，或是暂缺的爱情生活，让我觉得不舒服。特别是那件事，就更没什么好谈的了。"

沉默。

"哎，好吧，哥们儿，我想，这是你自己的事。我的意思是，卡尔一直劝我不要再拿这事烦你了，可这很难，你知道吗？你是我的弟弟啊，老弟！"

一股熟悉的自我厌恶的痛苦又一次袭上心头。这已经不是第一次了，每当他姐姐好意关心，安德鲁总会让她滚开。他是想好好道歉并告诉她，她的关心对自己当然很重要，可话在嘴边，却开不了口。

"听着，"萨莉说，"我觉得，我们差不多都准备好找个时间坐下来吃点东西，聊聊天了。所以……晚点再联系？"

"好的，"安德鲁说着，沮丧地闭紧双眼，"没问题。谢谢你，你懂的，谢谢你打来，还有一切的一切。"

"不客气，别想太多，老弟，照顾好自己。"

"嗯，我会的，没问题。你也是。"

安德鲁抄近路从小厨房走回电脑旁时，差点迎头撞上"苏格兰飞人"[1]，后者仍自顾自地咔嚓咔嚓行进着。在他收集的所有火车头模型中，"苏格兰飞人"似乎是最欢快最无忧无虑的一个（例如，跟每次启动总是耍坏脾气的英国城际铁路相比较而言）。这是他人生中第一辆火车头，也是收藏的火车模型中的第一个零件。十几岁收到这份礼物时，他立即就着迷了。或许收到礼物的惊喜远远超过礼物本身的意义，可随着时间的推移，他慢慢开始欣赏到模型的完美所在。他用了好多年才攒够了买第二辆火车头模型的钱。然后又买了第三辆，第四辆。接着，铁路轨道、侧线、站台、缓冲器和信号箱，直到公寓的地板上堆满了一整套复杂的铁路系统——交织的轨道和各式各样的背景：钻入山谷的隧道、溪边放牧的牛群、整片的麦田和一排排小小的卷心菜地，被戴着宽檐帽的男人精心照料着。没过多久，他就收集了足够演绎真正四季变化的装饰。每当风景变迁，他总是兴奋不已。有一次，在一个只有死者的酒友出席的葬礼现场，当牧师的悼词中用到了时光倒流这个拙劣的比喻时，安德鲁心里正在期待即将到来的周末，将现在葱郁的背景换成秋日风光，当时他兴奋得只想朝空中挥拳。

打造这些国度是会让人上瘾的，而且花费极其昂贵。长久以来，安德鲁把微薄的薪资全部耗在了自己的收藏上面。除了房租，他把薪水全部用在了藏品的更新和保养上。他会连着几个小时，或几天，在网上浏览更新设备的方式。他不记得是哪天发现并且注册

---

1 指行驶在伦敦与爱丁堡之间的快车。

了一个叫作"火车模型迷"的论坛,自此,他每天都会登录。大多数发帖的人都让安德鲁感觉自己相当业余,他对每个人都非常钦佩。在他心目中,任何人——不管是谁——在凌晨两点三十八分登录留言板并且发帖:"新手求助!斯塔尼尔2-6-4T底盘破裂。求助!"几乎和其他三十三个在几分钟内回复并提供建议、解决方案和鼓励话语的人一样,都是盖世英雄。事实上,这些技术性的谈话他只能理解10%,但他总是一个帖子一个帖子地读过来,看到搁置长达数月的问题得到解答时,心里也是感到由衷的喜悦。他有时会在主论坛上发布一些善意的普及帖,但真正的改变出现在他开始频繁地与其他三个用户交流,并受邀——当然是通过私信!——参加专属的分论坛后。作为论坛元老级人物之一的"砰砰67"最近被授予了版主的权利,于是便建立了他们这个小天堂。另外两位受邀的成员分别是"修补匠亚历"——一个大家眼中年轻而热情的狂热分子,以及经验老到的"宽轨吉姆",他曾经发了一张照片,拍的是他建在奔腾河流上的一道沟渠,太美了,安德鲁不由得俯首称臣,拍手叫绝。

　　"砰砰67"当初建立分论坛的目的是炫耀新近获得的版主特权——他确实喜欢炫耀,发帖时会上传一些搭好的火车模型照片,但与其说是展示模型,还不如说是他更想让大家观摩他漂亮的豪宅。他们一早就发现,除了热心、慈祥的"宽轨吉姆"声称"住在莱瑟黑德"长达三十余年,其他三个人都住在伦敦,可谁也没提出在现实生活中碰面的请求。这很适合网名叫"追踪器"的安德鲁,很好。因为这在一定程度上意味着自己可以随时调整网上的人格,掩盖现实生活中的不足。他很早就意识到了,这才是网络存在的意义。而且，作为自己仅有的、因此也是最亲密的朋友，如果在现实生活中他发现他们不过是一群浑蛋，那真的是太扫兴了。

主论坛和分论坛有明显的不同，前者的生态环境非常微妙，交流需要紧扣话题，一旦有人违反规定，就会遭受相应的惩罚，处置结果有时甚至非常惨烈。最臭名昭著的案例要属"轨道麻烦制造者6"，他无休止地在有关齿轮的主题下发布底座的帖子，被版主定义为"浪费空间"。令人心寒的是，"轨道麻烦制造者6"从此消失了。但分论坛不同，远离了主论坛版主的监视，转变正在慢慢上演。没过多久，大家就开始讨论起私人话题了。刚开始感觉特别恐怖，仿佛自己扮演的是反叛军的角色，正躲在布满灰尘的地下室里，在仅有的一个灯泡下研究着数份地图。而此刻，敌军部队就在正上方的酒吧里喝酒。是"宽轨吉姆"第一个提出了明显不在火车模型讨论范围的问题。

"听着，伙计们，"他写道，"一般情况下，我不会用这种事情来麻烦大家，但说实话，我真的不知道还能向谁求助。事情是这样的，我的女儿艾米莉在学校被抓到'网络欺凌'其他同学，发卑劣的信息，还有合成的照片。我看过之后，也觉得十分下流。她跟我说自己不是始作俑者，而且心里真的很难过（我相信她的话），但我还是觉得有必要跟她讲清楚，即便要付出失去玩伴的代价，以后也坚决不能再做这样的事情。我真是个没用的笨蛋，只想问问大家有没有什么好的建议？如果没有，也没关系！！！"

在安德鲁等待别人回复的时候，炒蛋已经放凉了。"修补匠亚历"最先回复，他的建议简单明了，很有道理，看出来是发自内心的，真诚得令安德鲁瞬间就被感动了。他也试图想要提供自己的建议，但想不出比"修补匠亚历"更有价值的回应，于是，他跟在"修补匠亚历"后面，写了几句表示赞同的话，搞定了。或许这有些自私，那下次再帮忙好了。

安德鲁登录了论坛，听着身后传来令人安心的"苏格兰飞人"呼啸而过的声音，迫不及待地等着感受它驶过后带来的微风。他调整了一下电脑显示屏。三十二岁时，他买了这台电脑作为自己的生日礼物。当时，它确实是一台时髦又功能强大的机器，可十年后的今天，相较如今最新的机型，它已经慢得出奇又过分笨重。不管怎么说，安德鲁对这台笨重的老机器存在深厚的感情，所以只要它还能运转，他就会一直使用下去。

"大家好呀，"他写道，"有人上晚班吗？"

他知道，等待的时间最多不会超过十分钟，在这段时间里，他小心翼翼地穿过火车轨道，来到点唱机前，在唱片堆里翻找着。唱片随意地叠放在一起，看上去摇摇欲坠，他不喜欢按部就班地将唱片整整齐齐排在架子上，那样会丧失好多乐趣。随性的摆放可以带来不时的惊喜。这里有不少艺术家的唱片集——迈尔斯·戴维斯，戴夫·布鲁贝克，迪齐·吉莱斯皮——但埃拉的唱片数量是最多的。

他从唱片套里抽出来《完美将至》，但又改变了主意，放了回去。他变换屋内火车沿线的风景摆设，是根据季节的转换，但选听埃拉的哪张唱片，就没有这么直接的逻辑可循了，更多的是当下的一种感觉。唯独有一张唱片例外——那就是她翻唱的《蓝月亮》。二十年来，虽然旋律不时地回荡在脑海，但他无法重新去听这首特殊的歌曲。只要旋律一响起，太阳穴就刺痛无比，视线开始模糊，伴随着音乐，耳边还会出现刺耳的回声和尖厉的吼叫，肩膀像是突然被一双手紧紧地抠住一样诡异。突然，就在一瞬间，所有的不适都消失了，留下他一个人盯着眼前一脸疑惑的收银员，或是意识到已经坐过站了。几年前有一次，他走进苏豪区的一家唱片店，突然听出店里的音响正在放这首歌。他太过匆忙地离去，以致于和店主以及一个路过的刚下班的警察发生了激烈的冲突。最近的一次，在频繁换台后，他锁定了一场足球比赛。几分钟后，他拼命地找着遥控器想要关掉电视，因为曼城队粉丝唱的明显就是《蓝月亮》这首歌。听到这首歌已经很崩溃了，更别提五万人集体大合唱了，简直痛不欲生。他试图告诉自己，这只是人们遭受的不寻常的小病痛而已，就跟对阳光过敏或有夜惊症一样，忍忍就过去了。可有时他又觉得，或许真的要找时机跟人好好聊聊这件事。

他的手指滑下高高低低的唱片堆。今晚，《你好，爱情》成功吸引了他的注意力。他小心地放下唱针，回到了电脑前。"砰砰67"是第一个回复的。

"晚上好呀，各位。我也上夜班。谢天谢地，家里终于只剩我一个人了。看到今晚他们在重播BBC的节目吗？詹姆斯·梅在摄影棚里重搭一台格雷厄姆·法里什[1]372-311N型号的蒸汽火车头。显

1　格雷厄姆·法里什是一家英国模型公司，大量生产N型号英式火车模型。

然，他们一次就搞定了。不管怎样，别费心了。不好看。"

安德鲁笑着刷新了页面。"修补匠亚历"恰好在这个时候出现了。

"哈哈！就知道不是你的菜！不过很抱歉，我喜欢！"

刷新页面。"宽轨吉姆"出现了。

"我也上夜班，伙计们。这是我第一次看梅的节目。当他开始争辩为什么选用软木衬底而非道砟[1]时，恐怕我就不能把这节目当回事了。"

安德鲁活动了下颈部，然后瘫进了椅子里。四个人都发帖了，埃拉在低声吟唱，一辆小火车在房内轰隆隆地穿行，打破了寂静，他可以放松下来了。

万事俱备，世界完整了。

这就是他的一切。

---

1 道砟是铁路运输系统中，用作承托轨道枕木的碎石，是常见的轨道道床结构。工程在路基稳固后铺设轨轨，接着撒上厚厚的道砟，借由轨道震动减少碎石之间的缝隙来稳固住路轨。

5

第五章

　　安德鲁正在准备午饭便当，这又是个教科书级的范本，尽管这是他自称的。"火腿和奶酪，"他朝着摄影机吹嘘道，"一团泡菜在正中央，然后平铺到面包的每个角落。我喜欢把它想象成一个叛徒的尸体，被肢解后分别运往英格兰的四个角落，但这随你，你可以充分发挥想象力。等等，这是卷心莴苣吗？一定是的。那要搭配什么呢？从一堆调味包里找一包盐和醋？可以。再来个'大红网'的小蜜橘？也可以。但请务必仔细检查，谨防碰到那种假装表面完好实则底部腐烂的鬼头鬼脑的小橘子。我经常把它想象成一名逞强的年轻战士，腓骨都碎了，还想要继续巡逻。不过，还是那句话，你可以选择自己想要的比喻。"

　　他正要解释特百惠产品[1]的功能时，突然不甚愉快地想到了基思和梅瑞狄斯嘲笑二人组的追问，瞬间就不说话了，直勾勾地盯着前

1　储存食物用的一套塑料容器，以优良的密封性著称。

方，仿佛自动提词器坏了似的。

坐火车去上班时，安德鲁身边的男子将双腿大大分开，把安德鲁挤到扶手那边去了。可能他正在以一段形意舞诠释一名伟大的人物，安德鲁心里想着想着，思绪便回到了第一天上班的情景。在得到工作短暂的兴奋过后，接下来的几天里，一想到要跟卡梅伦坦白之前关于虚构家庭的谎言，他就陷入极度的恐慌。他思前想后，觉得最好的办法便是违背本性，以迅雷不及掩耳的速度与卡梅伦打成一片，积极地与之交朋友。在走廊里闲聊嚼嚼舌根，周五下班后喝点小酒——人们就是这么干的，不是吗？——然后就坦白，伙计，那只不过是当初有根筋搭错了。接着，他们就会把整件事都归咎于面试时众人都避不开的善意谎言。

不幸的是，事实并非如此。按照英国法律规定，安德鲁朝新同事简单地打了个招呼后，便将自己埋在了电子邮件中，一言不发地坐了整整一个小时，因为他太困窘了，不好意思开口求助。

就在那时，他看到卡梅伦来了。这可是安德鲁第一次表达友好的良机。他正准备说一段诙谐的开场白，拿自己目前的办公危机开玩笑时，卡梅伦出乎意料地先开口祝他首日工作开心，接着用足够整个办公室听到的声音响亮地问道："家里人还好吧？斯蒂芬和戴维好吗？"

卡梅伦这么快就搞砸了整件事，打得他措手不及，他只得就孩子的问题回答道："他们看上去挺好，谢谢。"

如果是验光师在询问你新眼镜的佩戴感，这是个非常恰当的回答。可被问到你亲生骨肉的情况时，这答案就未必合适了。他慌慌张张地扯到了孩子们目前作业很多的事上。

"这样啊，"等安德鲁闲扯结束，卡梅伦说，"复活节就要来了，你和黛安娜有什么好的旅行计划吗？"

"呃……法国吧。"安德鲁说。

"噢，太棒了，"卡梅伦说，"具体去哪儿呢？"

安德鲁考虑了一下。

"南部，"他说，"法国南部。"

事实就是如此。

刚开始，每当聊天提及家庭，他总是被迫立即给予回应。但他很快就学会了假装被电脑上的事情分心，或装作没听清楚再问一遍问题，来争取更多的时间，可这总归不是长久之计，他心知肚明。工作后第二个星期，有几天风平浪静，他还在庆幸自己是不是已经摆脱了困境。回首过去，当时的自己真是太天真了。这可是"家庭"，是普通人最常谈论的话题。事态并未好转，梅瑞狄斯天生爱好打听，整日八卦，不停地追问安德鲁更具体的细节。她、基思和一个紧张兮兮的叫贝萨妮的毕业生讨论婚礼的样子就是个很好的例子。

"噢，这实在太尴尬了，"梅瑞狄斯幸灾乐祸地谈起周末一个朋友的婚礼，"他们一直在圣台上站着，可戒指就是戴不进新郎的粗手指。"

"我爸认为男人戴婚戒有点婆婆妈妈。"贝萨妮颤抖着说，听上去永远好像被人赶着走进牛圈似的。

"你们听到了吧？"为了强调自己的观点，基思一边说一边故意张开双臂，露出了腋窝下方的汗渍，"我早就这么说过了。"

"噢，这我不能苟同，"梅瑞狄斯说，"如果我亲爱的格雷厄姆不戴婚戒的话，我敢肯定，成千上万的小荡妇早就把他围得团团转了。"

她伸长脖子，努力越过安德鲁的屏幕望去。

"安德鲁，你戴婚戒吗？"

真够愚蠢的，他竟然在否认之前还低头检查了一下手指。

"有什么特别的理由，或者……"

该死。

"没，没有，"他说，"我只是……觉得戴着不舒服而已。"

没人提出质疑，但由于尴尬，他的脸已经红到了脖子根，火烧火燎的。他意识到，只知道些简单的情况、大概的了解是远远不够的。他准备完善已有的大框架，突出相关细节。说做就做，当天晚上，听着埃拉的音乐，他打开了一个空白的电子表格，开始填充自己的家庭故事。他从创建尽可能多的"基础事实"开始：中间名、年龄、发色、身高。在接下来的几周内，他开始添加更微妙的细节——记录陌生人聊天的片段，截取可供他使用的小细节，或是在听到别人的故事时，自问如果是他的家人该如何处理。用不了多久，面对大多数问题，他都准备好了现成的答案。随便扫一下电子表格，你就会发现，戴维喜欢触式橄榄球，但最近脚踝扭伤了。他很羞涩，所以，比起和大家一起玩，更喜欢自己单独行动。他想要一双走路时鞋跟会发亮的运动鞋，苦苦哀求了好几个月，直到安德鲁松口答应。

斯蒂芬刚出生的时候有很严重的肠绞痛，但长大后，除了偶尔患结膜炎外，他们几乎很少需要带她去看医生。她在公共场所会提出非常聪明的问题，经常把他们问得哑口无言，十分尴尬。她曾在《耶稣诞生》中扮演一个牧羊人，搭档们对她的评价褒贬不一，但作为父母，他们的骄傲之情溢于言表。

反而是写到"他们"——自己和黛安娜——的故事时，他觉得异常艰难。面试时，他允许自己胡思乱想还能接受，但现在又完全是另一回事了。不管怎样，故事的细节是这样的：黛安娜最近成了一家律师事务所的合伙人（她的研究领域是人权），尽管她工作时间长，可一到周末，她就会把可怕的黑莓手机放在一旁置之不理。他们的结婚纪念日是九月四号，但每年的十一月五号，他们还会举行一场小型庆祝——纪念他们的初吻（在朋友住所的一个即兴派对后的雪地里发生的）。他们第一次正式约会是去电影院看《低俗小说》。他们会去她的父母家过圣诞节，夏天带孩子去法国，而秋天放期中假，就带他们去中央公园。十周年结婚纪念日，他们去了罗马。如果有保姆帮忙，他们会去看剧，看的当然不是先锋剧目，因为他们觉得不论是金钱还是时间都太宝贵了，如果剧里连一个周日晚间历史剧的主角都没有的话，就根本不值得去。每周日早上，黛安娜会跟她的朋友休打网球，她还是斯蒂芬学校家庭教师协会的成员。在做激光手术前，她总是戴着一副橙色镶边的眼镜。她眉毛上有个小疤，是上学时被一个叫詹姆斯·邦德的男生砸过来的野苹果留下来的。

上述的一切都需要全力以赴地思考撰写，所以，安德鲁几乎没时间考虑如何应付现实中的新工作。他已经参加了两场葬礼，也和死者的几个亲戚通过电话，进行了颇为艰难的沟通，包括给其中一个人解释，如果想要议会支付他叔叔的葬礼费用，就必须归还他从屋子里拿走的手提电脑，去变卖还钱。他甚至跟着基思完成了第一家住所的清查工作，亲眼目睹了一个女人咽下最后一口气的房间。然而，与隐瞒自己的谎言相比，这一切都像在公园里散步一样轻松。他一直提心吊胆，生怕自己陷入一团乱麻或者说出的话与之前完全自相矛盾。可一个月过去了，又一个月过去了，他慢慢地放松了警惕。所有的付出都得到了回报。

某个周五的午餐时间，几乎扭转全局的转折点到来了。安德鲁在住所清查中找回了一个装满文件的鞋盒，可整整一个上午，他翻遍了鞋盒也没找到一个亲戚的联系方式。他一边心不在焉地盯着微波炉里转动的刚从店里买回来的奶酪通心粉，一边漫无边际地跟卡梅伦聊着天，突然就提到了关于过敏的话题。

"这是一件困难的事情，"卡梅伦说，"你必须做好充分的准备，就是说，你经常得紧张兮兮的。尤其是碰到坚果的时候。只要克里斯在身边，我们就得格外警惕，你懂吗？"

"嗯嗯，"安德鲁说，心烦意乱地撕开塑料膜，用叉子翻了翻意面，"斯蒂芬被蜜蜂蜇了会过敏，所以我懂你的担忧。"

直到他回到办公桌前，午饭吃到一半时，才仔细想了想刚才的闲聊。他已经完全摆脱了回忆电子表格的麻烦，也不需要拼命地当场编造出什么，反而是平静地分享了斯蒂芬的情况，他连想都没想，就好像一切都很自然地存储于潜意识里。但那些细节如此轻易地浮现令他非常不安。或许这有助于他整体事业的发展，让原有的故事框架有血有肉，更加具体，但也是头一次，他陷入了深深的迷惘，质疑当初为什么要编造这一系列的谎言。让幻想不受控制地占据上风，是件很可怕的事情。以至于当晚回家后，他根本没心思更新电子表格，而是冲到网上开始搜索招聘信息。

一周后，在结束一名溺亡在浴缸里的七十五岁的驾校教练的葬礼后，他从教堂出来，刚开机就发现了一条语音留言，是一则面试通知，来自之前一份工作申请的人事专员。通常这都会让他陷入恐慌，可每次参加完葬礼，他总是出奇地麻木，所以听到消息后，他立即冷静地回电，安排好了面试时间。这是他逃脱的机会，终于可以将谎言画上句号了。

又一周过去了，当电话铃声响起时，他正在爬楼梯走向议会办公室，累得气都喘不上来了，还在说服自己大概是因为患了什么疾病——很可能是不治之症——而不是因为将近二十年来疏于锻炼。几秒钟后，他气喘吁吁地表示很高兴能参加第二轮面试。整个下午，他都呆呆地坐在办公桌前，想象着自己提交辞呈时，卡梅伦的反应。

"安德鲁，你们家人有什么有趣的周末计划吗？"贝萨妮问道。

"如果天气好的话，周六去烧烤，"安德鲁说，"斯蒂芬决定要做个素食主义者，所以不太清楚菜单要怎么准备。"

"噢，我也是哎！没事的，准备点哈罗米奶酪和琳达·麦卡特尼香肠就行了。她会喜欢的。"

几分钟后，他们仍在讨论着周末计划，就在那时，安德鲁收到了一封邮件，来自上次打来电话的招聘人员阿德里安，询问自己第二次面试的时间。安德鲁找个借口去厕所，走进一个空的隔间。他不想承认自己在刚刚跟贝萨妮等人聊家庭话题时，内心有多温暖、多舒服。先前的想法又出现了：他这么做有什么坏处吗？他没有冒犯任何人。拥有真实家庭的人反而会作出恶魔般的举动，以各种惨无人道的方式伤害所爱的人，反观自己的所作所为，简直就是小巫见大巫。

等回到座位，他下定了决心。对于自己的行为，他已经心安理得地全盘接受，再也不打算回头。

"你好，阿德里安，"他写道，"跟杰基的碰面真的很开心，但回来后自我反省了很久，决定还是不换工作了。谢谢您抽时间接待我。"

从那之后，事情就变得容易多了。他可以开心地加入关于家庭的讨论，不再有任何内疚感，而且很长时间以来，他第一次感到了快乐，而不是孤单。

6

第六章

安德鲁刚从车站出来——真是怕什么，就来什么——便发现卡梅伦正走在自己前面。他犹豫了一下，放慢了脚步，假装在看手机。令他吃惊的是，居然还真有一条新短信。令他失望的是，短信是卡梅伦发来的。他读完短信，低声咒骂了一句。他真心想要喜欢卡梅伦，真的，因为他知道卡梅伦的心眼儿不错。可要对卡梅伦有好感实在很难，因为卡梅伦：第一，上班路上骑的是那种迷你滑板车，这车在一夜之间突然就适用于五岁以上的大人了；第二，无意中想要摧毁自己的生活，在不到十二小时的时间内，发短信问自己是否愿重新考虑一下共进晚餐的提议。

一想到失去家人，他就痛苦得无法承受。是的，聊天中偶尔也会有微妙的时刻让他心态崩塌，但对他来说，这一切都是值得的。黛安娜、斯蒂芬和戴维现在就是自己的家人。他们是他幸福和力量的源泉，是他继续生活下去的希望。这难道不跟每个人拥有的家庭一样真实吗？

他泡了杯茶，把外套挂在常用的衣架上，转身看到自己的位子上坐了个女人。

他看不见她的脸，因为被电脑挡住了，但可以看到桌子下的腿，她穿着深绿色的连裤袜。一只黑色的高跟鞋正挂在她的脚趾头上荡着，前后来回的晃动让安德鲁联想到猫逗老鼠的场景。他站在那儿，举着杯子，不知所措。那个女人坐在他的椅子上转着圈，还用一支笔——他的一支笔——叩击着自己的牙齿。

"你好。"他说。那个女人朝他笑了笑，也愉快地打了个招呼，安德鲁感到自己的脸破天荒地一下就红了。

"抱歉，但是你，那个，坐在……从某种程度上来讲，我的位置。"

"噢，天哪，我很抱歉。"女人说着一下子跳了起来。

"没关系。"安德鲁说完又说了句抱歉，其实已经没什么必要了。

女人深红色的头发高高地盘在头顶，类似铅笔的东西插在其中将其固定，若是把铅笔抽掉的话，整个头发便像长发公主一般"扑通"地倾泻而下。安德鲁猜她比自己小几岁，大概三十多岁的样子。

"这第一印象留得可真绝了，"她站了起来，看到一脸困惑的安德鲁，解释道，"我叫佩姬——今天是我第一天上班。"

就在此时，卡梅伦出现了，蹦跳着过来的样子像是现已绝迹的数字频道中问答节目的主持人。

"很好，很好——你俩已经见过了！"

"而且我还偷了他的椅子。"佩姬说。

"哈哈，偷了他的椅子，"卡梅伦大笑道，"不管怎么说，佩格——你不介意我叫你佩格吧？"

"嗯……不介意？"

"嗯，佩格，佩姬——佩格斯特！——你要跟着安德鲁一段时间，这有助于你快速进入状态。恐怕，你今早就要迎来挑战了，因为我记得，今天早上安德鲁有间住所要去清查。但是，怎么说呢，眼下就是开始的最好时机！"

他突然竖起两个大拇指，安德鲁注意到，佩姬被吓得不由自主地退后了一步，仿佛那是一把刀似的。"好啦，"卡梅伦说，完全没留意到她的反应，"那我就把你交给我的得力助手安德鲁啦！"

安德鲁忘了他们新招了个人，想到多了个人跟在身边工作，不免有些不自在。进入一个死人的房间本身就够奇怪和令人不安了，这时候再多一个需要操心的人，这是他最不想碰到的状况。他有自己的方法和做事方式，并不想不厌其烦地解释每一步的操作。刚开始，基思是安德鲁的老师，他对待这些事似乎还很严肃，但没过多久，他就只找个角落坐着，玩着手机上的游戏，偶尔停下来也是在残忍地开死者的玩笑。安德鲁或许可以接受一点点的黑色幽默，尽管这不是他一贯的风格，但基思一点儿同情心都没有。最终，安德鲁在办公室的茶水间找到他，提出之后由他自己一人执行清查的任务。基思嘟囔着同意了他的请求，压根儿没听清楚安德鲁说了什么——很可能是因为当时他的手指卡在了能量饮料罐里，正忙着抽出来。

从那之后，基思就跟梅瑞狄斯留在办公室，登记死亡人数、安排葬礼。安德鲁更喜欢独立进行清查工作。单独行动唯一的弊端可能就是，当有人过世后，消息不胫而走，一个独居多年的人在死后突然有了无数的祝福者和很亲密的朋友在清查期间出现——帽子拿在手里，像鹰一样的眼睛滴溜溜地扫视着周围——来表达他们的哀思，顺便来碰碰运气，看看死者生前答应给他们的手表或是欠的五块钱，是否就藏在房子内部。最糟糕的是你得把他们都赶走，而很久之后，房间里暴力威胁的氛围还久久不散。所以，他承认，有个新手在身边，自己至少多了个可以帮忙的后援。

"我想说，"佩姬说，"在我们出发之前，卡梅伦缠着我，让我劝你参加'共进晚餐联谊会'的事，还说那是个好点子。他说要委婉一些，但是，那个，那真的不是我的专长……"

"啊，"安德鲁说，"好吧，谢谢你告诉我。我想这个话题就到此为止吧。"他希望能够将其扼杀在摇篮里。

"好吧，"佩姬说，"这对我应该也是最好的。烧菜可不是我的拿手好戏。我活到三十八岁，才发现，我这一辈子都念错了'意式特色面包'的名字。据我的邻居说，我念的'野式特色面包'是不对的。不过话说回来，他确实喜欢把粉色的套头衫系在肩膀上，好像自己住在游艇上似的，所以我不愿采取他的任何意见。"

"没错。"安德鲁说着，有些心不在焉，因为他发现住所清查的必备物资已经快用完了。

"我觉得这是为了团队建设，对吗？"佩姬说，"说句公道话，比起飞碟射击或这些中层管理干部搞的其他活动，我倒宁愿参加这个。"

"差不多就是那样吧。"安德鲁说着，拉起背包，检查里面的东西，看看是否还有任何遗漏。

"接下来我们，嗯，是要去看一所刚刚死了人的房子？"

"是的，没错。"该死，他们的物资确实用完了。他们必须绕道去买。他回头一看，正好看到佩姬鼓着腮帮子，顿时意识到他刚刚的态度有多冷淡。熟悉的自我厌恶感又回来了，但他不会说什么调节气氛的话，所以就一路无言，径直朝超市走去。

"我们要在这儿稍作停留。"安德鲁说。

"来个晨间点心？"佩姬问。

"可能不是。那个，我不需要。但你随意，想吃就吃。我的意思是，你不需要征得我的同意，这是显而易见的。"

"不，不用，我不饿。反正我现在节食，就是吃了一整条布里干酪后大哭一场的那种方法。你知道的吧？"

这次安德鲁记得朝她笑了笑。

"我马上就回来。"他说着便走开了。等他买全补给回来，发现佩姬站在书籍和DVD区的通道上。

"看看这个小姑娘，"她说着，向他展示着一本书，封面上是一个对着镜头微笑的女士，她正在做沙拉，"不可能有人拿着鳄梨还笑得那么灿烂。"她把书放回书架，看到了安德鲁购物车里的空气清新剂和须后水。

"我突然感到很可怕，我不知道自己找的到底是份什么样的工作。"她说。

"等我们到了，我会解释给你听的。"安德鲁说。他走向收银台，望着佩姬闲逛着朝出口走去。她走路的方式有点奇怪，胳膊贴着身体两侧，但是拳头轻握并向旁侧伸出，看上去像是身体两侧各贴了一个高音谱号。在安德鲁往读卡器里输入密码时，脑子里突然响起埃拉和路易斯·阿姆斯特朗合唱版本《愿意出去走走吗》的旋律。

他们停在了一个十字路口，安德鲁用手机查着正确的路线。佩姬趁机讲了昨晚看的一集特别感人的电视剧，打破了沉默："说实话，我连电视剧和里面主角的名字都忘了，也不记得发生的时间和地点，但如果你看过后，肯定也会觉得很棒。"确认走的方向是对的后，安德鲁满意地准备在前面带路，突然身后传来一声巨响。他转过身去，想看看声音是从哪里来的，只见一个建筑工人俯身站在类似脚手架的地方，正准备将一大堆碎石倒进一个料车里。

"你没事吧？"佩姬问。但安德鲁一动不动地站在原地，目不转睛地盯着建筑工人又扔了一大堆砖头，发出更大的声音。那人拍了拍手上的灰尘，发现盯着自己的安德鲁后，停了下来。

"有问题吗，哥们儿？"他在脚手架上俯身下来，问道。安德鲁使劲咽了口口水，他感到太阳穴的疼痛加剧，刺耳的声音慢慢地渗透大脑。在平静的表面下，微弱的《蓝月亮》的旋律响起。他用尽全力挪动着双腿开始往前走，终于，过了马路走远后，疼痛和噪声都消失了，安德鲁大舒一口气。他怯生生地回头看着佩姬，犹豫着该如何解释方才的失态，但她仍然站在料车旁，与建筑工人说着话。从二人的表情得出，佩姬好像是在耐心地教一只奇笨无比的狗玩杂耍的技巧。突然，佩姬抬脚走开了。

"你还好吧？"佩姬追上来问道。

安德鲁清了清嗓子。"嗯，没事，"他说，"我以为偏头痛要犯了，谢天谢地没有。"他回头朝建筑工人点了点头，"你刚跟他在说什么呢？"

"噢，"佩姬说，似乎还在为他担心而心烦意乱，"他主动问及我的出现，所以我就花了点时间跟他解释说，我在你眼中觉察出一种深深的、无法抑制的悲伤。对了，你确定你没事吗？"

"嗯，没事。"安德鲁说，两只手臂僵硬地贴在身体两侧，活像个玩具士兵，当他意识到时，已经太晚了。

他们重新出发，尽管安德鲁强打精神，但远处碎石的噪声仍使他心有余悸。

死者生前的住所是橡树园庄园的一部分。绿色的招牌上用白笔标示了庄园里不同街区的名字：哈克贝利庄园、薰衣草庄园、玫瑰花瓣庄园。名字下面被人喷了漆，上面写着"操你警察"以及一幅阳具和睾丸的简笔画。

"啊呀！"佩姬叫道。

"没事的。我之前经常到这儿来，没人找过麻烦，所以我相信，这次也会很顺利的。"安德鲁安慰地说道，同时也是在安慰自己。

"噢，对对，我相信我们会没事的，我是在感叹那个，"佩姬朝简笔画努了努嘴，"真是令人震撼的细节。"

"啊，嗯，对。"

当他们穿过庄园时，安德鲁注意到人们关上了窗，父母把孩子叫回了家，仿佛在拍西部片，而他就是那个一心制造混乱的亡命徒。他多希望用自己努力挤出的善意微笑告诉众人，自己的背包里就装了件防风衣和除臭剂，不是猎枪。

房间位于哈克贝利庄园的一层。安德鲁在水泥台阶前停了下来，转身看着佩姬。

"关于住所清查的细节，卡梅伦跟你讲了多少？"他问。

"没多少，"佩姬说，"如果你能多告诉我些就太好了。因为我得跟你坦白，安德鲁，我好像被吓坏了。"她紧张地大笑起来。安德鲁的视线垂了下来，一方面，他也想哈哈笑着去宽慰新同伴，但另一方面，他意识到这样的举动在死者的邻居或朋友眼中，会显得非常不专业。于是，他蹲下来，手伸向背包。

"拿着，"他说着，递给佩姬一副外科手套和口罩，"是这样，死者叫埃里克·怀特，六十二岁。验尸官之所以把他移交给我们处理，是因为警察在初步搜查中并未发现近亲。所以今天我们有两个任务：首先，尽可能多地搜集有关埃里克的信息，确定他是否真的没有近亲；其次，我们要看看他是否有足够的钱财来支付葬礼的费用。"

"哇，好的，"佩姬说，"那现在葬礼一般的收费标准是多少？"

"看情况，"安德鲁说，"平均要四千多镑。但如果死者手里没有资产，而且没有亲戚或朋友愿意帮他支付，按照法律规定，议会有责任埋葬他们。没有任何装饰——没有墓碑，没有鲜花，没有私人墓地等——大概一千多镑吧。"

"天啊，"佩姬说，唰地套上了手套，"这种情况经常发生吗？"

"非常不幸，"安德鲁说，"过去的五年里，公共健康领域负责的葬礼上涨了12%。越来越多的人孤零零地去世，所以我们一直都很忙。"

佩姬打了个冷战。

"抱歉，我知道这听上去有点凄凉。"安德鲁说。

"不，是那个表述——'去世'。我知道这本就是个委婉的说法了，但听上去还是，我不知道，挺脆弱的。"

"其实，我同意你的说法，"安德鲁说，"我也不经常用，但有时候人们只是习惯了这个表述而已。"

佩姬掰了掰指关节："啊，你说的没错，安德鲁，我可不是那么容易就被吓跑的。哈——估计还能挺五分钟，我就拔腿跑了。"安德鲁已经闻到了从门缝里飘出来的腐臭味，如果佩姬所说的真的发生了，他一定不会惊讶。不过那时候该如何面对呢？他要把她追回来吗？

"那么对于这个可怜的家伙，验尸官还说了什么吗？"佩姬问道。

"嗯，邻居发觉他已经很久没有露面了，就报了警。警察破门而入发现了尸体。他死在客厅已经有些日子了，所以尸体腐烂得很厉害。"

佩姬伸出手玩弄着一边的耳环。

"那是不是意味着它会有点……"她敲了敲自己的鼻子。

"恐怕是的，"安德鲁说，"它得需要时间散味，你不能……只可意会不可言传啊，但……闻上去是一种很特别的味道。"

佩姬的脸色开始变得有些苍白。

"这就是它发挥功效的时候了。"安德鲁举着须后水，飞快地说，无意中像是打了个广告。他摇了摇瓶子，在口罩里喷了很多，接着又帮佩姬的口罩里也喷了不少，佩姬接着就用口罩捂住了鼻子和嘴。

"我不太确定，帕克·拉巴纳[1]会想到自己的产品能派上今天的用场。"传来她闷闷的声音。这次安德鲁是真的被逗乐了，尽管佩姬戴着口罩，但从眼角看得出来她也在微笑。

"这么多年来，我试了所有这类产品——但贵是有贵的道理，就它还有用。"

他从背包里的信封里取出钥匙。

"我先进去看一眼，可以吗？"

"请随意。"佩姬说。

每次将钥匙插进锁眼时，安德鲁都会停下来，提醒自己出现在此的原因：不管情况多糟糕，他都要尽可能地尊重这间住所。虽

1　法国高级时装品牌Paco Rabanne创始人。曾推出"出色男士香水系列"，在男士香水界有着深远的影响力。

然他不信鬼神，但也要像死者还在旁观察一样，努力地做好自己分内的工作。可这次，佩姬已经够难受了，为了不雪上加霜，他进屋后，轻轻地带上了门，快速地完成了这个惯有的小仪式，同时把手机调成了静音。

当佩姬询问味道时，他很庆幸管住了自己的嘴。说实话，马上到来的经历会改变她的一生。因为安德鲁之前就发现，一旦你接触到死亡的气息，就永远都摆脱不了。在第一次住所清查后，有一天他在走过一个地下通道时，瞬间就闻到了跟那间住所里同样的腐烂气味。他瞥了一眼，发现旁边一堆枯叶和垃圾中间有一小截警用胶带。每当想到这个经历，想到如此细致地感应到死亡，他就不寒而栗。

很难从目前走过的小走廊判断出房间内的真实状况。从安德鲁接手的案子来看，住所主要分为以下两种类型：一种是非常干净，一尘不染，没有蜘蛛网，所有摆设都井井有条；另一种则极其脏乱。截至目前，前者最令安德鲁感到不安，难道死者就想显示自己讲究家庭卫生吗？在他看来，事情远没有这么简单。相反，最有可能的猜测便是他们预知到了会有陌生人来处理自己的尸体，无法忍受自己在外人面前留下一个烂摊子。更极端的版本就是，为了迎接清扫工人，还有会疯狂打扫一上午的人。当然，这也显示了死者的尊严所在，可每当安德鲁想到，对于有些人来说，死后的时光远比剩下的活着的日子重要时，心里就难过得无法承受。混乱，从另一个角度来讲——杂乱、肮脏和腐烂，却没那么令人不安。或许在临终前的几天里，死者只是无法好好照顾自己而已，但安德鲁更愿意把他们想象成敢于对传统竖中指的勇士。都没人愿意在身边照顾他们，他们还要在乎那么多干吗？当你因幻想某个来自议会的家伙不小心踩到浴室地板上某件该死的玩意儿摔倒而疯狂大笑时，你就不要指望可以温和地走进那个良夜[1]。

事实上，他必须用肩膀才能顶开那扇通往小客厅的门，这个细节说明今天的现场将会是后面的那个类型。果不其然，一股刺鼻的臭味迎面扑来，熏得他难以忍受。他一般都用不上空气清新剂，但如果必须待上一段时间，也只能向现实低头了。他朝每个角落都狠狠喷了一阵，在一片杂乱中小心翼翼地迈脚前行，最后又朝房间正中间狂喷了一通。他本想打开那扇脏兮兮的窗户，但钥匙不知道丢在哪个角落里了。狼藉的地上堆满了街角小店的蓝色便利袋，里面都是空了的薯片包装和饮料罐。房间的一角堆满了脏衣服，另一角则是报纸和信件，大部分还未打开。正中间摆着一架绿色的轻便折椅，两个杯托里各放着一杯樱桃味可乐。对面的电视机架在一整摞参差不齐的电话簿上，朝一侧歪倒。安德鲁猜测，埃里克是不是在寻找看电视屏幕合适的角度途中脖子抽筋了。折椅前面的地板上是一份打翻的微波食物，黄色的大米撒得到处都是。或许这就是案发地点——那把折椅。安德鲁正要开始翻阅那叠信件时，突然想起了门外的佩姬。

"怎么样？"他一出门，佩姬便迫不及待地问。

---

1 《不要温和地走进那个良夜》，是英国诗人狄兰·托马斯创作于二十世纪中期的诗歌，写给他的父亲，希望通过这首诗可以唤起父亲战胜死亡的斗志，不要放弃任何活下去的希望。

"挺糟糕的，而且味道也不是……很好。如果你想，可以一直待在这儿。"

"不，"佩姬说着，身侧的双手握紧又松开，"如果我第一次就放弃了，那我永远都不会再尝试了。"

她跟着他走进客厅，一起检查了角角落落。除了死死用手扣住脸上的口罩，指关节有些发白外，她并没有表现得很痛苦。

"哇哦，"佩姬终于透过口罩喃喃自语起来，"这里感觉有点……我不知道该怎么表述……死气沉沉的，好像整个地方跟着主人一起死去了似的。"

安德鲁从来都没那样考虑过，不过，这个地方真的安静得让人感觉有些诡异。他们沉默了一会儿。如果安德鲁此刻能够引用一些关于死亡的名人名言，或许是个不错的选择。就在这时，一辆冰激凌车从外面开了过去，愉快地放着响亮的《比赛日》的旋律。

在安德鲁的指导下，他们开始整理所有的文件。

"我具体要找什么？"佩姬问。

"照片、信件、圣诞贺卡或是生日贺卡什么的——任何可能表明家庭成员的信息，他们的电话号码或回信地址。对了，还有银行账单，这样我们就可以了解他的财务状况了。"

"大概还有遗嘱？"

"是的，也包括那个。那要看他有没有近亲了。绝大多数没有近亲的人是不会留遗嘱的。"

"我想你说的有道理。那就希望你存了点现金吧，埃里克，老伙计。"

在安德鲁的带领下，佩姬尽可能地收拾出一小块地板，根据有用与否将所有的文件分门别类地做着整理，有条不紊地工作着。有水电费账单、电视许可证交费通知，还有富勒姆官方足球俱乐部商店的商品目录、大量外卖菜单、水壶保修单和一份避难所的筹款单。

"我想我找到了点什么。"经过二十分钟的徒劳搜索后，佩姬说。她找到了一张圣诞贺卡，上面的图案是几只戴着圣诞帽子的猴子在哈哈大笑，标题是："猩猩快乐的圣诞时光！"打开贺卡，可以看到很小的手写字迹，仿佛寄信人不想表露身份似的。上面写道：

祝埃里克叔叔，
　　圣诞节快乐
　　　　　　　爱你的卡伦

"看来他有个侄女。"佩姬说。

"貌似是的。还有别的贺卡吗？"

佩姬翻翻这里，找找那里，不慎惊扰了一只无比蠢笨的大头苍蝇，它顿时飞扑过来，而她尽量保持着镇静。

"又找到一张，是张生日贺卡。我们来看看，对，还是卡伦寄来的。等等，下面还写了别的：'如果你想给我打电话，这是我的新号码。'"

"找到了。"安德鲁说，一般他都会当场打电话，可佩姬的加入，让他有点局促不安，于是决定回到办公室再行动。

"这样，就好了？"佩姬说着，朝门边轻轻地挪近了一点儿。

"我们还得查看一下他的经济状况，"安德鲁说，"我们得知，他的活期账户里还有一点儿存款，但可能还会在这里找出点什么。"

"现金吗？"佩姬说着，环顾着周围的一片狼藉。

"你会大吃一惊的，"安德鲁说，"一般情况下，从卧室找起都会是个不错的开始。"

佩姬站在门口，看着安德鲁走到单人床前，跪了下来。阳光透过窗户渗进来，屋子里飘浮的灰尘四下飞舞。他每挪一步，地板上就震起一片灰尘，与之前的夹杂在一起。他尽量不露出痛苦的表情。对他来说，进入别人的卧室是最具冒犯性的行为，所以每次卧室的清查都是最困难的部分。

他把袖子塞进防护手套，手从床垫的一端伸进去，慢慢地摸索着下面。

"如果他真的藏了一万英镑，"佩姬说，"但要是找不到近亲，那钱怎么处理？"

"是这样的，"安德鲁说，调整了下姿势，"他所有的现金或资产首先要支付葬礼的费用。剩下的钱寄放在办公室的保险柜里，如果找不到合法继承人——亲戚等——那么钱就收归王室所有。"

"什么？最终钱会到老贝蒂·温莎手上？"佩姬说。

"呃，可以这么说。"安德鲁说着，突然打了个喷嚏，大概是吸入灰尘造成的不适。第一遍搜查没有任何收获，他振作精神，又伸手到更深处摸了起来，这次摸到了一块软绵绵的东西。那是一只印有富勒姆队商标的短袜，里面装了一捆用橡皮筋捆着的钞票，大部分是二十英镑面额的。不知什么原因，橡皮筋差不多都被圆珠笔涂成了蓝色。安德鲁不确定它有没有极其重要的寓意，或只是闲来无事的涂鸦。往往就是此类不相关的细节在他的心中久久萦绕：被忘却的人生的奇怪的小细节，不知为何出现，带给他一种无法言语的微妙的紧张感，挥之不去，就像看到一个没有问号的问题一样难受。

他从钞票的数量上判断，埃里克的葬礼费用有着落了。现在就是要看他的侄女想要拿多少出来帮忙了。

"那么，现在结束了吗？"佩姬说。安德鲁可以看出来，她现在迫切渴望从屋子里走出去，呼吸一下新鲜空气。他还记得自己的第一次——呼吸一口伦敦的重污染空气，简直如重生一般。

"对，我们完事了。"

他最后检查了一遍房间，确保没有任何遗漏。正当他们离开时，前门传来了某种动静。

走廊里的人显然没料到屋里会有人，他一脸惊诧，看到出现在门口的安德鲁时还吓得后退了两步。他又矮又胖，汗流浃背，身上的短袖开领衬衫似乎都遮挡不住那保龄球似的啤酒肚了。安德鲁挺起腰背，准备大战一场。天知道，他有多鄙视跟这种愤世嫉俗、绝望的投机分子打交道了。

"你们是警察？"那个男人看到他们手上的防护手套问道。

"不是，"安德鲁逼迫自己盯着男子的眼睛说，"我们是议会的工作人员。"

听到这里，男人显然放松了不少，甚至向前跨了一步。从刚才的举动中，安德鲁就已经判断出他的真实目的了。

"你认识死者？"他问道，同时不由自主地挺直了腰背，希望男人将自己误认为是没戴手套的退休拳击手，而不是一个连看斯诺克比赛都累得上气不接下气的人，但这好像不太可能。

"对呀，我认识，埃里克嘛。"

沉默。

"真是遗憾，你懂的，关于他的去世，等等。"

"你是他朋友还是亲戚？"佩姬说。

男人挠着下巴，上下打量着她，好像在给一辆二手车估值。

"朋友，我们很要好，真的很要好。我们老早就认识了。"

在男人用手梳着头顶仅剩的油腻头发时，安德鲁看到了他颤抖的手。

"认识多久了呢？"佩姬说。

安德鲁很欣慰佩姬能够先发制人，她说话的方式和冷酷的声音更具权威性。

"哦，天哪，这确实是个好问题。很久很久了。"男人说，"有时候你也会忘记一些事情，不是吗？"

他自信满满，不再将佩姬和安德鲁当回事。此时的他被后面的房间内部吸引了，脖子伸得长长的，往前又走近了一步。

"我们正要锁门。"安德鲁说，手里拿着钥匙。男人目不转睛地盯着钥匙，几乎毫不掩饰他要搜刮一切的真实目的。

"好吧，那个，"男人说，"我就是过来表达我的哀思的，跟你们一样。我说了我们是好哥们儿，我不清楚你们是否有找到他留下的遗嘱或是别的……"

果然来了，安德鲁想道。

"……但他确实说过，如果有一天他走了，你知道，就是突然那样的，他希望我能拿到他的一些东西。"

安德鲁平复着心情，正要解释在案件处理清楚前，不得擅自乱动埃里克的全部资产，但佩姬抢先了一步。

"那汤普森先生要留给您什么东西呢？"她说。

男人动了动脚，清了下嗓子说："嗯，电视机呀，还有……说实话，他还欠了我一点儿钱。"他脸上闪过一丝假笑，"你懂的，是支付过去那么多年为他花的那些酒钱。"

"真有意思，"佩姬说，"他的名字是埃里克·怀特，而不是埃里克·汤普森。"

男人脸上的笑容顿时消失了。

"什么？对，我知道的，怀特，什么……"他转头看着安德鲁，嘴角歪向一边，好像佩姬听不到似的说，"才有人过世，她竟然试图要我，她怎么能这样做？"

"我想你大概知道为什么。"安德鲁平静地说。

男人突然剧烈地干咳起来。

"胡说，你根本不知道，"他结结巴巴地说道，"不知道。"他又说了一遍，猛地推开前门。

安德鲁和佩姬等了一会儿才出去。男人拖着沉重的步伐走下了楼梯，手插在夹克口袋里，已经走到庄园中间了，突然转身，抬着头，打了个V字手势[1]叽叽歪歪地表达着不满。安德鲁和佩姬摘下了口罩和手套，随后，佩姬擦了擦额头上的汗。

"对于第一次住所清查，你感觉如何？"看着那个男人打着V字手势最终消失在了拐角处，安德鲁问。

"我感觉，"佩姬说，"我需要喝点烈酒。"

1　在英国、爱尔兰、新西兰和澳大利亚，手背朝外的V字手势通常会被视为和竖中指程度相等的侮辱。

7

第七章

安德鲁一直以为佩姬在开玩笑，即便在前面领路的她径直走进庄园拐角碰到的第一家酒吧。但还没等他反应过来，佩姬就点了一品脱的吉尼斯黑啤，还问自己喝什么。他低头看了看手表，时针刚过一点。

"噢，真的？那个，我不应该……我不……呃……那好吧。我要淡啤酒吧，谢谢。"

"一品脱？"酒吧侍应生问道。

"一半吧。"安德鲁说。突然，他好似又回到了青少年时期。过去，萨莉总是自信满满地到当地酒吧点上几杯，而自己老是躲在姐姐身后。他不得不用双手抱着大大的品脱玻璃杯，活脱脱像个捧着奶瓶喝奶的娃娃。

佩姬不耐烦地用手指敲击着吧台，而酒吧侍应生却想等她把剩了半杯的吉尼斯啤酒干个底朝天。照这个架势，下一秒佩姬就该跳起来，直接跑到龙头那边接酒喝了。

除了他们，店里就坐着几个按时报到的老年常客，他们的出现仿佛保证了整幢大楼的结构完整性。在安德鲁把外套挂在椅背的同时，佩姬已经拿杯子碰了一下他桌上的杯子，痛饮了三口。

"天啊，好多了，"她说，"放心，我不是酒鬼。"她立即补充道，"这是我一个月来的第一杯酒。对于头一天上班的我，今天早上的经历真是前所未有的紧张。一般来说，上班第一天，你可能只关注厕所在哪儿，刚刚介绍的同事的名字转眼间就忘。但还是努力做好吧，就像掉进冰冷的水里一样，不是吗？我之前度假也经常去海滩，知道慢慢走入大海深处的感觉。如果我可以尝试着欺骗自己忽略身体正在进入冰冷海水的现实，那我也可以克服困难，完成工作。"

安德鲁轻轻地抿了一小口啤酒。虽然记不清上次喝酒是什么时候了，但百分百能确定的是，绝对不是在某个周三的中午。

"这种想要坑蒙拐骗的投机分子多久出现一次？"佩姬说。

"挺常见的，"安德鲁说，"故事都千篇一律，尽管有时候你会碰到有备而来的家伙，那种还挺能让人信服的。"

佩姬抹掉了唇边的酒沫。

"我不知道哪种情况更糟。或许能编造出真实故事的聪明人才是真正的恶棍，而不是今天碰到的这种呆头呆脑的笨蛋。"

"我觉得你说的没错，"安德鲁说，"至少我们已经找到了疑似埃里克的近亲。这经常会避免不少麻烦——只要有家属，就能将那些冒险碰运气的人挡在门外。"

就在这时，酒吧里的一个当地人狂打着喷嚏，响声震天，但周围的人丝毫没受影响。终于，他停了下来，看着手帕里的分泌物，带着点诧异，还有些自豪，随后便把手帕塞回了袖子里。

"一般都是这样的可怜家伙，你懂的，会落到那样的下场。"佩姬盯着打喷嚏的人说，仿佛他马上就会成为下一个工作案件似的。

"基本上是的，对，我只碰过一个女人，"安德鲁的脸不自觉地唰一下就红了，"你懂的，一个死了的。"噢，天哪！"我是说……"

佩姬努力忍住笑："没事，我懂你的意思。你做过的住所清查案件中，只有一个女死者。"她谨慎地一字一句地说。

"是的，"安德鲁说，"而且，是我接手的第一个案件。"

这时，酒吧的门开了，一对老夫妇走了进来，似乎也是常客，因为酒吧侍应生对他们自然地点头致意，在没下单的情况下便分别倒了一品脱和半品脱的啤酒。

"那，你的第一个案子，感受如何？"佩姬问道。

那天发生的一切历历在目。安德鲁清晰地记得，老奶奶叫格蕾丝，去世时已经九十岁高龄了。她的房子出奇地干净，看上去她是由于刚刚进行的一次特殊大清扫而疲劳过度去世的。直到现在，安德鲁还记忆犹新，当自己和基思踏进屋门的一瞬间，产生的那种如释重负的快感。或许世界上就存在着这样的情况：生活还算不错的小老太太在睡梦中离世；迪基·温克尔太太[1]式储蓄罐里收着一些积蓄；家用录像系统上放着《故园风雨后》；还有位好心的邻居每周

---

1 《彼得兔》系列中的人物。

会帮忙采购生活必需品，更换灯泡。

可当他看到格蕾丝枕头下藏着的一张字条后，一切都变了。

在我死后：确保我那个邪恶的贱人邻居什么都拿不到！她肯定会来索取我的婚戒——记住我的话！

他发现佩姬正满怀期待地望向自己。

"还不错。"他说道，回避了再次深入话题，因为多讲一个令人沮丧的故事对于目前的情况没什么帮助。

他们呷了一口酒，安德鲁认为，自己在此刻应该对佩姬的个人生活表示些关怀。可脑子一片空白。如果你一辈子都将闲谈当成氪星石[1]一样避之不及，就会陷入如今的窘境。还好，佩姬有种独特气质，跟她在一起即便一句话不说也很舒服。过了一会儿，她打破了沉默："如果我们找不到近亲，就没人出席葬礼吗？"

"这个嘛，"安德鲁说，"严格地说，虽然不属于工作要求，但如果真的没人出席——邻居、前同事之类的都没有——那么我就会自己去。"

"你能亲自参加葬礼真的太好了，这完全超出了工作本身的范畴。"

"啊，没有，没有，"安德鲁立马解释道，尴尬地动了动，"我想这很常见，这个领域有不少人会这样做。"

"不过，肯定不好受，"佩姬说，"那都还顺利吧？——我是说葬礼，没发生什么痛苦的事情吧？"

---

1 漫画人物超人的能量来源是地球上的黄色太阳光，氪星石会削弱他的能量，所以超人超级害怕氪星石。

"没什么痛苦的，"安德鲁说，"但也有例外。"

"比如说？"佩姬说着，身体微微前倾。

安德鲁眼前立即浮现出那个扶手椅男人。

"曾经在葬礼上出现了一个拿着把蓝色扶手椅的男人，"他说，"我没找到那个死者的朋友或亲人，所以没料到会有人出现。原来，这个叫菲利普的男人是死者的朋友，当时他度假刚回来。朋友在世时，他是唯一可以去家里拜访的人。虽然椅子已经开始褪色，但死者对这把破损的椅子情有独钟。菲利普不清楚具体的缘由，而直觉告诉他，朋友过世的妻子过去应该常常坐在那里。最终，菲利普说服了朋友，得到了他的许可，将扶手椅拿走重新上漆。可当他度假归来，从修理厂拿回椅子时，自己的朋友已经不幸去世了。那天早上，菲利普看到我登在当地报纸上的讣告，径直来了葬礼现场。他甚至把扶手椅搬进了教堂，陪着我们完成了整个仪式。"

"哇哦，"佩姬说，"真令人心碎。"

"嗯，是的，"安德鲁说，"但是……"他突然停了下来，担心接下来的话太奇怪。

"什么？"佩姬说。

安德鲁清了清嗓子。

"嗯，就在那天，我下定决心，要继续参加接下来的葬礼。"

"为什么呢？"

"嗯，是这样的，我也不太确定，"安德鲁说，"就是感觉上我……不得不去。"

实际上是因为——他不认为这番真相可以帮上第一天工作的佩

姬——这件事令他意识到，每个孤独死去的人都会拥有自己版本的椅子的故事。不管他们的人生多么平凡，总会出现这样那样的小惊喜。而且，一想到在人生的终点，没有人陪伴，没有人知道自己曾在世界上存在过，经历过欢笑、痛苦、爱恨情仇——他的心就像被撕裂开一般痛苦难耐。

安德鲁发现自己刚才一直在转着桌上的杯子，他停了下来，杯子里的液体飞速转了一会儿后，慢慢地沉淀了下来。一抬头，他便看到佩姬似乎在认真地研究着自己，仿佛在重新校准什么似的。

"哎呀，这第一天工作，可真的是……"她说。

安德鲁灌了一大口酒，对于以此为理由而无须说话感到满意。

"好了好了，"佩姬说，似乎是察觉到了安德鲁的不适，"我们换个轻松点的话题吧。比如说，我应该会讨厌办公室的哪个同事？"

安德鲁稍稍放松了下，这个话题还是比较稳妥的。他考虑着佩姬的问题。如果从专业角度回答，他会紧跟公司章程，并表示，当然了，这可能是个具有挑战性的环境，意味着偶尔会出现性格上的冲突，不过最后大家还是会团结一致。但在周三下午一点，半品脱啤酒下肚后，去他的，考虑那么多干什么。

"基思。"

"基思？"

"基思。"

"我想我记得他，当初卡梅伦面试我的时候他就坐在旁边。他不停地挖耳朵，看掏出来什么东西。"

安德鲁皱了皱眉："对，不过说到他的个人卫生，这都是冰山一角，不值一提。"

喝了酒后的安德鲁还是有些鲁莽，不知不觉便提到了自己内心的真实想法，他猜基思和梅瑞狄斯之间有些不正常。佩姬脸部抽搐了一下。

"可悲的是，基思有点像我十几岁时交往过的一个男孩。他身上有股没洗过的运动服的味道，头发又长又油腻，但我当时被他迷住了。我真想说，我觉得他魅力四射，为人和善，可他就是个十足的白痴。然而，他是当地乐团的首席吉他手，也就是我之后加入的乐团，在里面演奏沙槌。"刹那间，安德鲁似乎回到了十几岁时家附近的小酒馆，观看萨莉和她当时的男朋友斯派克的乐队"漂流木"的第一场也是最后一场演出。在安德鲁这个唯一的观众和二十张空凳子面前，他们紧张兮兮地搞砸了琼妮·米切尔的歌曲。安德鲁回忆道，萨莉当晚表现得异常脆弱，自己对姐姐的爱一下子涌上了心头。

"你那个乐队叫什么？"他问佩姬。她看着他，眼中闪过一丝调皮："再喝一轮，我就告诉你。"

事实证明，如果你长时间滴酒未沾，空腹灌下两杯四度的淡啤酒确实会产生剧烈的反应。虽然安德鲁没怎么喝醉，但身体已经发热，眼前有点晕，如果能来点薯片，他甚至愿意去揍海鹦[1]一拳。

佩姬遵守了承诺，说了乐队的名字（魔法梅夫的死亡香蕉），

1　海鹦是冰岛的国鸟，全身黑白相间，有奇特的喙和橙红色的脚蹼，模样非常吸引人。

接着又聊到了他俩之前从事的工作。佩姬曾经在议会的一个部门工作，被裁撤后调到另一个部门。"我曾经是'访问、接纳与参与团队'的业务支持主任，"她说，"工作跟听上去一样有趣。"

安德鲁努力根据口音猜测她的家乡，他觉得她很有可能是泰恩赛德人。这么问不礼貌吧？他揉了揉眼睛。天哪，真是荒唐。他们现在应该直接回办公室。不过，这并非说他很想回去。可是，他喝了两杯啤酒。整整两杯！还是在午餐时间！接下来要做什么——把电视从窗口丢出去吗？骑着摩托车冲进泳池？

就在这时，一群大声攀谈的女人簇拥着挤了进来，打破了原有的宁静。她们的吵闹喧哗与酒吧沉闷的气氛格格不入，但跟安德鲁不同，看上去她们对引起混乱不会感到丝毫的尴尬。他清楚，这应该是个惯例，也许是周中传统：她们不约而同地走向某个特定的台子。为什么我们会觉得传统很舒服呢？他想着，把一个嗝儿憋了回去。他盯着佩姬，突然想到要问她这个异常深奥的问题。不可避免的，当他大声问出口时，听上去却没那么聪明。

"嗯嗯，"佩姬说，看上去并不慌张，这让安德鲁松了一口气，"我想，或许是因为，当你明确知道未来会发生什么时，就不会有什么可怕的意外。我不知道啦，可能这样理解会有点悲观。"

"不，我懂你的意思。"安德鲁说。他脑中浮现出，到每季度的问候时刻，萨莉盯着日历的样子。或许通过定期的交流，她能够得到一丝慰藉、一丝温暖吧。

"我认为这是在保持平衡，"他说，"你必须不断制造新的传统，否则就会厌恶旧传统。"

佩姬举起了酒杯。"我觉得我们应该碰个杯，庆祝新传统的诞生。"

安德鲁呆呆地盯了她一分钟后，迅速抓起酒杯，笨拙地碰了一下她的酒杯，发出了难听的敲击声。

角落的女人们叽叽咕咕地聊得热火朝天。佩姬越过安德鲁的肩膀望向她们。过了一会儿，她凑上来，心怀鬼胎地看着他。"当心点儿，"她说，"当有人谈论订婚时，你难道不想看看每个人的反应吗？"

安德鲁猛地一转身。

"哇，哇，哇！我说了当心点儿！"

"抱歉。"

这次，他坐在椅子上转过半个身子，假装在研究墙上挂的那幅相框里的醉酒板球运动员的讽刺漫画，同时不经意地朝那边扫了一眼，转了过来。"我需要注意什么特殊的点吗？"他说。

"观察她们的笑容，那说明了一切。"

安德鲁茫然不知所措。

"绝大多数人为她感到由衷的开心，但至少有几个觉得这主意糟透了。"佩姬说。她吞了一大口啤酒，准备发表更重要的言论。"我和我朋友阿加莎，知道吧？多年来，我们一直玩同一个游戏，只要得知哪个朋友订婚了，但我们并不看好，我们就会猜测他们订婚后会因为什么事而产生第一次争吵。"

"那个……有点……"

"卑鄙？可怕？或许吧。跟我男人史蒂夫订婚后，我得到了不少教训。碰到阿加莎时，我开玩笑，让她猜测我们第一次因何而吵架。不幸的是，结果事与愿违。"

"怎么了？"

"她猜测说，是因为史蒂夫告诉我他打算临阵脱逃了。"

"那实际上是因为什么呢？"

"只是因为一把严重磨损的刮刀而已。"

"噢。"

"是啊，她从一开始就对他抱有成见。但谢天谢地，我们最终和好了。整整五年的时间，我们固执地互不联系，经历了岁月磨砺的我们在一家烤肉店偶遇后，一切终于恢复了正常。她甚至还为我和史蒂夫的十周年结婚纪念日送了一把刮刀。搞笑的是，有个晚上，当他以'出去小酌一杯'的借口结束了两天的狂欢回来后，那是我第一个能找到的敲他头的工具。天哪，生活有时真是奇怪。"佩姬干笑了两声，安德鲁也笑了起来，有些犹豫。佩姬狂灌了一口黑啤，"哐当"一声把酒杯放在了台子上。"我的意思是，"佩姬说，"出去、喝个酩酊大醉，我们都经历过，不是吗？"

还好，安德鲁感觉出她说的是反话，没作任何评论。

"但你不要撒谎啊，是不是？"

"当然不能，"安德鲁说，"干什么都不能撒谎。"

佩姬叹了口气。

"对不起，我太傻了，在自己的婚姻问题上喋喋不休，太不专业了。"

"没关系，这没什么。"安德鲁说。他突然发觉，自己刚刚打开了通往某个话题的门。他能预知下一个问题的到来。

"结婚了吧，你？"

"嗯嗯。"

"那我现在更想问你了：你们订婚后第一次是因为什么而吵？"

安德鲁思考了一会儿。因为什么呢？他觉得应该是跟佩姬同样微不足道的原因。

"轮到谁出去倒垃圾，我想。"他说。

"经典。要是所有的争吵都是关于家务琐事就好了，对吧？不管怎么说……我得先去个厕所。"

就在那可怕的一瞬间，安德鲁出于礼貌，差点也站了起来。冷静冷静，奈特利先生，他想道，看着寻找厕所的佩姬消失在角落。他环顾四周，无意中看到一个坐在酒吧里的人，那人朝他微微点了点头。"我们都一样，"那个表情似乎在说，"一个人，像往常一样。"嗯，这次我可不是，安德鲁想着，心里充满了蔑视的刺痛感。佩姬回来后，他看了看那个男人，得意得很。

邻桌传来了一声尖笑。不管朋友有多虚伪，准新娘看上去很幸福，容光焕发。

"该死，"佩姬说，"上次我笑成那样，还是因为在睡袍里找到了二十英镑。我尖叫得特别大声，把狗都吓出屎来了。"

安德鲁哈哈大笑起来。或许是因为空腹喝酒的缘故，或许是不必赶回办公室忍受面对基思和其他人一下午，这使他突然间感到非常快乐和放松。他的内心在提醒自己，肩部肌肉不要过度紧张，都快碰到耳朵的位置了。

"把你拽来酒吧，再次抱歉。"佩姬说。

"没关系，没事的。其实我挺开心的。"安德鲁说，希望自己听上去没有那么惊讶。如果佩姬觉得刚刚的话很奇怪，那么谢天谢地，她没有当面表露出来。

"顺便问一下，你在酒吧竞猜里表现得如何？"她问着，突然被一个骑着电动代步车的男子分了神，他正在酒吧男招待的引导下慢慢地从门口进来。

"酒吧竞猜？我……我还真不知道，"安德鲁说，"就正常水平吧，我觉得。"

"我们有些人会请保姆，然后在泰晤士南岸的日出酒吧参加竞猜。每次我们都是最后一名，史蒂夫总会跟出题人发生肢体争执，不过，我们很开心。你也该来玩玩。"

还没等理智阻止自己，安德鲁已经脱口而出："我很乐意去。"

"太棒了，"佩姬打了个哈欠，转了转头，放松了下肩部，"我也不想说，但快两点了——我想我们最好回去了。"

安德鲁看了下表，真希望出点什么岔子，又可以耽搁上几个小时。不幸的是，一切正常。

甚至等他们快走到办公室，走上被雨淋透的滑溜溜的台阶时，安德鲁都无法屏住内心洋溢出的笑意。经历了一早上的麻烦事后，这真是个意外的快乐结局。

"等等，"从电梯出来后，佩姬说，"我记得对不对：基思、卡梅伦……梅琳达？"

"梅瑞狄斯，"安德鲁说，"我认为对基思有意思的那个人。"

"噢，对。我怎么能忘了呢？或许，夏末举办婚礼？"

"嗯嗯，我想，应该春天就可以吧。"安德鲁说着，同时作出个类似剧场谢幕的鞠躬推开门，示意让佩姬先走，一切都太自然不过了。

卡梅伦、基思和梅瑞狄斯都坐在隔间的一个沙发上，等安德鲁和佩姬一走进来，他们同时起身。卡梅伦的脸色苍白。

啊，该死，安德鲁内心咒骂道，我们被发现了，他们知道酒吧的事了。或许佩姬就是个傀儡，被雇来调查不正当行为的。酒吧之旅只是一个诡计，而且他竟敢期待自己能假装开心，也是活该。但他瞥了佩姬一眼，发现她跟自己一样茫然不知所措。

"安德鲁，"卡梅伦说，"我们一直在找你。有人给你打过电话吗？"

安德鲁从口袋里掏出手机。离开埃里克·怀特住所时，他忘记取消静音了。

"没出什么事吧？"他说。

基思和梅瑞狄斯不安地对视了一眼。

"早些时候有人打过来，留了言。"卡梅伦说。

"说了什么？"

"是关于你姐姐的事。"

8

第八章

父亲突发心脏病离世时，安德鲁三岁，萨莉八岁。变故并没拉近姐弟之间的关系，反而在安德鲁的早年回忆中，姐姐不是当着自己的面摔门而去，便是尖叫着让自己离她远点，他偶尔有胆量跟姐姐抗衡时，两人也只会恶狠狠地殴打彼此。他有时会想，如果父亲还在世，他会不会跟姐姐更加亲密呢？或许父亲会不断充当着二人之间的和事佬，被姐弟俩无休止的吵架搞得气愤难平，又或是采取一种更温柔的手段——轻声提醒他们不要惹母亲心烦呢？母亲倒是从来没插手过他们之间的争斗。有一次，安德鲁听一个邻居提到"她卧床不起"的表述，感到十分困惑，忘记了自己刚被萨莉痛殴一顿，还躺在花园篱笆边没缓过劲来的现状。当时的他确实理解不了母亲悲痛欲绝的惨状，也没人向他解释。他只知道，如果母亲打开卧室的百叶窗，美好的一天就在眼前——而在美好的日子里，他晚餐会吃香肠和土豆泥。有时，她也会允许他爬到床上一起躺着。她背对他，膝盖缩到胸前。她轻轻哼着歌，安德鲁的鼻尖抵着妈妈的后背，感受着她的身体由于发声而产生的震动。

等萨莉长到十三岁时，就已经比学校最高的男孩还要高出六英寸。她的肩膀变宽，腿也胖了起来。当时的她特立独行，整天在走廊上晃来晃去，伺机寻找可以欺凌的同学。回首过去，安德鲁意识到，这其实是萨莉的一种防御机制——通过先发制人去打击潜在的恶霸，同时也为自己的悲痛找到了宣泄口。如果萨莉不是经常把自己当成出气筒，他也许会更理解姐姐。

暑假回来后，有些男孩迅速发育，其中最勇敢的人自信满满地取笑萨莉，不断刺激她直到她追得他们满运动场跑，目光中闪现出一丝疯狂，拼命地挥拳打向每一个她试图堵截的人。

刚满十一岁的那天，安德鲁一直等到萨莉下楼后，才蹑手蹑脚地溜进她的卧室，呆呆地站在那里，嗅着姐姐的味道，急切地想要通过施展魔法来改变姐姐的心意，换取她对自己的关爱。当听到姐姐急匆匆地上楼时，他闭上了眼睛，眼泪在眼帘下积聚涌动着。也许是魔法显灵，也许是萨莉良心发现，想要马上找到他，告诉他一切都会没事的。但安德鲁只用了一秒钟就意识到，朝自己奔来的萨莉压根儿不想给自己一个拥抱，而是朝自己肚皮上狠狠揍了一拳。当天晚些时候，不知是出于愧疚，还是由于母亲罕见的插手，萨莉竟然向自己道了歉，虽然态度十分生硬。但无论出于何种原因，安德鲁也只是过了几天的消停日子，不能阻止争吵。

然而，就在那时，萨姆·斯派克·莫里斯从天而降，改变了一切。虽然斯派克来的时候都已经六年级了，但凭借自己的沉着冷静和自信满满，他很快交到了不少朋友。他个头高大，黑发齐肩，留着一脸民谣歌手的大胡子，足够让周围刚刚发育的半大小子嫉妒了。几乎同时，谣言四起，斯派克不知为何惹怒了萨莉，传言道，如果他再碰到她，就会吃不了兜着走。

与其他孩子一样，安德鲁查到了些蛛丝马迹，一场打斗在所难免——正如海啸来临前，动物出于本能地逃向高地——他们一窝蜂地冲去了可活动小平屋。他去的时候刚好看到斯派克和姐姐摆好了架势，警惕地围着彼此挪动着。安德鲁发现，斯派克戴了个刻有和平标志的徽章。

"萨莉，"斯派克出乎意料地柔声说道，"我不知道你为什么对我不满，但我是不会跟你打架的，好吗？我之前说了，我是个和平主义——"但"者"字还未出口，他就被萨莉扑倒在地。就在那时，安德鲁陷入了周围混乱的人群中，被撞翻在地，所以之后的几分钟内他只听到了赞许的咆哮声，完全不知道打斗进展如何。可突然，全场响起了嘲笑和口哨声。等到安德鲁终于挣扎着站稳，想弄清楚眼前的战况时，眼前只出现了萨莉和斯派克紧紧抱在一起，激烈地吻着彼此的画面。突然，他们触电般分开，斯派克咧嘴笑着。萨莉也笑了下，但迅速用膝盖恶狠狠地朝对方的裆部踢了过去。然后，她昂首阔步地离开，高举双手，摆出一副胜利者的姿态，但当她回头看着仍在地上扭曲挣扎的斯派克时，安德鲁确信，他从姐姐眼里看到了一丝关切。

结果，除了对斯派克·莫里斯的健康表现出的关切，萨莉明显产生了更深的情感，尽管困难重重，他们最终还是走到了一起。如果安德鲁为此感到惊讶，那么之后萨莉产生的一切变化都让他诧异不已。她的变化是立竿见影的，就好像是斯派克修好了她身体中的一个压力阀，所有的怒气瞬间排空。他们形影不离，十指紧扣地在学校闲逛，长发随风飘动，像下山散心的好心巨人似的，给其他孩子分发大麻烟卷。萨莉的声音发生了变化，最终定在了慢吞吞的单长调上。她现在在家不仅开始跟安德鲁聊天，晚上还邀请他参加自己和斯派克的活动。她从未承认之前的恐怖统治，但允许弟弟跟他们一起打发时间，看电影，听唱片，似乎是她为弥补之前的行为而作出的尝试。

起初，安德鲁——像学校里的其他孩子一样——认为这是一种放长线的精神策略：萨莉偷偷带他去酒吧，邀请他一起观看旧式家庭录像机上播放的汉默电影公司的恐怖电影，为的就是之后猝不及防甚至更加野蛮的殴打。但事实并非如此。看上去，斯派克确实用爱软化了她，还有大麻。偶尔出现的怒气矛头指向的也是在萨莉眼中的懒散代表——麻木了的母亲。但每次她都会因良心不安而道歉。

最令人惊讶的是，在安德鲁刚满十三岁那年，萨莉想方设法地为他找了个女朋友。当萨莉带着两个女孩从操场的另一端走来时，他正沉浸在自己的世界里，窝在格斗区的可活动小平屋的老地方津津有味地读着《指环王》。一个女孩跟萨莉同龄，另一个跟自己差不多年龄，安德鲁从来都没见过她们。萨莉大踏步地朝他走去，将两个女孩远远地甩在了身后。

"你好啊，甘道夫。"她说。

"你好……萨莉。"

"看见那个女孩了吗？凯茜·亚当斯。"

啊，对，他现在认出来了。那个女孩比自己低一级。

"嗯。"

"她喜欢你。"

"什么？"

"是这样的，她想跟你约会。你想跟她约会吗？"

"我真的不知道。也许吧？"

萨莉叹了口气："你当然愿意啦。所以现在，你必须跟她姐姐玛丽谈谈。她想看看你过不过关。别担心，我也是这么审核凯茜的。"她边说边竖起大拇指示意玛丽，同时猛地推了一下安德鲁的后背。他跟跟跄跄地向前走去，与被玛丽推过来的凯茜相遇在操场中央。他们尴尬地朝彼此笑了笑，如同两个在隔离区交换的被捕间谍似的。

玛丽迫不及待地盘问着他，甚至一度凑上去试探性地闻了闻。看上去还算满意，她扶着他的肩膀转过去，又把他原路推了回去。似乎萨莉和凯茜也是相似的进展，所以接下来的几周全是他们的私人时间，一到课间休息，他就在默许中牵起凯茜的手，跟着她满校园游荡，她骄傲地高昂着头，全然不在意周围的嘲笑和窃笑。正当安德鲁开始好奇这一切的意义时，在学校戏剧节后的某晚，灌了两瓶半啄木鸟苹果酒的自己被凯茜推倒按在墙上接吻，但他下一秒便吐在了地板上。那是他一辈子最幸福的夜晚。

但命运就是如此残酷和无常，两天后，萨莉让他坐好后，传达了一个玛丽带来的坏消息——凯茜想要结束这一切。安德鲁还没来得及消化，就被萨莉狠狠地抱住了，听她解释着，凡事皆有因，时间会是最好的疗伤剂。安德鲁其实并不清楚凯茜·亚当斯的决定对自己有何影响，但当他的头靠在萨莉的肩膀上，享受着猛烈的拥抱带来的疼痛时，他觉得发生的一切都是值得的。

接下来的一个周六，安德鲁被派去楼下做爆米花，等上楼时，他从门缝中看到萨莉和斯派克面对面跪着，额头靠在一起，轻声低语着。萨莉睁开眼，优雅地亲吻了斯派克的额头。安德鲁从来都不知道姐姐可以如此温柔。能有这样的奇迹，就算让自己去亲吻斯派克·莫里斯他都乐意。他历经了千辛万苦，终于有了一个称职的姐姐。但他不知道的是，那是多年来跟姐姐的最后一次碰面。

他完全不清楚萨莉和斯派克是如何从各自家里偷溜去机场的，更别提他们又是从哪里得来的钱付得起私奔去旧金山的机票。但之后有人传消息说，年满十八岁后，斯派克就继承了一大笔祖父母留下来的财产。安德鲁在放袜子的抽屉里找到了一张萨莉留的字条，解释说，他们"会去美国待一段时间。不想惹是生非"。她补充道："小弟，麻烦你跟我们亲爱的老妈解释一下好吗？但一定要等到明天哦！"

安德鲁按照吩咐做了。听到消息后，他妈妈从床上坐了起来，惊慌失措地说："噢，我的宝贝，我的小宝贝，亲爱的。真的，太突然了，难以置信。"

接着他们像做梦似的跟斯派克的父母见了个面。他父母开了一辆大众露营车，带着满身的大麻烟味来到了门外。安德鲁的母亲整个上午都在为用什么饼干来招待客人而焦虑不安，看得安德鲁担心不已，担心母亲疯了，以致他紧张得把脸颊上的疤都挠出了血。

他躺在楼梯平台上，透过栏杆望下去，偷听着整个对话。斯派克的父亲里克和母亲肖纳都长着一头乱糟糟的棕色长发，肚子凸在外面。事实证明，嬉皮士老得很快。

"事情是这样的，卡桑德拉，"里克说，"我们觉得，他们都是可以自己拿主意的成年人了，并不能阻止他们做想做的事情。而且，我们也是这个年龄出去环游世界的，也没什么不好。"

肖纳紧紧地靠在里克身上，如同在乘坐过山车，那副样子让安德鲁对刚才的宣言产生了一丝质疑。里克是美国人，他把"成年人"的第二个音节重读，听上去格外富有异国情调，这让安德鲁不由得也想不告而别，乘飞机跨越大西洋。可他马上想到了他们的母亲。萨莉也许没良心，可他的良心还在。

起初，没有萨莉的任何消息。但一个月后，他们收到了一张盖有新奥尔良邮戳的明信片，上面画的是涂着深褐色烟熏妆的爵士长号手。

"快活之都！希望你过得开心，哥们儿。"

安德鲁愤怒地把它扔到了卧室的地上。可第二天，他忍不住又读了一遍，接着便把它贴到了枕头旁边的墙上。之后上面又新添了来自俄克拉荷马城、圣菲、大峡谷、拉斯维加斯和好莱坞的明信片。安德鲁用仅有的零花钱买了张美国地图，她每寄来一张明信片，安德鲁就用马克笔在地图上标出来追踪，猜测着她下一次的目的地。

他母亲现在的状态极不稳定，不是愤怒地咆哮痛斥着狠心离家出走的萨莉，便是对着安德鲁这个目前唯一待在身边的孩子痛哭流涕——双手捧着他的脸，不断地让他发誓不会离开自己。

然而，五年后，当安德鲁坐在母亲身边，听着她称呼这是自己临终的病榻时，内心感觉不到一丝难过，真是残酷的讽刺啊。他母亲的癌症已是晚期，医生预言只剩几周的生命。那年九月，安德鲁按理应该去大学——布里斯托尔理工大学——修读哲学的，但为了照顾母亲，他延迟了报到时间。他并未将自己被大学录取的消息告诉母亲，这样事情会简单一点。问题是他联系不到萨莉，所以无法通知她母亲病重的消息。明信片也越来越少了，最后一张还是去年在多伦多寄出的，上面写着："你好啊，老弟，这里冻死人了！给你我俩的拥抱！"最近她倒是打了一通电话过来。当时安德鲁嘴里塞满了炸鱼条，当听筒那边传来萨莉的回音时，他差点就被噎到了。电话信号很差，两人几乎无法对话，但安德鲁还是隐约听到了，等抵达纽约，也就是八月二十号时，她会再次致电。

那天来临时，他守在电话旁，一边期待着电话铃声的响起，一边又希望电话永远不要打过来。当铃声终于响起，他却一直等它响了好几下后才鼓起勇气拿起话筒。

"你好呀，老弟！我是萨莉，信号还行吧？听得清楚吗？"

"嗯。听着，妈妈生病了，反正是，病得很重。"

"怎么回事？病了？那，有多严重啊？"

"严重到永远都好不了了。你必须立即订机票赶回来，否则就来不及了。医生们都说剩下不到一个月了。"

"天哪，你是认真的吗？"

"当然了，我很认真。请尽快赶回来吧。"

"天哪，老弟。简直……简直太疯狂了。"

　　萨莉真是来无影去无踪。如往常一样，安德鲁下楼吃早饭时，突然听到厨房水龙头的流水声。他妈妈已经好几周都卧床不起了，更不要说下楼了，但他内心深处还是忍不住涌起一丝希望：或许医生诊断错了呢。但下楼一看，原来是萨莉站在水池前，一条染成彩虹色的马尾长长地垂至腰际。她穿了件类似晨衣的袍子。

　　"老弟，嘿哟！"她说着，一把拉住安德鲁，来了个热情的熊抱。她身上散发出一股发霉的花香味。"你过得咋样啊？"

　　"还不错。"安德鲁说。

　　"天哪，你至少长高了二十英尺。"

　　"嗯。"

　　"学业顺利吗？"

　　"嗯，挺好的。"

　　"考试考得好吗？"

　　"嗯。"

　　"有姑娘吗？肯定找了个新女友吧？嗯哈，我打赌你一定忙着脚踏两只船。嘿，你喜欢我的运动衫吗？是巴哈[1]的哦。如果你想要，我可以给你一件。"

　　不，我只想要你来跟我们垂危的母亲聊聊天。

1　墨西哥城市。

"斯派克呢？"安德鲁说。

"他还在美国，等一切，你懂的……结束了之后，我就回去找他。"

"噢。"安德鲁说。这就是所有的答复了。"你想上楼看看妈妈吗？"

"嗯，好啊，去看，只要她起来了的话。不想吵醒她。"

"实际上，她现在根本起不来了。"安德鲁说着便朝楼梯走去。有那么一瞬间，他觉得姐姐不会跟上来，但回头一看，发现她只是在脱鞋而已。

"习惯了。"她说着，羞怯地笑道。

安德鲁先敲了几下门，没有回应。他和萨莉面面相觑。

就好像一切都是妈妈计划好的，等三人团聚时离去，为的只是徒增生者的痛苦。

"妈妈典型的行为。"之后在酒吧，萨莉说道，尽管她说的是"老妈"（用的是美式发音），让安德鲁很想把啤酒浇到她头上，但突然间，他似乎已经不在乎英美两国不同的发音了。

两个姑婆以及几个不怎么情愿前来的前同事参加了母亲的葬礼。当晚，安德鲁辗转反侧，难以入眠。他从床上坐起来，努力想要阅读，却始终无法理解尼采对于痛苦的阐述，就在这时，他听到前门"咔嗒"一声关上了。他突然意识到，门廊上鸟巢里的椋鸟估计把安全灯误认为黎明降临了，叽叽喳喳地叫了起来。他从窗帘缝隙中瞥了一眼——看到他的姐姐，背着行囊离家而去，不知道这次她是否会一去不回。

然而，仅仅过了三周——其间，安德鲁大部分时间都裹着妈妈床上的羽绒被躺在沙发上，看着日间电视节目——他下楼时，发现萨莉又一次出现在水池旁。她是为他回来的。终于，心中的某种情感被唤醒，愚钝不再。萨莉转过身，安德鲁看到她的眼睛又红又肿，这次换他穿过房间抱住了她。萨莉说着什么，但由于嘴巴抵在肩膀上，声音完全被盖住了。

"你说什么？"安德鲁说。

"他把我给甩了。"萨莉痛苦地抽泣道。

"谁？"

"当然是斯派克啦！他留了一张便条在家里。肯定是跟个臭婊子私奔了，我知道。全毁了。"

安德鲁把萨莉推开，往后退了一步。

"怎么了？"萨莉边说边用袖子抹着鼻涕。接着她爆发了第二次嘶吼，声音更加尖厉，安德鲁沉默不语。她眼睛中喷发的熟悉的怒火又回来了。但这次安德鲁一点儿都不怕。他只是气到了极点。

"你想怎么样？"他啐道。接着，萨莉一步一步逼近，将他按在冰箱上，胳膊抵着他的喉部。

"怎么，你他妈的很开心是吧？他把我甩了你很满意啊？"

"我一点儿都不在乎他，"安德鲁喘着粗气说，"那妈妈呢？"他挣扎着，拼命地想要扯开萨莉压在喉咙上的胳膊。

"她怎么了？"萨莉咬牙切齿地说，"她都死了，不是吗？死翘翘了！你这么激动干什么？那个女人身上一点儿母性都没有。爸爸死后，她就没管过我们了。她完全崩溃了。如果在乎我们，她会这么干吗？"

"她病了！而且你看你，你现在被甩了都这样一团糟，我不认为你有资格评论另一个崩溃的人。"

萨莉的脸上重燃起怒火，她成功地抽出了胳膊再次攻击了他。安德鲁踉踉跄跄地倒退着，双手捂着眼睛。他已经做好下一轮挨打的准备了，可他等来的不是拳头，而是被萨莉轻轻地搂进怀里，不断地说着"对不起"的道歉。最终，他们双双瘫倒在地板上，呆呆地坐着，一言不发，非常平静。过了一会儿，萨莉打开冰箱，递给安德鲁一包冷冻蚕豆，尽管是她导致了现在的痛苦，但这么一个简单举动传递出的善意已足够让他心怀感激，那只完好的眼睛里涌出了泪水。

接下来几周的日子都差不多。安德鲁先去大街上的药店工作，下班后会煮番茄意大利面，或是香肠土豆泥，而萨莉则会喝得醉醺醺的，看着动画片。安德鲁看着她将长长的意面吸上来，脸颊上沾满了酱汁时，心中不由得好奇她今后会成为什么样子。暴躁的恶霸和嬉皮士精神仍存活于她的体内，正如共存的杰基尔和海德[1]一样。她又会过多久离开呢？结果表明，他没等多久，只是这次他把偷溜出门的姐姐抓了个正着。

"拜托，请你告诉我，你不是打算去找斯派克吧？"他站在门口说，黎明前的寒风令他瑟瑟发抖。萨莉哀伤地笑了笑，摇了摇头。

---

1 英国作家史蒂文森的小说《化身博士》中的主角，亨利·杰基尔利用自己研究出的秘药，将自己人性中的"恶"分离了出去，但没有想到，分离出去的恶竟然变成了一个独立的人格——海德，并显现出来，随即在大范围内杀人，最后在绝望与苦恼下自尽。

"不。我的朋友宾西帮我找了份工作，至少他是这么认为的，就在曼彻斯特附近。"

"好吧。"

"我只想让自己尽快回到正轨。我必须得成长了。在这里，我办不到。太他妈的残酷了。之前是老爸，现在连老妈也走了。我原本……我原本打算去找你，跟你告个别，谈一谈。但我不想吵醒你。"

"这个，这个……"安德鲁说。他看向了别处，抓着后颈。他转过头来时，看到萨莉正如自己的翻版，做了同样的事情，彼此尴尬地对视着。至少，他们还能相视一笑。"好吧，安顿好后记得告诉我。"安德鲁说。

"嗯，"萨莉说，"当然。"她正要关门，却停了下来，转过头，"你知道我真心以你为荣，哥们儿。"

萨莉的话听上去像是彩排过似的。或许她心里还是希望吵醒他。话落在心上，五味杂陈。

"我保证，一安顿下来就给你打电话。"她说。

当然，她并没有。几个月后，等安德鲁已经在布里斯托尔理工大学注册好，她才打来一通电话，这时，姐弟俩之间已经有了一道无法逾越的鸿沟。

但他们确实在一起过了个圣诞节，安德鲁睡在了当时萨莉和班西（真名是特里斯坦）合租小屋的沙发上，他们三个享用了班西自酿的酒精度数极高的啤酒，导致安德鲁有一瞬间觉得眼睛都快瞎了。当时萨莉跟一个叫卡尔的人在约会，那是个瘦削的、无精打采的家伙，一天到晚沉迷于健身以及随后的能量补给中。安德鲁每次回头，都能看到他在吃东西：一整袋的香蕉，大块的鸡肉——穿着运动服，舔着指头上的油脂，活像个大快朵颐之后的亨利八世[1]，只不过身上的古装换成了阿迪达斯运动服。最终，萨莉搬去与卡尔同居，从那之后，安德鲁就再也没见过她了。取而代之的便是定期电话，这是自然而然形成的习惯，并非二人刻意约定。过去的二十年中，萨莉每三个月便主动打来电话问候。最初，他们有时还会谈谈母亲——已经过去足够久的时间，在玫瑰色滤镜的美化里，母亲的怪癖也没那么奇怪了。但越到后面，他们的追忆越牵强，剩下的只是拼命想要维持一段即将消逝的感情的无力抗争了。最近，连对话都变得费劲得多，有时连安德鲁都纳闷，萨莉为何还不厌其烦地主动打电话过来。但确实也有时候——两人陷入沉默，在仅剩的呼吸声中——安德鲁能感受到他们无法泯灭的亲缘关系。

---

[1] 英国国王亨利八世极其好吃。除了婚姻问题，颇为有名的便是他对吃的执著了。

9

第九章

离开办公室时，安德鲁感到天旋地转，他拒绝了卡梅伦和佩姬护送自己回家的好意。他需要呼吸新鲜空气，一个人静静。他费了很大的劲才拿起话筒，拨通了卡尔的号码。但萨莉的丈夫——萨莉的鳏夫——并没有接电话。而是，一个自称为"卡尔最好的朋友，雷切尔"——成年人这么介绍自己非常奇怪，特别是在这种情境中——接起了电话。

"我是安德鲁，萨莉的弟弟。"他说。

"哦，是你呀，安德鲁，你还好吗？"还没等安德鲁回答，对方就说，"很遗憾，卡尔说家里已经没地方给你住了。所以你必须住到街角的经济酒店，就在教堂附近——举行葬礼什么的。"

"噢，没问题。已经安排好了吗？"安德鲁说。

一阵沉默。

"你了解我们的卡尔啊，他做事井井有条。我确信他不会用这些小事来烦你的。"

不久后，他坐上了伦敦开往纽基的火车，当眼前的混凝土建筑换成了杂树林，他内心感到的不是悲伤，甚至一点儿难过也没有。是负疚感，此刻的他充满了负疚感。内疚自己哭不出来。内疚自己竟然由于惧怕葬礼，甚至冒出取消行程的念头来。

当乘务员检票时，安德鲁怎么也找不到自己的票。当最终在夹克内层口袋里翻出票时，安德鲁为浪费了乘务员的时间而一再道歉，以至于后者都觉得过意不去，伸出手拍了拍安德鲁的肩膀，告诉他不必在意。

他在潮湿的经济旅馆待了整整一周，听着外面的海鸥哀号，克制着自己马上乘车离开，返回伦敦的冲动。葬礼当天早上，他早餐吃了一碗不新鲜的麦片，店主从头到尾抱着胳膊站在角落里盯着自己，就像死囚监牢的狱警监视享用最后一餐的死刑犯一样。

抬着棺材走进火葬场，他意识到，除了卡尔，自己对其他几个抬棺材的人一无所知，但直接问又不礼貌。

卡尔——虽已年过五十，但身体还是健康得令人发指，打扮时尚有型，花白的头发，佩戴着一块价值等同于一个小市镇的手表——从头到尾，都坚忍地高昂着头，眼泪簌簌地顺着脸颊滑下来。站在旁边的安德鲁一脸尴尬，垂在身旁的拳头握得紧紧的。就在棺材穿越幕帘的瞬间，卡尔发出了一声低沉、哀伤的低吼，丝毫不在意正受着自我意志折磨的安德鲁的反应。

在之后的守夜中，他周围充斥着从未谋面的人，更别提与他们之前有过交流了，数年来，此刻的他更觉孤独。他们待在卡尔的房子里——在他那个专门发展"赛诺秀"的欣欣向荣的瑜伽事业办公室中。原本屋内摆放的瑜伽垫和健身球被暂时清空，腾出来的空间里塞了张支架台，上面的空间勉强可以摆放常规的守夜祭祀用品。安德鲁记起母亲在世时难得的笑容，当时她正拧着安德鲁的耳朵吩咐他去烧水，惟妙惟肖地模仿着一段维多利亚·伍德剧本中的台词："总共七十二个软面包卷，康妮。你切，我摆。"它描写的是在得知某人死讯后英国人的典型反应。

在嚼着一块湿乎乎的香肠卷间隙，他突然发觉有人在盯着自己。果不其然，房间对面的卡尔正朝这边望过来。他脱了西装，换了件宽松的白衬衫和卡其色亚麻裤子，光着脚。安德鲁不经意地瞧见了他手上仍戴着那块价值不菲的手表。意识到卡尔要走过来了，安德鲁赶紧放下纸碟，三步并作两步地奔上楼，冲到了洗手间。谢天谢地里面没人。他洗手时，目光锁定窗台上一个装饰华丽的白盘，上面放着一个剃须刷。他拿起刷子，手指慢慢地滑过刷毛，弹出的粉末洒落在空气中。随后，他又将其放在鼻子旁，一种熟悉、浓郁的奶油味冲击着嗅觉。这是父亲的剃须刷，之前由他母亲一直收藏在浴室，他不记得之前跟萨莉谈论过它。她肯定对这个物品有一种特殊的情感寄托，所以才想要一直保留在自己身边。

就在那时，有人敲了敲门，安德鲁迅速将刷子塞进了裤子口袋。

"马上就好。"他说着，稍作停顿后，脸上挤出一个抱歉的微笑。等他出去时，看到卡尔抱着双肘站在外面，衬衫后隐隐露出发达的肱二头肌的形状。凑近时，安德鲁发现，卡尔的眼睛由于哭泣而又红又肿。他闻到了卡尔身上散发的须后水的香味，浓郁而冲鼻。

"抱歉。"安德鲁说。

"没关系。"卡尔说着，并没有给安德鲁让路的意思。

"我想我可能马上就走了，"安德鲁说，"回程路挺长的。"他补充道，原本他不想显得这么防备。

"你一早就这么想的。"卡尔说。

安德鲁选择忽略他的评论。"那有机会再见了。"他说完，绕过卡尔，朝楼梯走去。

"毕竟，"卡尔说，"萨莉不在了，对你来说肯定容易多了吧。"

安德鲁在楼梯最高处停下了脚步，转过身。卡尔目不转睛地盯着他。

"怎么了？"卡尔说，"你觉得不对吗？得了吧，安德鲁，反正你从头到尾都没有真正陪过她，也不理会她因此受了多少伤。"

不是这样的，安德鲁想要辩解，是她先离我而去的。

"事情很复杂。"

"噢，我都听说了，相信我，"卡尔说，"实际上，萨莉时时刻刻都在提到那件事——一次又一次，循环往复，拼了命地想要跟你和解，想让你在乎她，最起码别再恨她了。"

"恨她？我不恨她，这太荒唐了。"

"噢，是吗？"卡尔的眼中又闪过一丝怒意，他一步步走近安德鲁，逼得安德鲁倒退下了几级台阶。"所以，你对她明显'抛弃’你去美国的事实那么不介意，以至于都不愿意再见她一面了？”

“那个，不，不是的——”

“而且她一连几周——实际上是连着好几个月——试图想要向你伸出援手，帮你梳理生活时，你这个固执鬼一再拒绝她的好意，即便你清楚得很，这会对她造成多大的伤害？”卡尔握紧拳头遮住嘴，清了清嗓子。

噢，天哪，千万别哭。安德鲁默念。

“卡尔，这……这很复——”

“你再他妈的敢用复杂这个借口，”卡尔说，“事情本来很简单。萨莉从来都没有真正快乐过，安德鲁。从来没有，就是因为你。”

安德鲁滑下了一个台阶，差点摔倒。他趁机转身迅速走下了楼梯。他必须远离这里，越远越好。他不知道自己在说什么，安德鲁心里边这么想着，边重重地甩上了前门。但即便离开了那个地方，在返程的火车上，方才的疑虑一直折磨着他，并且越来越强烈。卡尔说的是不是有点道理呢？萨莉真的是因为他们的关系而伤心欲绝，身体健康日益下滑吗？这种猜测太痛苦了，他一想到便心如刀割。

屋里的灯都关上了，电脑屏幕的光刺痛了安德鲁的眼睛。“修补匠亚历”论坛上的头像——一只哈哈大笑的跳舞番茄——平时惹人发笑，今晚看上去却充满了恶意。

安德鲁强迫自己看着屏幕上不断打出又删除的字，一次又一次，多得数不过来。

我今天亲手埋了我的姐姐

屏幕上的光标闪烁着，像是在期待他下一步的举动。他移动着鼠标，直至光标停在了"发布"的按钮上，但马上把手抽了回来，伸向了他的塑料杯，里面装满了泡沫丰富的啤酒。他喝酒是想找回当时在酒吧与佩姬共饮时的温暖，就在卡梅伦笨拙地宣告爆炸性新闻之前的那种感觉，可此刻，他只感到太阳穴不停地颤动，隐隐作痛。他坐直身子，腿被裤子口袋里的剃须刷毛刺到了。凌晨三点。卡尔的话在脑中回荡，他俩的对峙仍清晰得可怕。放在现在，他会用什么来抚慰自己爱的人呢？温柔的话语？泡杯茶？在这个时刻，家人就是一加一大于二的存在。

他将目光再次投向屏幕。如果他刷新页面，或许能蹦出"砰砰67""修补匠亚历"和"宽轨吉姆"的发现了某种限量版的车型或站台、天桥的成千上万条留言。他们算是安德鲁最亲密的朋友了，他却无法向他们袒露心声。这实在是太困难了。

他的手指摸向了删除键。

我今天亲手埋了我的姐姐

我今天亲手埋了我的

我今天亲手埋

我

10

第十章

　　尽管卡梅伦一再坚持让安德鲁多休息几天，但葬礼过后两天，他就回来上班了。其间他几乎没怎么睡觉，每天无所事事，闲得可怕。他宁愿处理那些素未谋面的死者的身后事。他重整旗鼓，准备迎接暴风雨般的同情攻势——侧过来的脑袋，悲伤的微笑，甚至那些根本没法想象他承受了多大痛苦的人都送来了安慰。他不得不一再点头致谢，同时痛恨着给予安慰的人，他恨自己根本不值得众人的同情。特别是佩姬，今早差不多花了一整个钟头聊着黑水鸡的事，更是让他一头雾水。

　　"要我说的话，这种鸟可真是被大大低估了。我曾经在斯利姆布里奇湿地中心见过一只一条腿的黑水鸡。它在一个小小的池塘里不停地绕着圈游来游去，像是胜利后的绕场一圈，看上去是那么悲伤。我女儿梅茜想让我救它，然后她就能给它'造一条新腿'了。够雄心勃勃了，对吧？"

　　"嗯。"安德鲁说，拍走了飞过脸颊的一只苍蝇。他知道，这仅仅是佩姬的第二次住所清查任务，但她看上去已经得心应手了，特别是吉姆·米切尔房屋的状况比埃里克·怀特的还要糟糕。

六十岁的吉姆被自己的呕吐物噎死了，孤零零地在床上离开了世界。房子的厨房、卧室和客厅三者合一，还有一间单独的淋浴间，充满了霉菌，地板上全是脏兮兮的污渍，安德鲁尽量不去思考脏东西的来源。

"这就是我的房地产经纪人口中所谓的'紧凑、别致的洗手间'，"佩姬说着，猛地拉开了一个发霉的窗帘，"我的天哪。"她惊呼着倒退了几步。

安德鲁冲了过去。整个浴室的窗户上爬满了红色的小虫，就像是枪击伤口溅出的血滴。只有当其中的一只小虫扑扇着小翅膀时，安德鲁才认出它们是瓢虫。这算是整个房间最多彩的存在了。安德鲁决定打开窗户，希望能够鼓励它们成批地离开。

他们这次全副武装，穿了一整套的防护服。佩姬前一晚刚看了《雷霆谷》，特别要求在外面时也身着制服，这样就可以假装是詹姆斯·邦德电影中的实验室助理了。"当初第一次约会时，我的史蒂夫真有点皮尔斯·布鲁斯南的风范，可当他发现猪肉馅饼和拖延症时，整个画风就改变了。"她上下打量着安德鲁，"我觉得你或许有点像那个——《黄金眼》里那个反派是谁演的来着？"

"肖恩·比恩？"安德鲁说着，走向了小厨房。

"对，就是他。我觉得你有点像肖恩。"

这时，安德鲁在脏兮兮的烤箱门上看到了自己的影子——后退的发际线，乱糟糟的胡茬儿，大大的眼袋——他怀疑，此时此刻，肖恩·比恩肯定在忙着干不少事情，但肯定不会像他一样在一个位于伦敦南部的卧室兼起居室的厨房地板上走来走去，膝盖上还粘着一张"鸡先生"的外卖单。

二十分钟的搜索后，他们走到外面透透气。安德鲁太累了，感到整个身体轻飘飘的。一家警用直升机在头顶掠过，他们双双伸长了脖子看着它倾斜后又朝来时的方向飞了回去。

"哟，那他们不是来找我的。"佩姬说。

"嗯。"安德鲁嘟囔着。

"你知道，我从来都没跟警察交流过。我觉得好像人生遗漏了什么似的，你懂吗？我只是想举报一个小过失，或是被叫去做笔录——那是我的梦想。你之前做过吗？"

安德鲁分神了。

"抱歉，你说什么？"

"你之前跟警察、条子、侦探有过接触吗？是有这种叫法吧？"

安德鲁被记忆带回了索霍区的唱片店。在突然意识到音响播放的是《蓝月亮》的旋律后，脸色"唰"的一下变白了。他飞快地冲到门口，拽开门。突然，后面传来店主凄厉的尖叫声："该死，抓住他！他偷东西了！"他一出去，就迎面撞上了一个人，瞬间被反弹了回来，摔到了地板上，大口喘着粗气。那个男人从上面盯着自己。"我是警察，刚下班。"眼前又出现了店主怒气冲冲的脸。他被拉了起来，手臂被捆住。"你偷了什么？"店主呼出的气息散发着尼古丁口香糖的味道。

"没拿，什么也没拿，"他说，"我不骗你们，不信你们可以搜身。"

"那你跑什么，见鬼了。"

他能说什么呢？听到那首歌，自己就痛苦得不行了？甚至当他躺在人行道上喘粗气时，渐渐消散的音符还在脑海回荡，仍让他有种蜷缩成一团像个婴儿一样的冲动。

"天哪，"佩姬笑着说，"你那表情跟见了鬼一样！"

"抱歉。"安德鲁说，声音嘶哑，话都说不清楚。

"你可别告诉我——你在伍尔沃斯[1]偷拿糖果被抓了？"

安德鲁的眼皮不由自主地抽搐着，他拼了命地想要将脑中的旋律清除干净。

"或是在双黄线里停车开个玩笑？"

蓝色的月亮啊，你看到我孤独地站着。

"噢，亲爱的，是不是乱丢垃圾了？"

她轻轻碰了碰他的胳膊，安德鲁内心深处传来了一个声音，尖厉而无法阻挡。"别再说了，行吗？"他厉声喝道。

佩姬的脸色唰地变了，她知道他这次是认真的。

安德鲁被一阵羞愧感击中，悲伤极了。"对不起，"他说，"我不想那么生气的。这几周的事情真的是太奇怪了。"

他们默默地站了好一会儿，显然，两个人都不好意思先开口。安德鲁可以感觉到佩姬正在重新组织话语，她决定换个话题，气氛又如齿轮般流转起来。这次他一定要聚精会神，做个合格的倾听者。

1　大型超市。

"我女儿发明了这个游戏，知道吗？"

"游戏？"

"嗯。我不知道自己是否要为她担心，但这游戏叫'世界末日游戏'。"

"嗯。"安德鲁说。

"嗯，背景是这样的：一枚巨型炸弹爆炸了，炸光了地球上其他所有人，只有你生还了。你会怎么做呢？"

"我好像有点不太明白。"安德鲁说。

"是这样，你要去哪儿？你要做什么？是去找辆车在M1高速公路上疾驰寻找幸存者？还是径直跑到当地酒馆喝他个天昏地暗？你多久后会跨越英吉利海峡，甚至去美国？如果那边也没人了，你会攻进白宫去吗？"

"原来游戏是这样的……"安德鲁说。

"差不多，"佩姬说，停顿了一下，"我来说说我的计划，如何？我会先去银石赛道，开着福特嘉年华绕一圈。然后，我要么在国会大厦楼顶打高尔夫球，要么在萨沃伊酒店给自己煎个蛋。或许我还会去欧洲转转——虽然我有点担心自己会加入某种抵抗组织，帮人偷渡什么的。但如果国内没人看我的脸书对此事的更新，我不确定自己是否足够伟大去作出类似的壮举。"

"可以理解。"安德鲁说。他试着想自己会去做什么，但脑子一片空白。"恐怕我真的想不出要做什么，"他说，"抱歉。"

"啊，没关系，不是每个人都能想出点什么来的。"佩姬说，"对了，如果你想早点回去，我相信我自己能应付得来的。"

"不用，我没事，"安德鲁说，"我们一起更快点。"

"你说的没错。噢，差点忘了，我今天买了一瓶咖啡。如果你想来一杯的话，告诉我哦。我今天还吃了个松饼。"

"谢谢了，我暂时不需要。"安德鲁说。

"好吧，如果你改变主意，告诉我。"佩姬说着，转身往屋里走去。安德鲁跟在后面，还没等他跨过门槛，一阵恶臭便扑鼻而来。还好，没过多久，佩姬就有了发现。

"这或许就是那种圣诞节时同时发给多人的信件吧。"由于借助嘴巴呼吸，她的声音显得有些不自然。她把找到的东西递给了安德鲁。那纸皱巴巴的，好像被无数次地揉成一团后又展开。连着好几页描述的都是些平淡无奇的节假日以及学校运动日的事，后面有一张全家福，照片上的脸由于纸张揉捏的原因也显得有些模糊。

"我很好奇他有多少次想把这玩意儿扔掉，但还是忍不住又捡了回来。"佩姬说，"等等，看，后面有个电话号码。"

"好眼力。对，我给他们打个电话。"安德鲁说着，掏出手机，开了机。

"你确定自己可以打电话吗？"佩姬漫不经心地问道，十分刻意。

"我没事，但还是谢谢你。"他说，他拨通了号码，等着电话接通，"对于刚才发脾气的事，我再次表示抱歉。"

"别傻了，"佩姬说，"我出去透透风。"

"当然，"安德鲁说，"待会儿见。"

第一声"嘟"声过后，对方便接起了电话。

"抱歉，布赖恩，刚刚掉线了，"电话那端的人说，"就像我刚说的，这种事情我们只能归结为经验。"

"对不起，"安德鲁说，"我其实是……"

"别，别，布赖恩，现在道歉已经没用了。这事到此结束，好吗？"

"我不是……"

"'我不是''我不是'——布赖恩，你可以干得更好，不是吗？好了，我要挂电话了。明天办公室见。别再跟我提这件事了，好吗？好了，就这样。明天见。"

电话断了线。安德鲁叹了口气。这个问题比较棘手。他摁下了重拨键，走向了客厅的窗口。起初，他以为佩姬在做某种运动——她蹲着，脚跟轻微地摇晃着，好像正在准备一个完美的起跳。但随后他注意到了她苍白的脸，眼眶里噙满了泪水，正在大口大口地深呼吸。直到那时，安德鲁才意识到，原来面对如此状况的住所，她完全没有办法应付自如。今天她做的所有事情——咖啡、松饼、游戏还有对话——其实都是想逗他开心，没有一丁点儿居高临下可怜他或是歪着头表示悲伤同情的意思。其实，她从头至尾的感觉都糟糕透顶，却一直假装自己很好，连安德鲁都没察觉。佩姬的善良、贴心实在是太伟大了，安德鲁深受感动，差点就哭了出来。

这回，电话一直没人接听——看来刚刚接电话的人是打定了主意要把可怜的布赖恩晾在一边了。安德鲁看着佩姬站了起来，深深地吸了一口气，走向了前门。他挂了电话，清了清嗓子，想要清除嗓子眼里哽咽的冲动。

"没进展吗？"佩姬瞧着他手里的手机问道。

"他以为我是一个回拨电话的同事，一直不让我插嘴。"

"噢。"

"而且他把'到此结束'换了个意思用[1]。"

"真是荒唐。"

"我也这么觉得。我想，过段时间再打给他吧。"

他们站在那里，一言不发，盯着眼前乱糟糟的一切。安德鲁抓了抓后脑勺。

"我，那个，只是想要谢谢你，"他说，"谢谢你能陪着我、聊天、买松饼和所有事情。我真的很感激。"

佩姬的脸上恢复了点血色，笑了起来。

"别那么客气，老兄，"她说，"现在回办公室？"

"你该回去了。"安德鲁说着，不想佩姬再多逗留，她已经忍受得够多了。他从背包里掏出了一卷垃圾袋。

"那，还需要做什么吗？"佩姬盯着垃圾袋问道。

"没什么了，只是……当住所跟今天这个一样糟糕时，我倾向于打扫一下，把垃圾清理走。就是觉得不管不顾，有点过意不去。不过，你可以回去的。"

安德鲁不太确定佩姬当时的表情是什么意思，但他觉得，自己刚才的话可能造成了某些困扰。

"我想我最好还是留下来吧，"佩姬说着伸出一只手，"给我

---

1 原文意思是"他将'clean slate'当作动词用"。

一个袋子。"

当他们收拾残局时，安德鲁尽情发挥着想象力，终于想到了个点子。

"哦，对了，我会去爱丁堡。"他说。

"爱丁堡？"佩姬回应着，一脸困惑。

"在'世界末日游戏'中，我想看看自己能否开着火车过去，然后试着攻进一座城堡。或许爬上亚瑟王的宝座。"

"啊哈，这主意还不赖，"佩姬说着，轻轻敲着下巴，若有所思，"不过，我必须说，我还是觉得，我的萨沃伊酒店煎蛋或是国会大厦高尔夫计划更胜一筹。我就是说说。"

"我不知道这还有胜负之分啊。"安德鲁一边说，一边折起一个比萨盒子，里面黏着大块油腻的马苏里拉奶酪。

"恐怕必须得一决胜负吧。考虑到之前我每次都输给了孩子们，所以让我赢一回，你应该不介意吧？你懂的啦，重拾一点自信心！"

"公平得很，"安德鲁说，"我想要跟你握手来庆祝你的胜利，但现在，我手上似乎沾了好多脏兮兮的奶酪。"

有那么一瞬间，当佩姬满脸惊恐地盯着他的手时，安德鲁还以为自己又说了什么怪异的话，但突然，佩姬大笑了起来，说："天哪，这到底是份什么样的工作啊？"那天，安德鲁第一次感觉到自己整个人清醒了过来。

等他们差不多把垃圾清扫完毕时，佩姬说："我想说声抱歉，你知道的，关于你姐姐的事情。我只是不知道什么时候说合适。"

"没关系，"安德鲁说，"我……这个……我不知道……真的……"他的音量越来越弱，突然停住了，不知道是该表述内心的真实想法，还是他认为合适的话。

"九年前，我失去了爸爸。"佩姬说。

安德鲁觉得自己的话被生生打断了。"抱歉。"过了好一会儿，他才开口说。

"谢谢你，老兄，"佩姬说，"我知道，这事已经过去好久了，但……我记得那之后，有些时候——特别是在上班的时候——我只想找个洞钻进去藏起来，但有时候，我也很想找人聊聊天。就是在那时，我注意到人们开始回避我，刻意避免跟我发生眼神交流。当然了，我现在才明白，其实他们只是不知道要怎么开口安慰我，可当时真的感觉糟透了，就像是自己干了什么见不得人的丑事，某种程度上给所有的人造成了不便似的。更糟糕的是，我对那个地方已经一点儿感情也没有了。"佩姬看了安德鲁一眼，犹豫着是否应该继续说下去。

"你是指什么？"他说。

佩姬咬着嘴唇。"这么说吧，我父亲骨子里就不存在善良这个词。记忆中，我小时候会坐在客厅，当门外传来父亲的脚步声，我都会屏住呼吸。我可以从不同的脚步声中听出来他今天的不同情绪。他从来不打骂我们，也不伤害我们，但他总是有种情绪，像是在埋怨我妈妈、我姐姐或是我做得还不到位，让我们不断自我质疑到底哪方面让他失望了。然后，突然有一天，他就不告而别了。我姐姐之后发现，原来他跟一个一起上班的姑娘私奔了。而我妈妈始终不能接受现实，这是最痛苦的。在她心目中，他是上帝赐予的礼物，是她心目中的战斗英雄，他只不过是乘着木筏消失在了大海深处，失去了所有的音讯，而不是跟那个女人在四条街外鬼混。"

"那肯定非常痛苦。"安德鲁说。

佩姬耸了耸肩："说起来很复杂。虽然，自从他离开后，我们基本都没碰过面，但我仍然爱着他。人们都觉得亲人过世是一回事，可每个人都有不同的情况，你明白吗？"

安德鲁扎紧了一个垃圾袋。"你说得对，"他说，"我姐姐，我也是有点……那个，也很复杂，就像你跟你父亲的关系一样。而且一想到人们看我的眼神，同情……"他的声音越来越轻。

佩姬跟他一起用拾物夹捡起剩下的垃圾。"嗯，我懂你的意思，"她说，"我是说，他们都是好意，但如果不是亲身经历，根本没法真正理解这个。就好像我们属于某个特殊组织的感觉。"

"组织。"安德鲁喃喃地说。身体突然涌现一股热流，肾上腺素飙升。真是奇怪的感觉。佩姬看着他笑了。安德鲁记起自己之前在酒吧"干杯"时的失败举动，突然高举起了手中的小拾物器，夹住了一个"呼啦圈牌"酥脆土豆圈的空袋子，大喊道："为组织举杯！"佩姬愣了一下，惊讶地看着他，安德鲁的手晃了晃，随后她也高高地举起手中的小拾物器。"敬组织！"她说。

尴尬地沉默了几分钟后，他们放下了高举的拾物器，继续着清扫工作。

"好了，安德鲁，"佩姬过了一会儿说，"现在要谈谈更重要的话题了。"

安德鲁挑了挑眉。

"世界末日真的会来临吗，有没有一丝可能？"

一小时后，他们差不多清理完毕了。安德鲁竟然十分享受清理垃圾以及世界末日主题的游戏。就在那时，佩姬说："如果你想做点更系统化的智力测试，如果你想来的话，今晚就有我之前提到过的酒吧竞猜。"

或许吧，实际上，安德鲁确实动过心思。毕竟，这是分散注意力的好方法，而且也是对之前向佩姬发脾气的一种巧妙的补偿吧，如果自己羞于见人的常识储备派不上用场的话，那就用黑啤来取代吧！

"好啊，为什么不去呢？"他说，尽力装出一副经常去的老手模样。

"太棒了。"佩姬说着，脸上的笑容热情真挚，让他不好意思地转过了头。

"对了，把黛安娜也叫上！我很想见见她呢。"

噢，对。那件事情。

也许黛安娜会神奇般地从浴室的镜子中跳出来，为他挑选一件比身上这件橙色的奇装异服更合适的衬衫。一阵恐慌袭来——他下班回家的路上才买了这件衬衫，但突然意识到，上次为了出门聚会专门买衣服，还是在人们担心千年虫的遥远过去。对于如今的流行趋势，他完全没有头绪。他有时也会想扔掉一批特别旧的衣服，但在看到一个特别时髦的年轻人身上的衬衫跟自己九十年代初期买的一模一样后，他自问：更换的意义何在？

他将脸凑近镜子。或许他可以买点面霜之类的玩意儿，消除眼下的黑眼圈。但话又说回来，他对黑眼圈有一种奇怪的情结，可能是因为这是他身上所具有的最接近于显著的特征。他身上的其他部分就只是……平淡无奇。他一方面渴望拥有一种"东西"——就像那些身高只有五英尺五英寸的家伙们，为了弥补身高的缺陷，成天泡在健身房里，练成了超级肌肉男，但还是改变不了与朋友外出必须加快步伐才能与之并肩同行的事实。或者他可以长出一只突兀的鼻子或是耳朵——如果长在名人身上，便会被媒体描述为"不同寻常地吸引人"的特征。相貌平平的女子会被戏称为"平凡的简"，但对于男人，好像没有对等的表述。安德鲁想，或许自己可以创造一个词出来。"标准化的安德鲁"？"标准的安迪"？成为那些浅棕色头发、牙齿一般的普通男性的代名词。这倒是造福后代的一种途径。

他退后了一步，抚平了衬衫袖子上的褶皱。"你知道你长得怎么样吗？就是根画了张人脸的芝士条而已。"他鼓起双颊。真是见鬼了，他到底怎么想的，内心竟然会认可这种定义？四轮驱动高级配置的"哨兵"正在以令人愉悦的速度奔驰在他安装好的"8"字形悬轨上，像被催眠了似的。他特意选了埃拉的另一首曲子《但不是为我》——曲调平缓、懒散、优美——试图让自己安静下来，但没什么用。这就是为什么他不怎么社交的原因，因为，只要一想到要出去，他的肠胃便翻江倒海，抽搐不止。待在家里继续论坛上的对话的想法蠢蠢欲动，差点就让他放弃了外出计划。但最后，他还是强迫自己离开了家。他决定找个借口，就说黛安娜要加班到很晚，但自己在最后一刻，成功找到了照看孩子的保姆。

离家之前，他先用谷歌查了那家酒吧，从门口挂的那张不吉利的黑白照片和激进的广告语——50%的可信度——"真正的啤酒和快乐"看上去，就产生这是一家"耍酷"的另类酒吧的担心，但到那儿时，他松了一口气，因为至少从外面的装潢判断，酒吧整体上还是挺正常的。尽管如此，他还是在外面来回走了三圈，假装在讲电话，这样，如果已经在里面的佩姬或是她的朋友看到了自己，他就可以很自然地挂断电话走进来。他到达的时间点十分关键。如果到得太早，就会被迫跟陌生人交谈。如果到得太迟，他就会觉得自己是个闯入者。只有把握恰到好处的时间点，他才能跟所有人打个招呼后便加入竞猜环节——他们会全神贯注地回答问题，而不需费尽心机地找话题跟他聊天来调节气氛。

他再次路过门口时，透过玻璃看到在酒吧较远处的角落里坐着一群人，应该就是他们了。佩姬旁边坐了个穿着皮夹克的男人，长长的棕色头发，留着山羊胡。或许这就是史蒂夫了。他好像正在讲述一个有趣的故事，讲着讲着动作也越来越夸张，明显是讲到了某个笑点。他狂敲着桌子，引得众人哄堂大笑。安德鲁注意到，站在吧台的几个人环顾着四周，想要找出他们发笑的原因。他还发现，佩姬显然没有全身心投入大家的笑话里，处于半游离状态。

他刚准备伸手推开门，就顿时僵在了原地。

这不是他。这不像是他的行为。如果在竞猜环节中，一个问题也答不上来，或者在激烈的争论中被迫要选边站队怎么办？如果眼看着就要胜利，但就是由于他的一个失误导致大家功亏一篑又该怎么办？还有，万一竞猜环节中间有休息——岂不是就要开始八卦自己的生活了吗？他能应付工作中伙伴询问自己的家庭。他能预知所有的问题，如果预感即将被问到不舒服的问题时，他也知道如何从对话中全身而退。但今天面对的这些人完全陌生，他很有可能陷入困境。

就在这时，一辆车在他面前停了下来，里面走出来一个人，说着熟悉的告别语——"晚安"，那只会意味着一种情形。他转身看到计程车亮着的黄灯，一个可以给自己提供避难所的欢迎标志。他冲了过去，急匆匆地把地址给了司机，猛地把门打开，一头扎了进去。他一屁股陷进了座位，心跳加速，仿佛是开车逃离抢劫银行的犯罪现场似的。十五分钟后，他已经回到了住所大楼外，今晚的社交结束，花了整整二十英镑，却连一杯酒也没喝到。

走廊的地毯上有一封信，他捡起来，原以为是个垃圾信件，翻过来映入眼帘的却是用圆珠笔书写的自己的名字和地址。他迅速将信塞进口袋，匆匆上了楼。一进屋，他就迫不及待地想要打开音乐，并且启动轨道上的火车模型，这种欲望比平时来得愈加强烈。

他粗暴地把唱片机的唱针按下去，同时提高了音量，接着跪了下来，摆弄着轨道，把先前"8"字形轨道中间的部分朝外扒开，建造了一个新的轨道，两圈变成了一大圈。他把火车模型放在轨道上，看着它运行起来，他坐在圆圈中间，双腿弯曲双膝抵在胸口。在这里，他获得了平静。在这里，他可以掌控全局。号角轰鸣，铙铿叮当，火车在轨道上轰隆隆地开过，所有的一切包裹着他，守护着他，赋予了他想要的安全感。

过了一会儿，他记起了口袋中的那封信。他拿出来打开了信封，抽出里面的纸条，一股浓烈的须后水味道也随之飘了出来。

你的不告而别意味着，你没能参加今早举行的萨莉遗嘱的宣告会。你个小浑蛋。你知道吗？因为我压根儿不知道。她的存款高达两万五千英镑——你肯定以为她早就告诉我了吧，是吗？毕竟，我们正在创业——那是我们的梦想。所以你能想象，当我知道了这笔钱的存在，而且她还把钱留给了你而不是我，那时候的我有多震惊。

或许你会发现，她一直以来有多自责，不管她多么努力地想要帮助你，而你自始至终都选择不原谅她。你像是绑在她脚上的重重的砖头，让她越陷越深。好了，安德鲁，我希望你现在高兴了。这一切都很值得，不是吗？

安德鲁又反反复复读了好几遍卡尔的来信，但这完全说不通啊。当然了，萨莉把钱留给自己难道是由于某个操作过失？打错了字？或许有另一种解释，意味着萨莉这么做是她的最后一次尝试，为了弥补之前的过失，为了摆脱多年来一直折磨自己的内疚，而他完全可以并且应该为她去除这种烦恼。一想到这里，自己的心就痛得无法呼吸。

11

第十一章

接下来的三个月里，安德鲁每天回家都提心吊胆的，唯恐收到带有卡尔歪七扭八潦草笔迹的信。

信件抵达的时间没有规律。有时候连着来两三封——信纸上泪迹斑斑，墨水也被冲淡了——有时候一个月都不会有消息。但卡尔始终怒气冲冲——他死死认定是安德鲁骗走了萨莉的钱，每次都是加倍地讽刺谩骂。"你这个可怜、一文不值的懦夫，根本不值得萨莉原谅。"他上封信结尾写道。安德鲁很好奇，如果卡尔得知，自己其实对于这个评价持赞同意见，会不会惊讶不已。

每当打开门看到有信时，他都会拖着沉重的步伐上楼，坐在床边，把手里的信翻过来覆过去。他警告自己不要看信，但已经陷入了无情的恶性循环中：他每多看一封信，就会多一层内疚，内疚加深后，他就觉得卡尔对自己的愤怒来得再恰当不过了。尤其是当卡尔再次控诉道，是由于安德鲁从来不跟萨莉联系，才会导致她身体每况愈下时，他都表示赞同，因为他越这么想，就会在心底越来越坚信，自己就是罪魁祸首。

　　萨莉死后很久，人们对待他的方式才慢慢恢复正常。卡梅伦曾一度在说话时将一只手搭在他的肩膀上，同时用那球根似的眼睛悲伤地看着自己，歪着头，眉头紧锁，不过谢天谢地，这一切终于告一段落了。更让他大松一口气的是一度控制自己的基思也恢复正常了，变回了原来那个十足的浑蛋。

　　几次尝试失败后，他终于鼓足了勇气跟分论坛的朋友们分享了萨莉的死讯。

　　"你们好啊，伙计们。很抱歉，我最近有点太安静了。发生了点不好的事情。我姐姐去世了。虽然，说实话，我对此还是有点麻木的。"他刚按了发送键，心里就在嘀咕自己是不是做错了，但他们全都回应了，发来了表示惋惜并且恰当的消息，然后，发生了一幕感人的集体行动：他们把原来的跳舞番茄、开心的胖管理员换成了跟安德鲁普通的天空蓝背景相匹配的头像。

　　然而，当一切基本回到正轨后，有一件事情令安德鲁无法忽视。他曾经自我辩解说，在家庭的事情上撒谎没什么坏处。但在潜意识中，只要萨莉还在（无论他俩之间的关系多么紧张），那么就意味着在编造的谎言之外，他还有真实的生活，内心深处也会有些许的慰藉，因为他至少还有姐姐依靠。但现在，姐姐已经去世，黛安娜、斯蒂芬和戴维的存在让他感到越发不自在。因此，每当跟卡梅伦、基思和梅瑞狄斯谈到家人时，之前编造学校的普通日常或是周末计划时的小兴奋不复存在。而糟糕的是——无比糟糕的是——

跟佩姬的相处。自从上次酒吧竞猜爽约后，他满怀愧疚，不止一次地真诚道歉，搞得佩姬哭笑不得，困惑不已。接下来几周的共事中，安德鲁发现，她不是那种斤斤计较的人。她还是跟着自己做事，所以他们在工作时基本上形影不离：一起进行住所清查，留在办公室一起进行繁复的死者登记，整理无人认领的遗产文件并且呈送给财政部。

随后，便到了葬礼环节。

安德鲁只是顺口一提，告诉佩姬，由于迄今为止都没有发现他有任何朋友或家人，所以自己准备去参加伊恩·贝利的葬礼。他没料到佩姬会主动要求参加。

"你没必要来的，"他说，"实际上，这不是硬性规定——而且严格来说也不属于工作的一部分。"

"我知道，但我还是想去，"佩姬说，"其实，我就是在效仿你的行事。如果一个人在世界上的最后一程有人陪，那么多一个人不是更好吗，你说是不是？"

安德鲁不得不承认她说的很有道理。

"我不想显得颐指气使，"他说，"但你还是提前做些心理建设。我之前说过，葬礼会让你变得非常沮丧。"

"别担心我，"佩姬说，"我可能会去唱卡拉OK吧，让自己开心一点儿。唱个淘淘乐队的《非洲》，怎么样？"

安德鲁一脸茫然地看着她，直到她的笑容慢慢消失。天哪，为什么自己就不能有点正常的反应呢？他强迫自己要努力弥补刚才的失误。

"我不知道那首歌合不合适，"他说，过了一秒，"我认为《最后倒计时》可能更加合适。"

佩姬咯咯地笑了起来，安德鲁回到屏幕前，一边自责拿葬礼开玩笑，一边松了一口气，刚才成功地逗笑一个真实存在的人着实令他感到自豪。

那个周四，他们站在教堂里，等待伊恩·贝利灵柩的到来。

"这很棒——不，不是很棒，但是，你懂的，今天我们两个在，挺好的。"本来想好的话说得如此蹩脚，安德鲁皱了皱眉。

"实际上，是我们三个。"佩姬说着指向屋顶主椽，正巧看到一只麻雀从一根横梁飞到另一根。他们静静地盯着麻雀看了一会儿，直到它消失在了视野中。

"你曾想过自己葬礼的样子吗？"佩姬问。

安德鲁还是盯着屋顶："我应该没有。你呢？"

佩姬点了点头："噢，我想过，好多好多次呢。我十四岁时对这个特别着迷，还进行了完整的规划，包括祷告和配乐。我隐约记得，每个人穿一身白，这跟正常的不太一样。麦当娜还会清唱《像一个祈祷者》。是不是很奇怪？我是指我的规划，而不是麦当娜的出现——我知道这挺怪异的。"

安德鲁看到麻雀又飞去了另一根横梁。"我不知道，"他说，"我觉得挺合情合理的。我们都会有自己的葬礼，所以，为什么不规划一下自己心目中的那个呢？"

"大多数人都不愿意去考虑，不是吗？"她说，"我想这情有可原。但对于像我们这样的人，这想法挥之不去。我认为，这也是为什么有些人会冒险去做愚蠢、冲动的事情。"

"比如说？"安德鲁说的同时，由于颈椎疼痛而低下了头。

"比如说，那些明知会被抓却执意挪用公款的人。或是新闻报道中，那个把猫推进垃圾桶的女人。仿佛，他们在那刻，藐视即将到来的死亡。'你是来抓我的吧，我知道你是冲我来的——但你瞧啊！'这就是迸发的生命力，不是吗？"

安德鲁皱了皱眉："你说把猫推进垃圾桶是迸发的生命力？"

佩姬只好捂住嘴，不让自己笑出声来，而有那么一瞬间，安德鲁还担心两个人会像顽皮的小学生一样咯咯笑出声来。突然，过去的一幕猛地闪过脑海，他和萨莉在一家炸鱼薯片店隔着桌子把薯片扔向对方开战，笑得浑身颤抖，而他们的母亲正跟一个朋友在柜台那儿叙旧，根本顾不上管他们。

随着仪式的进行，不管他怎么努力，都无法将萨莉从脑海中清除干净。当然了，记忆中肯定还存在类似的场景吧？对，她是抛下自己去了美国，难道这背叛已经遮蔽一切，使所有的记忆发生了偏差？他突然感到一阵恐惧，他想，至少自己在过去的二十年中是有一段努力想要忘记的特殊回忆——萨莉竭尽全力想要帮助自己，可他死活都不愿意接受。他回想起过去的画面：他站在公寓的一角，任凭电话铃声一次次地响起，却不敢去接。最终接起电话时，他听到了她的声音，恳求他跟自己好好谈谈，让她帮助他。他沉默着，让话筒从手中滑落。他告诉自己等明天她打来时，自己再开口说话，然后是后天，接下来一个月的每一天他都这么告诉自己，可他从来没开过口。

安德鲁有些口干舌燥，特别特别得干。他隐约听到牧师温柔的祝词。在萨莉的葬礼上，麻木不仁的他在卡尔身边，非常可悲。但现在，他满脑子都在质疑自己当初为什么不再接萨莉的电话。

他的呼吸变得急促起来。牧师刚刚念完一段悼词，朝后方点头示意，一架风琴开始了演奏。当第一声弦音在教堂中响起时，佩姬向安德鲁侧身，低声问道："你还好吧？"

"嗯，我没事。"他说。但随着音乐声越来越响，他站在那里，低着头，教堂地板开始在眼前晃动，他不得不用双手死死抓住面前的长凳靠背，以免摔倒。他的呼吸开始颤抖，乐声在教堂里回响，他意识到，直到现在，自己才开始悼念姐姐的离去，隐约中好像感觉到佩姬用手轻轻地拍着自己的后背。

等仪式结束，他总算镇定了下来。他和佩姬走出教堂墓地时，觉得有必要解释一下刚才的失态。

"刚在那里，"他说，"我有点……难过……因为我想到了我的姐姐。并不是说我没有想着伊恩·贝利，就是……"

"没事，我懂。"佩姬说。

他们静静地走了一会儿。安德鲁感到嗓子眼没那么干了，肩膀的肌肉也放松多了。他意识到，佩姬一直在等自己主动说话，但他真的不知道该说些什么。于是，他轻声哼起了埃拉的歌曲《生活下去的意义》。他昨晚还在听这首歌——收录在《埃拉在杜克广场》专辑中的版本。他一直和这首歌有些奇怪的关系。歌的大部分都十分悦耳，唯独有一处，他每次听，都会引发一阵胃绞痛。

"这个曲子，"他说，"是我的最爱之一。但有一段，就是歌曲末尾，尽管我已早有预期，还是觉得它刺耳、吵闹，甚至有点骇人。所以，每次听这首歌时，纵然再喜欢，但当恐怖的结尾来临前，那种美好多多少少都会被毁了。然而，我也没法改变什么，对吗？因此，这在某种程度上，很像你之前提到的，关于那些安心接受即将到来的死亡的人。如果我能够接纳歌曲的结尾，那么我就可以更加专注于享受歌曲的其他部分。"

安德鲁瞥了佩姬一眼，后者正在努力地忍住不笑。

"我不敢相信一个容忍我评论把猫推进垃圾桶的你，"她说，"竟然有这么深藏不露的大智慧啊。"

在伊恩·贝利的葬礼过后，佩姬便开始陪着他参加了所有的葬礼。没怎么认真考虑过原因，但安德鲁发现，只要佩姬在身边，自己会很放松，甚至是很开心能有她相伴。他们可以从探讨人生意义聊到牧师是否戴了假发，一切都那么自然，真的是太奇怪了。当玩起她跟孩子们发明的游戏时，他的表现甚至十分优异。最令他骄傲的时刻便是他发明了自己的一款游戏，在这个挑战中，你必须选择任意一个对手进行辩论，比如说红颜色对抗蒂姆·亨曼[1]。有时，晚上在家，他会走神，好奇此时此刻的佩姬正在做什么。

在时间允许的情况下，他们每周五都会在酒吧共进午餐，回顾一周的工作，将本周的住所清查案件按照"痛苦程度"从一到十来打分，其间穿插着对基思近期的个人卫生灾难或梅瑞狄斯恶毒评

---

1 英国男子网球选手。

论的看法交流。就在某个周五，在安德鲁去往午餐的路上，多日阴天后终于露面的太阳将温暖的阳光洒在背上，他突然意识到什么，停了下来，导致后面的行人不得不让开以免撞上。这一切都是真的吗？他想是的。是的，他别无选择：他马上就要交到一个朋友了，太危险了吧。这个想法导致他忍不住哈哈大笑起来。这究竟是怎么发生的呢？好像他背着自己完成了这一切似的。他以一种焕然一新的趾高气扬的姿态朝酒吧走去，步伐快到超过了之前被自己不小心挡住路的那个家伙。他坐下后，还像个傻子一样咯咯地笑个不停，佩姬挑了挑眉，开玩笑猜测他肯定是在来的路上顺便去黛安娜的办公室"迅速打了一炮什么的"。

问题在于：他们越亲近，他撒谎时就越难受。这就像是一枚定时炸弹——佩姬发现真相是迟早的事，那时他就会失去多年来好不容易交到的第一个朋友。不管怎样，他知道，自己必须坦白。事实证明，留给他的时间已经不多了。

那天一早，他们就在处理一起特别折磨人的住所清查工作，而七月份的酷暑使得情况更是雪上加霜。特里·希尔在泡澡期间不慎滑倒身亡，尸体在那边躺了整整七个月，无人发现。直到他远在海外的房东发现房租并未按时到账时，他的遗体才被发现。电视一直开着。厨房桌子上摆着的一副刀叉、盘子和水杯已经积满了灰尘。安德鲁刚打开微波炉，就意外地吸入一股恶臭，被熏得落荒而逃，一边咳嗽一边呕吐，里面的东西早就腐烂了。安德鲁还没从方才的恶心里缓过来，佩姬已经挺身而出处理微波炉的烂摊子了，并且转身对他说："我们还没聊聊今晚的事呢，对吗？"

"今晚什么事？"安德鲁说。

"是这样的，葬礼之前，你没上班的那周，卡梅伦又开始筹划他愚蠢的'共进晚餐'的家庭晚餐派对计划了。每天他都会群发一封邮件，开会时也会有一搭没一搭地提到这件事。"

"天哪，"安德鲁说，"他为什么如此痴迷这个计划呢？"

"嗯，我想可能有两个原因。"

"说说看……"

"嗯，第一，他在那门课程学到的。就是一个打钩练习题，他如果做到团队建设的工作，就能成为老板们本月的宠儿。"

"嗯，第二呢？"

"他没朋友呗。"

"噢。"安德鲁说，被刚刚直截了当的回答吓了一跳，但仔细想想，结合卡梅伦平时的行为，这个理由颇具说服力。

"那很多事情就能讲通了。"他说。

"我知道，"佩姬说，"所以说，不管怎样，他强迫我们定日子——显然，我们已经尽力往后推了。因为你不在，他也不想打扰你，最后我说我会帮忙问你的，无非就是图清净五分钟，好让他别在我耳边嘟囔了。我一直没找到合适的机会告诉你。但只要卡梅伦要求，你就得来吧。"

安德鲁还没来得及抗议，就被佩姬打断了："对啊，对啊，我知道这事情很讨厌，但我实在受不了他喋喋不休地重提这个计划，当我们推迟计划时，他满脸失望，整张脸皱在一起，那么悲伤。所以，我们都会出席他在今晚举行的派对。他太太也在，但我们可以选择带不带伴侣。"

好吧，至少这还算是个好消息，安德鲁想。

"我觉得你要来，"佩姬说，"可能会很顺利的——好吧，场面肯定很尴尬，但……那个，我是想说，求求你就来吧，这样我们可以一起尴尬，忽略所有人。"她把手搭在安德鲁的胳膊上，满怀期待地笑着。

安德鲁脑海中浮现出很多件晚上自己更想要做的事情——大部分关于他的睾丸、一点儿果酱和一些愤怒的大黄蜂——但他突然有种强烈的冲动，那就是不能让佩姬失望。

当晚，他买了一瓶梅洛酒作为拜访卡梅伦的礼物，觉得哪哪儿都别扭。

到底有谁会喜欢晚餐派对呢？他想着。难道就因为某人可以把一堆东西丢进锅里，加热到一定程度，吃不死人，就得尽职尽责地对其进行赞美吗？还有关于书籍和电影的争论："噢，你一定要看看。这是一部葡萄牙艺术级史诗，讲的是三胞胎和一只乌鸦成为朋友的故事。"真是一派胡言。（安德鲁确实从对自己从未经历过的事情的厌恶中获得了片刻的快感。）

那天下午的基思和梅瑞狄斯尤其令人憎恶，再加上卡梅伦这个超级大笨蛋。为什么这个男人一定认为，把所有人召集在一个封闭的空间里多相处一段时间会起到什么帮助呢？安德鲁实在是想不通。这就好像是硬要把磁铁的负极吸在一起一样愚蠢。

当然，他很期待与佩姬待在一起，虽然下班时她变得沉默寡言，有些反常，或许跟刚刚他在楼梯后面不小心听到的那通电话有关。她在通话期间，说了好几次"笨蛋"。用她带着鼻音的泰恩赛德方言说出来，在安德鲁听来就是一种音乐。

他按响了卡梅伦家的门铃，满心希望佩姬已经到了。理想状况是，就他们俩坐在一起，不管在场的其他人，激烈地讨论着到底是提拉米苏好，还是迈克尔·弗拉特利的《王者之舞》更胜一筹。

开门的是一个看上去非常时髦的维多利亚时代的小个子，他穿着一件天鹅绒夹克，齐腰大衣，系着领结。过了一会儿，安德鲁才意识到，站在面前的其实是个孩子。

"请进来。帮您拿外套吗？"小孩儿说着，用大拇指和食指夹起安德鲁的夹克，像是拿着一堆狗粪似的。安德鲁跟着他走进大厅，卡梅伦出现了，张牙舞爪地朝他挥着胳膊。"安德鲁！哇哦，你已经见过克里斯了啊？"

"是克里斯多弗。"男孩挂好衣服转身回来纠正道，失落地笑了笑。安德鲁看得出来，克里斯多弗对父亲的要求很高，但卡梅伦基本达不到标准。

"克拉拉？"卡梅伦喊道。

"又干什么？"有人在后面嘶吼道。

"亲爱的，我们第一位客人驾——到——啦！"

"噢，等一下哦！"与先前的声音大相径庭。克拉拉穿着围裙走了出来，微笑着，露出花了几千英镑保养得洁白的牙齿。剪得极短的赤褐色头发令她显得那么美丽动人，以至于安德鲁还没跟人家握手便方寸大乱，导致尴尬的握手变成了拥抱，随后又是贴面礼，仿佛是买一送二的问候礼一样，克拉拉顺势把他拉向自己，好像要带他开始一段社交舞。卡梅伦递给安德鲁一碟腰果，问克拉拉开胃菜准备得如何。"是这样的，"她微微咬着牙说，"如果不是某人把炉灶关掉的话，我们早就吃上了！"

"噢，亲爱的——我有罪！"卡梅伦说着，拍了拍脑袋，咯咯地笑了。安德鲁看了看克里斯多弗，男孩翻了翻眼，仿佛在说："这只是冰山一角。"

梅瑞狄斯和基思一起来了——当然不是碰巧遇到，安德鲁推测，而且他们双双喝醉也证实了自己的怀疑。基思揉乱了克里斯多弗精心打理的中分头，搞得男孩带着杀气腾腾的眼神离开了房间，一会儿回来了——令安德鲁失望的是，他拿在手里挥舞的不是左轮手枪，而是一把梳子。

等佩姬赶到时，大家都落座准备开饭了。"很抱歉，我迟到了。"她说，把外套扔在了一个空凳子上，"公交车堵车，交通太他妈的烂了。"她突然看到了克里斯多弗，"噢，抱歉，有孩子在啊？我不是有心要说脏话的。"

卡梅伦不确定地笑了笑。"我相信你肯定从我们这里听到过更糟糕的话吧，克里索？"克里斯多弗闷头喝着汤，嘟囔着。

他们的谈话时断时续，使得每一口食物的吞咽以及瓷器的碰撞都显得格外刺耳。大家一致认为汤很美味，尽管梅瑞狄斯确实也提醒说，在汤里添加大量的小茴香是个"大胆的尝试"。基思幸灾乐祸地笑了笑，明显很享受这种挖苦的恭维，突然，安德鲁惊恐地发觉桌子下面正在进行着膝盖碰触的勾当。他很想引起佩姬的注意,哪怕是分担一点儿恐慌也好,但她看上去心不在焉,慢慢地晃着碗里的汤,仿佛是一个幻想破灭的画家正端着调色板调色。安德鲁有一种强烈的冲动——想要把她从其他人身边拉开,问问她是否还好,但同时你还得应付卡梅伦的问话,就比较困难了。他早就预料到谈话期间会有沉默,他开始提起一串毫不相关且无意义的话题,最近讨论的便是他们的音乐口味。

"佩姬,哪方面是你的菜?"他问道。佩姬打了个哈欠。"噢,你知道的啊,酸性浩室舞曲、回响贝斯、纳米比亚人的拨弦钢琴什么的,所有经典的都喜欢啦。"梅瑞狄斯打着嗝儿,把勺子掉到了地上,俯身去捡,差点从椅子上滑下去。安德鲁朝佩姬挑了挑眉。他从没真正搞清楚过,人们为什么喜欢参加此类的社交活动,真是找罪受。你肯定会说点什么愚蠢的话,然后用一整个晚上去后悔吗?所以,你又需要再多喝一杯酒,好让自己忘掉这烦恼。

"那个,"之后佩姬告诉他,"总而言之,就是喝酒。"

他们刚吃完主菜,克拉拉就夸张地发着嗲,询问卡梅伦能不能来厨房帮帮自己。

"你确定我不会碍事?"卡梅伦窃笑道。

"不会啊,当然不会,就是离炉灶远点就行。"克拉拉说。

卡梅伦乖乖地跟在妻子后面,一副"你可难倒我了"的姿态。不一会儿,厨房传来一阵噼里啪啦开关橱柜门的交响乐。

"估计会有麻烦哦。"佩姬轻声哼唱道。

梅瑞狄斯和基思,又一次不约而同地站起来要去洗手间。安德鲁和佩姬听到楼梯上传来了兴奋的脚步声。

"那两人肯定在乱搞。"佩姬说，"抱歉，我又说脏话了，克里斯多弗。"她补充道。安德鲁已经完全忘记了男孩的存在。

"没关系，"克里斯多弗说，"我还是去看看厨房的情况吧。"

佩姬等到门关好，凑近安德鲁。

"至少那个可怜的小家伙遗传到了他妈妈的长相。不管怎样，这简直就是胡闹，我要走了。"

"噢，你要走了？你不应该……等他们回来吗？"

"当然不了，"佩姬说着，穿上大衣，朝门口走去，"我今天已经够惨的了，无须再多忍这一秒。你走还是不走？"

安德鲁迟疑着，但佩姬可没打算等他作决定。他低声咒骂了一句，朝厨房奔去，推开门，发现克拉拉正在滔滔不绝地大喊。

"你明明知道周三是阅读俱乐部的活动时间，但一如往常，你从来没考虑过我可能——安德鲁！有事吗？"

卡梅伦突然转过身来。

"安德鲁！安迪小乖乖。怎么了？"

"佩姬感觉不太舒服，所以我想还是把她送回家比较好。"

"噢，你确定吗？你还没吃冰激凌呢！"卡梅伦说着，满脸失望，眼睛睁得圆圆的。还好克拉拉出面打了圆场，但有点用力过猛，安德鲁不是太舒服。她说："卡梅伦，冰激凌永远都会吃得到，而现在缺的是骑士精神啊。"

"那个，我还是走吧……"安德鲁说着，迅速关上了门，激烈的争吵声再次响起。

　　他一路小跑才追上佩姬。等来到她身边时，早已上气不接下气，话也说不出，而佩姬也只是轻描淡写地问了句"没事吧"，便陷入了沉默。两人一路都没说话，安德鲁最终呼吸稳定下来，他们的步调也一致起来。就这么安静地走着感觉不错，安德鲁觉得气氛有点紧张，不好先开口。直到他们在红绿灯前停下等着过马路时，佩姬指了指人行道上一摊干掉的血迹。

　　"我这周每天都会路过一个同样的血块，而且它几乎没褪色，"她说，"为什么血迹要这么久才会褪去？"

　　"我认为是因为里面有蛋白质、铁和各种元素吧，"安德鲁说，"而且血迹太浓了，都凝结在一起了。所以血迹，很难清理干净。"

　　佩姬哼了一声："'血迹，很难清理干净。'好了，这是我最近听到的最像连环杀人犯说的话了。"

　　"啊，天哪，我不是……我只是想说——"

　　佩姬笑着用胳膊肘碰了碰他："我只是开个玩笑啦。"她鼓起双颊，"天哪，我今晚就不应该出来，状态真的不好，不知道有没有人看出来啊？"

　　"我相信他们没发现，"安德鲁说，尽量不去想卡梅伦那张绝望的脸，"你没事吧？"

　　"噢，我没事，真的。就是有点难受。其实跟史蒂夫有关。"

　　安德鲁不知道该怎么回应，明显佩姬也不需要他说什么。

"你还记得我之前跟你说的那个朋友阿加莎吧，那个从一开始就不看好他的朋友？"

安德鲁点点头："那把刮刀，那个你用来，拿它……"

"敲他的头？对，没错。最近，我不止一次想要朝他扔东西。有时候情况真的糟糕透了。当初他求婚，阿加莎就向我提出了她的质疑，我就是没能认真考虑她的话。我是那么骄傲我所拥有的，认为她只不过是嫉妒罢了。当然了，我们以前也经常吵架，但很快就和好了。比那些从来不大声吆喝，但却一直让彼此在夜里咬牙切齿地无眠的夫妻强多了。"

"那问题是什么呢？"安德鲁问道，眉头紧锁，活像个上世纪五十年代的医生不以为然地跟病人谈论起性欲的话题。

"问题就是酗酒，"佩姬回答说，"他只要一开始唱歌，我就知道事情要完蛋了。昨晚上是《是的，先生，我可以跳舞》。没一会儿他就变得喧哗无比，不停地邀请陌生人跳舞，请酒吧里的每个人喝酒。最终，他喝得太醉，就跟周围人莫名其妙地发酒疯，发生冲突。但我真正忍受不了的是，他不但酗酒还撒谎。这太残酷了。昨晚他说'走之前再干最后一杯'，于是我就先回了家。他凌晨两点才满身酒气地回来。一般来说，我都会将他放倒在床上应付了事，可昨晚他铁了心地要去跟女儿们道晚安，但实在是太晚了，都已经是清晨了，我只是不想他吵醒孩子们，然后到他嘴里就变成了'噢，你竟然不让我见自己的孩子们'。他折腾到最后睡在了楼梯平台上，盖着一条《海底总动员》风格的羽绒被，以示抗议。我也没管他，任由他在那里打鼾。今天早上，我的小女儿苏茜出来看到躺在地上的爸爸。她看了看我，摇了摇头说：'真可怜。'真可怜！我听到后真是哭笑不得。"

一辆救护车飞驰而过，灯光闪烁，但没拉警报，迅速穿过了川流不息的车流。

"那大概他今早跟你道歉了吧？"安德鲁说着，并不完全清楚自己为什么要唱反调。

"不完全是。我试着跟他谈，但他每逢宿醉，整张脸就会拧巴成一团，很难谈正经问题。说实话，那张脸看上去布满了斑点，狰狞极了，就好像笨拙的养蜂人一样。如果不是要参加这个无聊的聚会的话，我今晚就会跟他摊牌。我去只是因为你也去。我的意思是，那群人糟糕得很，不是吗？"

"确实是的。"安德鲁说，很开心成为佩姬留下的唯一原因，他好奇她有没有注意到自己绽放出的灿烂笑容。

"我在想，梅瑞狄斯和基思会不会还关在那间浴室里，"佩姬说着，打了个寒战，"哎呀，想想真是受不了。"

"确实不忍直视，不忍直视啊。"安德鲁说。

"好了，我现在忍不住想象他们大汗淋漓的画面了。"

"噢，天哪，大汗淋漓？"

佩姬窃笑着，挽起他的胳膊。

"抱歉，你真没必要那么想，不是吗？"

"绝对没有必要，没有，"安德鲁说着清了清嗓子，"我必须澄清一点，跟这些蠢货打交道，真的是度日如年，所以真的很好……你懂的，有一个朋友，可以一起分担，真的很好。"

"即使是我逼你想象出他们那个画面的？"佩姬说。

"好吧，那可能就不行了。"安德鲁搞不明白为什么自己心跳得那么厉害，难受极了。或者这就是为什么自己愿意跟着佩姬接连走过了至少三个本能乘上归家公交车车站的原因了。

佩姬呻吟着说："我刚意识到，史蒂夫要用那把破吉他给我演奏一首道歉歌曲。一想到这个，我就受不了了。"

"嗯，这个嘛，要不然我们再返回卡梅伦家里吃个布丁？"安德鲁说。佩姬又拿手肘碰了一下他。

他们安静了下来，各自陷入了沉思。远处传来警报的声响，或许还是那辆亮着灯开过的救护车吧，安德鲁想。医护人员是不是还在无线电旁待命，随时准备奔赴现场开展救护工作呢？

"等你回去，家人们还没睡吗？"佩姬说。

安德鲁皱了皱眉。不要问这个。别在这个时候。

"或许，黛安娜还醒着吧，"他说，"孩子们肯定都睡了。"

他们离佩姬坐车回家的车站越来越近了，安德鲁猜。

"那是不是很糟糕，"他说着，脑子里一直有个声音在警告自己，这可能不是一个好主意，"我有时候会想要逃离这一切？"

"逃离什么呢？"佩姬说。

"你懂的啊，家庭啊……所有的。"

佩姬哈哈笑了起来，安德鲁立即想要收回刚才的话："天哪，抱歉，刚才简直是荒唐，我的意思不是……"

"不不，你在开玩笑吗？"佩姬说，"我天天梦想着可以逃离。简直欣喜若狂。到那时候，你可以随心所欲，想做什么就做什么。如果人没有白日梦，才是疯了呢。我这一生有一半时间都在幻想着，如果不是被困在如今的角色里，我会做什么呢……然后，通常情况下，当我的一个孩子为我画了一幅美丽的图，或是表现出好奇、忠诚或是善良的特质时，我的内心就洋溢出满满的爱意，白日造梦计划到此结束。这简直就是个噩梦，哈？"

"噩梦。"安德鲁说。

他们在车站外拥抱告别。安德鲁在佩姬离开后站在原地等了一会儿，看着检票口来往的面无表情的人群。他想到了早上的住所清查，还有特里·希尔以及他的刀叉、盘子和水杯。就在这时，脑海中跳出的一个念头，如此沉重使他喘不过气来：活在这个谎言中，还不如死了好。

他想到了刚刚佩姬拥抱自己的一瞬间，并非是出于礼节的身体接触——第一次见面时的握手，也不是与理发师、牙医或是拥挤火车上与陌生人不可避免的碰擦，而是一种发自内心的温暖感，就在那一瞬间，他心里竟然感到了向某人打开心门的暖意。他早已做好了准备，有一天自己会像特里·希尔或是其他可怜鬼一样死去，但或许，只是有那么一点点的可能，生命还会有另一种未来。

12

第十二章

从火车模型——这个最令人满意的简单物件中，安德鲁学到了，火车头运行的次数越多，性能就越好。随着每一次的使用，火车头开始在轨道上滑行，每一圈的表现都会更好一点儿。然而，当跟人接触时，他就没有运行中的火车头那么平稳了，而是像一辆锈迹斑斑的换轨客车。

在车站跟佩姬告别后，他心中出现了无数可能性，开心极了，一路飘回了家。他甚至想马上掉头，追上她，即兴搞个大阵仗——或许在轨道旁用被丢掉的利宾纳果汁盒子拼出一句："我很害怕孤独终老，成年人这么老了才交到朋友，确实有点奇怪，但我们试试好吗？"最终，他控制住了自己的情绪，一路小跑，在街角小店买了四罐波兰啤酒，一口气灌了下去。等他醒过来时，有些宿醉，又有些害怕。他逼自己从床上爬起来，在单曲循环了五遍的《离你如此近》——埃拉和路易斯·阿姆斯特朗在1956年发行——的背景音乐中，煎上几片培根。每当歌声响起时，他都能感觉到佩姬的胳膊又一次挽上自己的。只要他紧紧闭上双眼，就能看到在他们拥抱后，佩姬绽放出的笑容。他看了看表，觉得还有时间再听一遍歌曲，但还没等他把唱针摆回去，《蓝月亮》的哀伤曲调已经轰然冲击出来，那么清晰，好像下一秒就要从唱片机中走出个人来似的。不，不，不！不要现在。就让我好好享受一次吧！他挣扎着想要再次播放《离你如此近》，身体却在扬声器边弯下来，耳朵由于离得太近被震得疼痛难忍，眼睛死死地闭着。不一会儿，刺耳的警报声响起，他睁开眼睛时，看到屋里已经烟雾缭绕，原来是烧焦的培根触动了报警器。

现在去上班还为时过早，于是，他泡了两杯茶在电脑前坐了下来，想要缓解一下宿醉——喝喝这个杯子里的茶，再喝喝那个杯子里的茶——思考着如何巩固与佩姬之间正常的友情，一些可以在上班时就能够提升两人情谊的方式。哪怕一想到要一起喝咖啡、看电影或什么的，他整个人就逃离了所谓的舒适区——天知道，他怎么会那么爱自己的舒适区。在那个世界，怪物蒙克腌洋葱圈被视作烹饪实验的巅峰，而破冰游戏却会被处以死刑。

他想着一路以来与佩姬的友情发展。嗯，有关于生命意义以及失去的探讨，还有关于"组织"的点子。但他不至于醉得要求两人去奥尔顿塔短期旅游，搞个同样的拾物器的文身，对吧？而且那次谈话完全出于佩姬安慰自己的初衷。她还用了世界末日游戏作为一个有趣的消遣——真是善良的举动。而现在，佩姬很明显因为史蒂夫而情绪低落。如果他能够像她之前安慰自己一样安慰她，那么就夯实了一段真正情谊的基础了。可是做点什么才会让她开心起来呢?

他真正需要的是建议,对他来说,求助的地方有且只有一个。鼠标点了几下,他就登录了论坛。唯一的问题在于,他不能直接描述自己的情况去寻求帮助,那太不好意思了。他只能临时编点别的理由,看看会有什么收获。早上好,伙计们,他打着字,我想来寻求点建议。最近,我碰到一个家伙,跟一个卖家产生了矛盾。他本来已经订好要买一个陶土五号木板车的三件套,但最后时刻卖家将其卖给了别人。他非常生气,所以你们有什么好点子可以让他开心点吗? 非常感谢!

"修补匠亚历"几乎马上便回应道:嗯,这样吧,下周末会举行贝肯汉姆和西威克姆的古董玩具火车展,你可以带他去吗?

"砰砰67":他为什么会想要买陶土五号木板车的三件套呢? 这价格都能买一个代普尔公司的威斯敏斯特B304了!

嗯。安德鲁用手指敲击着膝盖。如果自己真想要获得有用的建议,那必须得冒冒险。他反复编写着信息,最终点击了发送键。

好吧,说实话,我刚说到的那个人现在心情不太好,但她一点儿都不喜欢火车模型(她的错!)。我只是不善于处理这种情况。如果你们有什么好的娱乐活动的提议,我真的不胜感激。

"宽轨吉姆":啊哈! 她并没有不开心,是吗? 我真的好奇她会不会成为"追踪器夫人"呢?

"追踪器":不,不,不是那种情况!

"修补匠亚历":啊,听上去"追踪器"并不是很想跟我们分享细节啊，"砰砰67"。但伙计，如果你想追的话，我们都会为你出谋划策的！

安德鲁心中涌出一种介于不好意思和喜爱的复杂情感。

谢谢，"修补匠亚历"。说实话，我在这方面的表现真的很差劲，所以我才寻求你们的意见，因为我这人不合群。但跟她在一起，感觉确实有点不一样。是那种好的方式。我好久好久都没碰到这样一个人了，感觉真的不错。但我始终有个挥之不去的困惑，那就是按兵不动，保持现状是最好的选择。

"砰砰67"：我可以理解。

"修补匠亚历"：嗯，我也是。

"宽轨吉姆"：同上。我本人也不善于与人打交道。有时候，一个人过日子更简单一点，平平淡淡的。

安德鲁走到厨房，烧上水（这次只泡了一种茶），回想着"宽轨吉姆"说的话。他对目前能够掌握的简单小生活感到很安心，可以从一而终、平平淡淡的，他根本不想破坏这一点。但也有时候——当看到面对面围坐在酒吧干净椅子上的一群朋友，或是街上牵手的情侣们，他都会感到一丝尴尬。他，一个四十二岁的老男人，竟然这么多年以来，都没有跟熟人坐在一起喝个茶或是在火车上对陌生人抛过媚眼，这种渴望如此强烈，连他自己都被吓到了。因为，可能他，实际上，确实想要有个能亲近的人，交个朋友，甚至是找到能够携手共度一生的爱人。一般，他都会熟练地将这种情绪一扫而光，告诉自己这只会让自己不开心。但如果任情绪滋长，并且，好好地维护它呢？这或许看上去是保持前进的唯一方法。过去的已经过去了，而这次，他或许可以一劳永逸地阻止它继续支配自己的生活。

他抿了一口茶，回复了"宽轨吉姆"的信息。

我不知道啊，"宽轨吉姆"，我想自己可能太纠结于一贯的行事方式了，但也有可能改变！不管怎么样，我们还是聊回火车的话题吧，呃？但我真的很感激你们的帮忙。今天以这个作为开场白，真的不算我的强项。感觉有点不自然，就像是穿着外套拉屎一样。总而言之，发送之前他还是删掉了最后一句话。

"修补匠亚历"：好吧，随时告诉我们进展，伙计。

"宽轨吉姆"：肯定要噢！

"砰砰67"：一定噢！

尽管他刚刚下定决心要走出舒适区，走进佩姬的世界，也向佩姬打开心门，但安德鲁很清楚，诚实是一段友情中必不可少的特质，而且佩姬知道，他有个幸福的家庭，是两个孩子的父亲，住在一幢高档住宅区。黛安娜带着孩子跟一个冲浪教练私奔去澳大利亚的想法飞速闪过脑海。但即便如此，他设法说服佩姬这一切都太痛苦了，自己根本没法想象。十年之后呢？他还是不能给她看看孩子们的照片，更别提能找出自己从来不去看望孩子们的理由了。他唯一的希望就是他们的感情能够上升到一定程度，到那时再说出真相，可以祈祷她能够不顾一切地接受现实。

他试图通过适当的途径来巩固两人的友情时，却碰到了一个棘手的开端。安德鲁在之前的一个住所清查中找到了一部诺基亚旧手机，他整个周二下午都在尝试拨打里面存的号码，可均无人接听，令他非常沮丧。在鼓起勇气要给下一个标为"大巴扎"的联系人打电话前，他决定写一封邮件给佩姬，一封他希望会很有趣的邮件：在一些自己人才懂的笑话中，他尽量呈现出一副魅力十足、放荡不羁的形象，最后以建议他们"他妈的现在"就该逃去酒吧作为结尾。

安德鲁从来都没有如此后悔过，在按下发送键后。他在想，有没有时间找把锤子砸烂大楼的电源，或是自己的脸呢？就在这时，佩姬的回信来了。

"哈，好啊。"

噢。

紧接着，来了第二封回信。就在她发现了他原来是这么聪明和风趣后。

"对了，我终于找到了芬汉姆街死的那个可怜鬼的遗嘱执行人了。你认为'我跟那个浑蛋一点儿关系也没有'的意思是不是就等同于'正式放弃履行义务'了？"

这比他预想的要困难得多。他知道自己很没耐性，但要是佩姬哪天由于某些原因受够了，决定辞职搬走怎么办？雪上加霜的是，随着日子一天天地流逝，他意识到佩姬对于自己越来越重要，而且他越意识到这一点，行为就变得越荒唐。天哪，如果自己坐在那里，不停地因为不知道为什么老是盯着她的左眼而不是右眼看，追着她聊着洋蓟的问题，而担心到恐慌，那又怎么成为佩姬想要花时间相处的朋友呢？

他真正要做的就是，轻松地邀请佩姬在工作时间之余出来聚聚。如果她拒绝了，那也没什么。但他会明白，两人只是普通的工作伙伴关系，到此为止了。所以，他唯一要做的就是冷静而又自信满满地邀请她，直截了当地，如果，或许，当然了，不行的话也没事，在某天晚上或某个周末出来玩玩。总而言之，首次邀约就去贝肯汉姆和西威克姆的古董玩具火车展可能太过头了，但是一起喝一杯，或吃个晚饭，更适合目前的关系。而且，为了不留后路，他决定给自己设定一个期限——周四似乎看上去不错——去哪里，得下班后问问她的意见。他只希望，在鼓足勇气之前，她能一直忍受自己怪异的举止。

不过，他承认，自己可能是想多了，虽然概率很小，很小。

不可避免的，一直到周四下午，他也没敢开口向她提出邀请。回想起来，因为当时他们正在清理一个死者住所的垃圾，他本该决定推迟个一两天再行动会更妥帖，但在当时，他的感觉就是要么现在做，要么永远都不做。

德里克·奥尔布赖顿一直活到八十四岁高龄才去世。他的公寓正好位于两个自治区的交界处——再远一条街，就归另一个团队管了。验尸官给安德鲁打电话要求他来调查时的语气异常暴躁。

"没有明显的近亲。邻居好几天没看到他，便报了警。处理的官员跟往常一样，就像乌龟身上的挡泥板一样没什么用处。安德鲁，如果能尽快处理好就太棒了。我马上就要休假了，可手头的文书工作已经快让我忙疯了。"

德里克的公寓是那种无论你用什么取暖方式，都会感觉冷飕飕的屋子。总的来说，屋里很整洁，除了厨房地毡上铺满的一层惨白粉末，还有好几个脚印，就好像是铺了一层薄薄的雪的人行道。

"是面粉，"佩姬说，"要不就是老鼠药。我跟你说过没，我厨艺很烂？啊，瞧瞧这里有什么？"她伸手去够一个在微波炉顶端的大大的饼干盒。她一边打开盖子，一边轻轻地低语着招呼安德鲁过来看，盒子里躺着一个丝毫未动的维多利亚海绵蛋糕。

"真可惜，他费了这么多事，到头来也没吃上。"安德鲁说。

"真是个悲剧。"佩姬说着，非常虔诚地盖上了盖子，就好像在埋一枚时间胶囊一样。安德鲁试着靠在厨房台子上，一条腿交叉放在另一条腿后面，挑了挑一边的眉毛，希望以一种娱乐的方式来模仿罗杰·莫尔早年饰演的邦德形象。

"所以说，那么，你很喜欢……蛋糕咯？"他说。不幸的是，或许也不是吧，佩姬刚找到一些纸质文件，正在埋头苦干，有些心不在焉。

"对呀，当然了，谁又会不喜欢呢？"她说，"我可不会相信那些声称自己不喜欢蛋糕的人。就像那些口口声声说讨厌圣诞节的人一样虚假。算了吧，你当然会喜欢啦。你还不喜欢什么？美酒，性爱，还有该死的……保龄球？"

安德鲁皱了皱眉。情况不妙。至少，他本人确实讨厌保龄球。

"这里什么都没有，没有通讯录，也没有别的有用的，"佩姬说着，用阅读报纸的方式翻阅着文件，"去卧室看看？"

"卧室。当然了……你。"安德鲁说着，在柜子台面上敲击出一段旋律，一副不管不顾的架势，只留音乐在灵魂中漫游，直到被欢乐的手指敲击得飞腾起来的面粉呛到，爆发了一阵剧烈的咳嗽后才稍作休息。佩姬盯着他，一脸复杂的表情，掺杂着怀疑和困惑，如同一只在镜子中看到另一个自己的猫咪一样。

卧室里竟然摆放着一张豪华得令人吃惊的双人床，上面铺着紫色的缎面床单，还有一个黄铜色的床头板——与破旧的百叶窗、磨损的地毯和在床脚边廉价的床头柜格格不入，床头柜上还放着一台古旧的电视机和录像放映机。安德鲁和佩姬各跪在床的一侧，开始在床垫下方摸索起来。

"我刚在想，"安德鲁说，由于佩姬看不见自己，胆子似乎大了点，"你还记得第一次住所清查后我们去的那家酒吧吗？"

"嗯嗯。"佩姬说。

"挺不错的，对吗？"

"我不太确定是不是不错，但那里有啤酒，这也算是酒吧的一个加分项吧。"

"哈……是啊。"

不去那里。

"我不知道那里的菜品如何，"他说，"你喜欢哪种菜式啊，你懂的，如果外出就餐的话？"

菜式？

"等等，"佩姬说，"我找到了点什么。"

安德鲁慢慢挪到床脚。

"噢，"佩姬说，"只是张收据，买袜子的。"

安德鲁开始感到绝望，在真正闭嘴之前，总要说点什么。"所以，我刚只是……你懂的……在想，你愿不愿意工作后找个时间一起去吃个晚饭什么的。"他含混不清地叽里呱啦说了一堆，身体随意地靠向旁边时，手肘碰到了电视机的按钮，打开了电视机，一阵咚咚咔咔的声音将二十世纪八十年代的感觉刻画得淋漓尽致。没多久，房间里便充斥着做爱的声音。安德鲁转过头，看到屏幕上出现了一个中年女人，一丝不挂，踩着高跟鞋，后面的男人戴着顶白色的棒球帽，浑身赤裸地进行着活塞运动。

"噢，天啊。"佩姬惊叹道。

"噢，天啊。"戴着棒球帽的男人回应着。

"你就喜欢这么干，是吗？你这死男人。"女人呻吟道，看上去有点夸张。受到惊吓的安德鲁退后了几步，踩到了什么东西。原来是一个录像带盒子，封面是一张电视机里的男女做爱的照片。电影的名字用红色的大写字母标示：《北部的阴道》！

安德鲁慢慢地翻转着盒子，好让佩姬看得清。她默默地笑得眼泪都出来了，而看到这个的一瞬间，她的最后一根稻草顿时断裂，终于忍不住哈哈大笑起来。过了一会儿，安德鲁小心翼翼地朝电视机蹭过去，就好像是去摸一个被点燃了的烟火似的，他重心后仰，一只手捂着脸，胡乱地戳着按钮，直到成功按下暂停键，电视屏幕停留在了一幕怪诞的画面上。

最终，他们设法让自己平静下来，带着必要的庄严态度完成了接下来的搜查工作。安德鲁在抽屉里发现了一个破旧不堪的文件夹，文件夹的封皮上写了一个叫作"琼表妹"的电话号码。

"嗯，就我而言，我是不会给'琼表妹'打电话的。"佩姬说。

"确实有点奇怪，在刚刚……那个后。"安德鲁说。

佩姬摇了摇头，一脸困惑："我是想提议我们应该用掷硬币来决定，虽然现在这么干十分不恰当。"

安德鲁哼了一声："我都不知道该怎么看德里克·奥尔布赖顿这个人了。"

"好吧，我觉得很好说啊，那个可怜鬼找到了生命的真正意义所在。"佩姬说。

安德鲁扬了扬眉毛。

"噢，算了吧，"佩姬说，"如果我活到八十四岁，能每天烤个蛋糕，然后手淫庆祝一下，那我肯定快活似神仙了。"

"你们两个看上去很开心嘛。"当他们回到办公室，基思说道。

"亲密无间啊。"梅瑞狄斯说，上下牙齿间咬了一支圆珠笔。

"有点像你俩那晚在卡梅伦家的表现啊。"佩姬平静地说道，让那两人乖乖闭上了嘴。她把外套挂在椅背上，朝安德鲁眨了下眼。他傻乎乎地咧嘴一笑。佩姬或许没有时间回答自己关于晚餐的问题，色鬼德里克·奥尔布赖顿让这一切画上了句号。不过，回办公室的路上确实挺有意思，他也没觉得太沮丧。就在那时，卡梅伦从办公室慢吞吞地走了出来，用一种非同寻常的庄严口气，要求他们在小隔间碰头。自打那场灾难性的晚餐聚会后，他就摆出一副好心老师的派头，允许自己的学生在学期最后一天玩游戏，还把愚蠢的彩色摩丝喷得到处都是，课桌上写满了粗鲁的话语。他们五个围成一个半圆坐了下来，卡梅伦用手指抵着下巴。

"伙计们，我一直在犹豫要不要说点什么，但我决定我想跟你们聊聊有关上周在我家发生的一切。在我说之前，你们有谁想先说点什么吗？"饮水机嗡嗡作响。头上的条形照明灯闪烁着。外面传来一辆车倒车的警示音。

"好吧，"卡梅伦说，"是这样的，我是想跟你们说——还有，相信我，我也很反感说这些——我真的非常失望。"他的声音有些嘶哑，不得不停下来缓了下，"对你们所有人都很失望。对所有人来说，这本该是个增加感情的美好夜晚，可你们两个提前开溜，还有两个消失在楼上，结果事与愿违。我的意思是，伙计们，美好的结局曾经近在咫尺。"他等着大家消化好刚刚的话。安德鲁没想到这对他的打击如此之大。"但是，"卡梅伦继续说，"我相信我们第二次会成功的，所以我们再办一次聚会看看结果如何，怎么样，团员们？梅瑞狄斯自愿主持第二场聚会，这很好，安德鲁，你负责下一场。"

安德鲁的脑中瞬间浮现出厨房墙壁上的污渍、破破烂烂的旧沙发，还有家人的集体缺席，他狠狠地咬着脸颊。

卡梅伦并没有放过他们，而是针对预算和目标的问题喋喋不休地讨论着，随后讲了一个他跟克拉拉在超市中找不到彼此的极其无聊的故事来取悦大家后，才放他们回到各自的办公桌前。没过一会儿，佩姬给安德鲁发来一封电邮。"我不知道你在想什么，但刚刚开会，我一直都在疑惑他们是否还拍了《北部的阴道2》。"

"那你要先看看第一部补个课吗？"安德鲁回复道。

一分钟后，他同时收到两封电邮。第一封来自佩姬："哈！极有可能。噢，对了，我忘了回答你了：好啊，去吃晚饭啊。去哪儿吃呢？"

第二封的发件人地址非常陌生："我要给你写多少封信，你才能有种回复我呢？或者你忙于计划如何花掉萨莉的钱，没工夫理我啊？"

13

第十三章

安德鲁前前后后给卡尔拨了六次电话，才克制住自己在接通电话之前扔掉手机的冲动。他还没想好怎么开口。但他知道必须给这一切画上个句号。

"你好，赛诺秀。"语气中表现出的友善十分空洞。

"我是安德鲁。"

一阵沉默。

"噢。你终于决定给我打电话了。"

"那些信。麻烦你——麻烦你不要再寄了。"安德鲁说。

"为什么不呢？"卡尔说。

"因为……"

"真相很伤人，是吧。"一个陈述句，而不是反问句。

"你想让我说什么呢？"安德鲁说。

"道个歉怎么样？是你让她生病的，都是你的错。"卡尔的声音已经开始颤抖了，"你看不出来吗？她穷尽一生都想要弥补一切，但你死活不让。你太顽固了，你根本不想原谅她，因为你，他妈的，她的心都碎了。"

"你说的不对。"安德鲁说，并没意识到自己用了什么措辞。

"你太悲哀了，你知道吗？天哪，我一直都在思考萨莉此刻在想什么，她该多后悔自己的决定啊。我打赌她已经——"

"好了，好了，天啊，钱归你了。我本来就没想要。我一拿到钱就转账给你，但你必须保证，不会——再烦我。"

他听到卡尔抽了抽鼻子，清了清嗓子："我很高兴你终于恢复理智了。我不会'再烦你'的，如你所愿。但等我知道你拿到了钱，我还会联系你的，这点，毋庸置疑。"

接着，他挂断了电话。

安德鲁烤了吐司，上面放了些豆子，登录了分论坛，迫不及待地想要忘记刚刚跟卡尔的对话。

"我想要请教一下关于餐厅的建议，伙计们，"他写道，"环境好一点儿，但不是那么贵的地方。像伦敦东北铁路0-6-0 T'585'J50等级而不是0-6-0 T'5444'J15等级那样的。"几分钟后，分论坛里就出现了好几条建议。最终，他选择了一家意大利餐厅，菜谱里不会标出菜价，整体看上去很时髦，但又不太花哨，也不会用托斯卡纳山区的方言来介绍菜肴。

第二天早上，当他们进行住所清查时，安德鲁就晚餐计划提醒佩姬道："当然，不急，但只要——你有空——就可以约我出去吃个饭什么的。"他故作轻松地说，甚至打了个哈欠掩饰自己的刻意。佩姬的视线从千层雪冰激凌盒子中抬了起来，里面装着查尔斯·爱德华兹的遗嘱，这是她刚刚才在厨房水槽下面找到的。

"哦，好，当然了。之后几周内吧，我想。我得回牧场看看我的行程。"

"棒。当然了……我说了嘛，不急。"安德鲁说。他心里清楚，这一天剩下的时间内，他都会重复刷新收件箱，直到把自己逼到重复性过劳损的边缘。

一周过去了，终于到了他们共进晚餐的时刻，打从起床的那刻起，安德鲁就陷入了焦躁不安的状态中。来到办公室后，他激动到连梅瑞狄斯打了个喷嚏，都不自控地道着歉。他尝试着平复自己的心情，这么焦躁简直是荒唐。老天啊，就是一顿便饭而已嘛！可一点儿用也没有。整个上午，佩姬都待在隔壁的房间，把近期住所清查中找到的一些无人认领的财物放进办公室的保险柜中，为即将到来的拍卖作准备，她下午去参加了一个培训课程，也不在办公室。他断定，就是因为这个才导致了自己的极度紧张。一天也没看到她，没办法跟她友好地交谈几句，也就意味着，他很难不怀疑，她宁愿有别的打算也不想跟自己共进晚餐。

似乎是为了证实他的悲伤，一到餐厅，他便从侍应生的表情中断定了这是个失败的选择，因为那目光仿佛是在看一只四处游荡，进来寻找将死之处的流浪狗。

"您的……朋友在路上了吗，先生？"他坐下还不到五分钟，侍应生便提问了。

"对的，"安德鲁说，"但愿——我肯定——她马上就到了。"

侍应生见怪不怪地讪笑了下，为他倒了点水。在接下来的二十分钟里，安德鲁先是拒绝了，后来又勉强吃了点硬得难以置信的冷面包。

"您朋友来之前，确定不要先点点儿什么？"侍应生问。

"不要。"安德鲁说，既对侍应生感到不快，也气自己竟敢有胆量迈出自己生活的小空间。

然后，正当他脚趾发力，想要起身，尽量体面地离开时，门口闪过一抹亮色，佩姬穿着一件亮红色的外套进来了，头发被雨淋得湿漉漉的。她一屁股坐到了对面，含含糊糊地打了个招呼，顺手塞了一口面包进嘴里。

"天哪，"她说，"我吃的这是什么——轮毂盖吗？"

"我觉得应该是佛卡夏。"

佩姬嘟囔了几句，艰难地把面包咽了下去。

"你跟黛安娜结婚时考虑过吗？"她一边说，一边将一小块面包一分为二。

安德鲁心一沉。不要提这个。不要现在就提这个。

"嗯嗯。"他说。

"你有没有想象过，有一天你会盯着眼前这个坐在客厅地板上的女人，醉醺醺的像是一个横向发展的救世主耶稣，肚子大到在上面可以放一瓶啤酒，扪心自问：该死，我们是怎么沦落到今天这个地步的？"

安德鲁不自在地挪动了几下。

"没有这么真切地想过吧，没有。"他说。

佩姬慢慢地摇了摇头，凝视着远方。她的脸上垂着一绺被雨打湿的头发。安德鲁有种异样的冲动，想要伸手过去帮她把头发别到耳后。是之前在电影中看到的画面吗？侍应生走到桌前，看到了佩姬，先前的讪笑立马转变成一个满是歉意的微笑，还带着点小失望。

"先生，您要看一下酒水单吗？"

"好的，谢谢。"安德鲁说。

"就别费心来问我了，哥们儿。"佩姬咕哝着。

"抱歉，夫人。"侍应生边说边夸张地鞠了一躬，慢悠悠地走开了。

"那个，让我很恼火，"佩姬说，"因为他知道，我是个下了班的侍酒师。那个傻子。"

一方面，安德鲁被佩姬的义愤填膺深深吸引了。另一方面，他担心他们的扁面条中出现小便的可能性大大增加了。

一杯酒下肚，吃了点开胃菜，佩姬看上去放松了些，但内心还是有一种挫败感，导致聊天很难持续下去。在不断拖长的沉默时间里，安德鲁恐慌起来。对于在灯火通明的饭馆中度假的已婚夫妇来说，剩下的只是对彼此的憎恶，吃饭时保持沉默是再平常不过了。但他们不一样，这不是计划内的情况。他现在真正需要的是个能够振作精神、活跃气氛的东西。他的愿望实现了，但并不是百分百他所期望的那样。一个紧紧裹着黄色外套的壮硕男人冲进了餐厅，袖子盖住了手，帽檐扣得紧紧的，就好像是一个巨型儿童朝他们飞奔过来。他踩着脚走近，突然拿掉了兜帽，甩出来的雨水溅到了周围几个就餐者身上。人们纷纷转头看来。当公共场所有人的行为越界时，每个人脸上的表情都像在传达一种特别的恐惧，像在说："要发生什么？要是出事了，我能率先从这里逃出去吗？"

"可能是我看错了，"安德鲁尽量平静地说，"但我觉得刚走进来的是你的丈夫。"

佩姬转过身，嗖地一下站了起来。安德鲁双手交叠放在膝盖上，盯着他们，面对眼前这场无法避免的冲突，他感到又悲哀又害怕。

"你跟踪我到这里了？"佩姬说，双手叉腰，"你在外面站了多久？女儿们呢？"

"跟隔壁的埃米莉在一起。"史蒂夫压低了声音说，好像处于慢动作中。

"好吧，我想确定一下，你这次没再骗人吧？"

"当然没有，"史蒂夫咆哮道，"这个该死的小浑蛋是谁？"

安德鲁有点侥幸地希望史蒂夫嘴里的"小浑蛋"不是指他。

"不用管他是谁，"佩姬说，"你他妈在这里做什么？"

"我想要去个厕所。"安德鲁说，脸上闪着狂躁的光，仿佛这样就可以不用被打了似的。侍应生给他让了路，脸上重新浮现先前的假笑。

当安德鲁鼓足勇气回去时，佩姬和史蒂夫都不在了，连佩姬的外套也消失了。他坐下的同时，周围有几个就餐者冒险往这儿偷瞄了几眼。其他人都往窗外看去，安德鲁看到了佩姬和史蒂夫。他们站在外面的街上，戴着兜帽，两个人疯狂地打着手势。

安德鲁坐在桌前犹豫着。他得出去。他虽然没必要对着餐厅的其他人，还有那个讨厌的侍应生做戏，但为了要骗过自己，他也得摆出出去的架势。正当他不停地用手指敲击着椅背，犹豫着下一步的计划时，那团黄色的庞然大物突然不见了，好像被一股强大的水流冲到下游似的，接着佩姬走了进来。她看上去刚刚哭过——由于下雨，很难辨认是雨水还是泪水——花掉的睫毛膏汇成两条水柱顺着脸颊流了下来。

"你还——"

"我很抱歉，我们能不能就只吃饭？"佩姬打断道，声音嘶哑。

"当然可以。"安德鲁说，往嘴里塞了点硬如弹壳的面包，自我安慰还好没被那个泰恩赛德巨人一拳打到脸上。

佩姬吃完盘子里的最后一点儿菜，改变了主意，"哐当"一声放下了刀叉。

"抱歉，你之前被骂成浑蛋了。"她说。

"没必要道歉，"安德鲁说，心里想着该道歉的应该是胆小怕事的自己，"那么，我想我们就不吃布丁了？"

佩姬的脸上露出一丝笑意："我希望，你这是开玩笑吧。紧急关头再没有比一个黏糊糊的太妃糖来得更合适啦！比如说现在！"

侍应生过来，清理了他们的餐盘。

"我觉得菜单上应该没有黏糊糊的太妃糖布丁吧？"安德鲁说着，勉强挤出了一个迷人的微笑。

"先生，碰巧还真有。"侍应生说着，似乎有些失望。

"噢，太棒了。"佩姬说着，对着侍应生竖起了大拇指。

他们俩同时吃完了布丁，不约而同地"叮当"一声将勺子放回了小碗内。

"噢，"佩姬说，"对了，我脸上沾了多少吃的？"

"一点儿都没有，"安德鲁说，"我脸上有吗？"

"跟平常差不多。"

"很开心听你这么说。实际上，你有点那个……"

"什么？"

"睫毛膏，我觉得。"

佩姬抓起勺子，看到映在上面的脸。"啊，天哪，我看上去就像个熊猫——你应该早点提醒我的。"

"抱歉。"

她用餐巾轻轻擦着脸颊。

"你介意我问你，一切都还好吗？"安德鲁说。

佩姬继续擦着。"不介意，"她说，"但没什么好说的，所以……"她扯平了餐巾平放在桌子上，"这可能有点奇怪，但我能请你做点事吗？"

"当然了。"安德鲁说。

"好，那就先闭上眼睛。"

"嗯，当然。"安德鲁说着，回忆着之前萨莉经常让他闭上眼睛然后捉弄自己的场景，最后总会搞得自己满身伤痛。

"现在，请你想象一个瞬间，一个你和黛安娜最幸福的瞬间。"佩姬说。

安德鲁觉得两个脸颊正在慢慢发烫。

"你想到什么了吗？"

过了一会儿，他点了点头。

"跟我说说。"

"怎么……你是说怎么弄？"

"那个，什么时候啊？你们在哪里啊？你看到、感受到了什么？"

"噢，好。"

安德鲁深深地吸了一口气。接下来，他的答案并非来自写好的电子表格上的故事，而是来自内心深处。

"那时候我们刚刚大学毕业，在伦敦开始了新生活。我们去了布罗克韦尔公园。那是夏天中最热的一天。草都干透了，实际上都快烧焦了。"

"继续……"

"我们背靠背坐着。我们发现还缺一个开瓶器开啤酒，于是黛安娜背部使劲靠着我，想借力站起来，可她差点摔倒了，我们咯咯笑着，热得头晕眼花。她走向路人——一对情侣——跟他们借打火机。她知道个小窍门，可以用打火机开酒瓶。她一下子就漂亮地把盖子起开了，将打火机还了回去。她向我走来，我能看到她，也能看到那对情侣。他们一直盯着她的背影，好像是刚才的一刻给他们留下了深刻的印象，这一天都会对她念念不忘。那时，我才发现自己有多幸运，而且我真想时间永远停留在那一天，不要结束。"

安德鲁吓了一跳。刚刚描述画面的清晰度，以及眼眶中迅速集聚的泪水，都让他惊讶不已。当他最终睁开了眼睛，佩姬却躲避了他的目光。过了一会儿，他说："你为什么想知道这些呢？"

佩姬苦笑了下。

"因为当我试着做同样的事情时，我似乎想不出什么。因为那个，才让我觉得我看不到一个幸福的结局。事实是，我已经给史蒂夫下了最后通牒：要么改过自新，要么就此结束。麻烦就是我也不清楚自己想要什么样的结果。哎，好吧，我相信无论发生什么都是最好的安排。"

安德鲁心里五味杂陈。眼前这个摇来摇去的大水仙花让他有些生气，而佩姬耷拉下来的身体和由于泪眼汪汪被削弱的反抗都让他感到难过。除此之外，还有一种别的情感。直到现在，他突然意识到，在这段时间以来，他太急切地想寻求理由接近佩姬了，以至于把自己逼到了极限，对于未来的人生充满了恐惧。他一方面想要找到一个理由能够说服自己走入她的世界陪着她，另一方面也意味着，或许他根本就不在意她焦躁与否。好吧，如果他要是那么愤世嫉俗和自私的话，那自己根本不值得交到朋友。而现在，他脑子里想的全是该如何安慰佩姬，他意识到，在内心的痛苦背后还隐藏了一个不同的真相。在那时，他完全不在意自己的想法。他只想让佩姬快乐。他感到痛苦是因为自己不知道如何才能做到。

14

第十四章

接下来的两周笼罩在死亡的气息中。验尸官基本上每个小时都会打来电话，努力地想要记起已经讨论过的案件。（"我们说过特伦斯·德克尔了，对吗？纽伯里路？被棉花糖噎死那个？噢，不对，等等，是另一个人。或许是我做的梦吧。"）

他们不得不进行大量的住所清查工作，有时候连安德鲁和佩姬都会摒弃一贯的礼仪，充满歉意地在一片混乱中快速收拾着没有灵魂的空荡荡的房间，不得不向现实屈服。碰到的住所各式各样，既有狭小的房间，里面躺着一只死老鼠，脸上挂着一副怪异的笑容，也有背靠公园的七居室，屋子内部布满了蜘蛛网，每个房间似乎都隐藏着不可明说的秘密。

在清查工作激增之前，佩姬的状态就很差。是否史蒂夫又闯祸了，所以她不得不执行最后通牒，安德鲁也不确定。他头一次看到她从办公室的厕所出来两眼红肿时，就已经表示过关心了，但她非常平静地打断了他，并且询问了一个有关于未来工作的问题。从那之后，每次看到她心烦意乱或是不小心听到她在楼梯上怒气冲冲地讲电话，他都会为她泡一杯茶，或是将一些关于基思最近发生的个人卫生惨状之类愚蠢的事，通过电子邮件发给她以分散其注意力。他甚至尝试过烤制饼干，但成果却像孩子堆雪人时用到的眼睛替代品，索性就放弃了，直接去商店买了成品。但不管怎样，他做的这些远远不够。

一天下午，在短暂休息期间，他们坐在小隔间，佩姬正在吃一种她称为"香蕉替代品"的玩意儿——一根特趣威化和一根奇巧威化时——安德鲁碰巧提到了埃拉·菲茨杰拉德。

"就是那个唱爵士的？"佩姬满嘴都是牛轧糖，嘟囔道。

"'那个唱爵士的？'"安德鲁重复道。他刚准备开口训斥佩姬的用词不当，突然冒出了个点子。人们仍然喜欢混音磁带，不是吗？难道还有比埃拉更能令人开心的音乐吗？如果她带给佩姬的影响不亚于过去几十年对自己的影响，那么这或许是一个心灵的启示、一种强力安慰剂，就如同多年前第一次听到埃拉的他一样。于是，他便连着几天晚上都沉浸在挑选最能诠释埃拉歌曲内涵的痛苦工作中。他想要记录所有的歌曲类型——积极的、悲观的、优美的、自由的——但他也为她现场专辑中的快乐和幽默所感染。在他心中，小片段以及歌曲中间的玩笑话跟最动人的旋律具有同样的地位。

连着到第五晚，他开始怀疑自己能否完成这项艰难的任务了。永远都不会有一盒完美的磁带的。他只是希望能够找到一种恰当的魔力，在佩姬需要时，可以安慰到她。他决定最后再试一晚，可最终，在午夜过后，他倒在了床上，肚子愤怒地"咕噜噜"叫着，他才意识到，自己太投入了，连晚饭都忘了吃。

他在办公室外的楼梯上把最终成果递给佩姬时，故意装出一副无所谓的样子，试图掩盖内心一个不断重复的声音，那个声音在不断告诉自己，这么做真的是挺奇怪的。"对了，我录了个埃拉·菲茨杰拉德的混音带给你。就选了几首我认为你可能喜欢的歌。当然，别有压力啊，听听看吧，接下来的几天、几周或无论什么时候。"

"啊，多谢了，哥们儿，"佩姬说，"我郑重承诺，肯定在接下来的几天、几周或是任何时候都好好听它。"她把CD翻过来看着背面的文字。安德鲁整整写了七次才勉强用清晰可辨的字迹写好了歌曲名字。他发现佩姬看自己的眼神中有闪光出现。"你用了多久才出于兴趣搞出了这玩意儿？"

安德鲁无意间不屑地哼了一声："我想也就几个小时吧。"

佩姬打开包，将CD放了进去。

"我绝对相信你是一位卓越的混音带制作人，安德鲁·史密斯。但你的撒谎技能实在是太烂了。"她说完便平静地走回了办公室。安德鲁在那儿站了一会儿，咧着嘴笑着，但有点困惑为什么佩姬一走，好像她将自己身体中的胃部、心脏和其他几个重要器官一起都带走了似的。

再也没有比幻灯片演示更能消灭幸福萌芽的了，尤其是配上声音和视觉特效的那一类。随着打字机嘀嗒的特效声，屏幕上不断盘旋出现的字母让卡梅伦异常兴奋，他得意洋洋地展示着，感到孤独或与社会绝缘的老年人的比例增长了28%。他在演示的精华部分还配上了一段截取自"油管"视频网站上的九十年代中期的小品短剧，但与展示的内容毫不相关，只是——如他解释的——"只是个乐子"。除了卡梅伦愈加绝望地滔滔不绝，其他人全都坐着，一言不发。就在这该死的东西终于要结束的时候，屏幕右下角突然跳出来一个电子邮件通知。

马克·费洛斯

回复：裁员预警

卡梅伦手忙脚乱地关上了提示窗口，但为时已晚。小品剧还在继续播放，录影棚内观众的笑声与此刻办公室的氛围形成了极大的反差。安德鲁不知道这时候有谁能说点什么。显然，卡梅伦也意识到了这一点，他不顾一旁梅瑞狄斯针对邮件提出的问题，迅速合上笔记本电脑，离开了办公室，就好像刚刚在法庭外发表了简短声明而要躲避狗仔队的人一样。

"去他妈的。"基思骂道。

那天上午晚些时候，佩姬和安德鲁到达昂斯沃斯路122号进行住所清查时，仍未从会议的震惊中缓过来。

"我真的不能丢了这份工作。"佩姬说。

安德鲁决定尽可能地平静下来，而不是火上浇油。

"我相信会没事的。"他说。

"你的依据是……"

"哦……"他瞬间慌了，"盲目的乐观主义？"他紧张地笑了笑。

"还好你不是个随意给病人预估寿命长度的医生。"佩姬说。

他们穿好了防护服，安德鲁看着122号房屋的磨砂玻璃时，多么希望他和佩姬此时是在别的地方，而不是这里。

"没有比整理一个死去的可怜鬼的东西更能让人开心分神的事情了吧，哈？"佩姬说着，将钥匙插进了锁眼，"准备好了吗？"

她推开门，倒抽了一口气。安德鲁也为面对她眼前的场景做好了准备。自从工作以来，他已进行了上百处的住所清查，而所有的住所，不论状况如何，都会给他留下些印象，一些突出的小细节仍记忆犹新：一个花哨的装饰品、一个令人不安的污点、一张令人心碎的便条。房屋的气味，也一直伴随着他。这不仅仅指那些恶臭的房屋，还有薰衣草味、机油味和松针味。随着时间的流逝，他不再能将其与正确的房屋或屋主匹配。然而，当佩姬让到一边，他看清面前的一切时，便很清楚昂斯沃斯路122号的艾伦·卡特会永远地留在自己的记忆中。

刚开始，他根本不确定眼前的东西是什么。地板、散热器、桌子、架子——每个看到的台面上——都摆满了小小的木制品。安德鲁蹲下来，捡起了一个小东西。

"是个鸭子。"他刚说完，就觉得自己大声喊出来有点傻。

"我觉得这些都是。"佩姬说着，在他身边蹲了下来。如果这是一场梦，安德鲁也不知道潜意识中到底想要什么。

"那是小玩具吗？他是收藏家还是什么？"他说。

"我不……天哪，你知道吗，我想这些都是他一个人雕刻出来的。估计有上千个呢。"

雕刻品中间出现了一条小路，估计是第一批到达现场的人弄出来的。

"这个人是谁来着？"佩姬说。

安德鲁在背包里找到了文件。

"艾伦·卡特。据验尸官说，没有发现近亲。天哪，我知道最近忙疯了，但按理说，你本该想起她应该提过这个的。"

佩姬从梳妆台上拿起一只鸭子，一只手指滑过头顶，顺着脖子摸了下来。

"我现在脑子里就一个问题，当然除了'这他妈是什么'之外，就是……为什么刻鸭子？"

"或许他只是喜欢……鸭子。"安德鲁说。

佩姬大笑了起来："我喜欢鸭子。几年前，我女儿苏茜还亲手给我画了一只野鸭作为母亲节的礼物呢。但我对鸭子并没有喜欢到可以亲手雕刻上万只的程度。"

安德鲁还没来得及更深入思考，就听到了门口传来的敲门声。他走过去开了门，不知为何有那么短暂的一瞬间，他幻想着面前出现的会是一个人形大小的鸭子，发出一连串严肃的嘎嘎声表示哀悼。事实上，门口站着的是一个拥有明亮的蓝色眼睛和塔克修士[1]发

1　传说中罗宾汉的牧师兼管家。

型的男人。

"有人吗？有人吗？"男人说，"你们是议会来的吧？他们说你们差不多今天会到。我叫马丁，算是邻居吧。是我报警的，艾伦，可怜的家伙。我想我或许……"当看到雕刻品时，他突然不说话了。

"你之前不知道吗？"佩姬说。男人摇了摇头，一脸困惑。

"不知道。我想说，事情是这样的，我会时不时敲艾伦的门，想打个招呼，但也就仅限打招呼而已。你想想，他每次只开个门缝，恰好只露个脸。就像俗语说的，他总是一个人宅在家里。"他指了指那些雕刻品，"我能走近看一下吗？"

"当然可以了。"安德鲁说。他跟佩姬交换了个眼神。他在想，是不是她跟自己想的一样呢？尽管鸭子们的雕刻技艺精湛且复杂，但这个时候，他们很可能不得不弄清楚是否能够从中获得具体的经济收益，那么艾伦·卡特的葬礼费用就有着落了。

当邻居马丁走后，安德鲁和佩姬不得不投入了常规工作中。一个小时后，他们整理好东西准备离开。在对屋子进行彻底的搜查中，他们只找到了一个文件夹，里面摆着整整齐齐的水电费单据，还有一个像是被卷起来用来打苍蝇的《广播时报》，就再无收获了，并未发现任何近亲存在的线索。

佩姬突然在前门停了下来，安德鲁差点儿就直接撞了上去，跟一个刚投完标枪的运动员一样，好不容易站稳了。

"怎么了？"他说。

"我只是不想就这么没有尽全力搜查是否发现他有家人就离开了,你懂吗?"

安德鲁看了下时间:"我想再快速扫一遍也是来得及的。"

佩姬笑了,仿佛安德鲁不是作出再次搜索一个死人物品的决定,而是下令多玩一次充气城堡似的。

"我们分头行动?"他说。

佩姬敬礼道:"遵命,长官!"

当他在厨房橱柜的抽屉后面找到一张掉落的纸片时,安德鲁以为有了突破,到头来却只是一张很久之前的购物单而已,都已经发黄了。他们似乎陷入了僵局,就在那时,佩姬有了重大发现。安德鲁看到她跪在地上,伸手捞着冰箱一侧的什么。

"我能看到有个纸片什么的夹在那里了。"她说。

"等等。"安德鲁说着,抱起冰箱,小心翼翼地来回晃动着,想要抬起一边。

看不清那是什么,只看到上面积了一层薄薄的污渍。

"是张照片。"佩姬边说,边用袖子把照片擦干净,显示出两个人的正面照。他们脸上挂着淡淡的稍显羞涩的笑容,好像是等了好久,才等到有人来清洗灰尘方得相见。男人穿着一件蜡质夹克,腋下夹着一顶平顶帽子。他的银发正在与狂风进行着一场必输的搏斗,想要维持原地不动。他的眼圈周围长满了鱼尾纹,前额也出现了波浪形的皱纹,仿佛沙丘上的山脊一样起伏不平。女人长着一头棕色的卷发,夹杂着零星的白头发,穿着一件淡紫色的开襟羊毛衫,戴着匹配的环形耳环,看上去颇有算命师的风范。她看上去五十多岁，男人看上去六十几岁。摄影师把他们腰以下的部分截掉了，好留出上面足够的空间打上一排标语："却有百合花飘舞。"后面还有几行标语，但字迹已经看不清楚了。

"那是艾伦吧，是不是？"安德鲁问道。

"我猜是吧。"佩姬说，"那个女人是谁？"

"照片上表示他们肯定是生活在一起的。他妻子？又或是前妻？等等，她开衫上是挂着个铭牌吗？"

"我想上面只写了'工作人员'而已，"佩姬说着，指着那条标语，"'却有百合花飘舞。'我想我应该知道它的出处。"

安德鲁认为这个理由足够打破手机关机的常规，需要拿出手机查阅了。

"这出自一首诗，"他说，往下滑动着手机屏幕，"作者是杰拉尔德·曼利·霍普金斯[1]。

> 我早就渴望离开
> 去春光永远不再消逝的地方，
> 田野没有尖锐的冰雹旋飞
> 却有百合花飘舞。

佩姬用指尖一点点地摩挲着照片，似乎期待能够通过抚摸来获

1　杰拉尔德·曼利·霍普金斯（Gerard Manley Hopkins，1844—1889），英国诗人，他在写作技巧上的变革影响了二十世纪的很多诗人，其中比较出名的有W.H.奥登、C.戴·刘易斯和狄伦·托马斯。

取什么信息。

"噢，天哪，"她突然叫起来，"我想我知道这是在哪里。我妹妹家附近有一个很大的二手书店，名字叫什么来着？"她把照片翻来覆去地来回看着，急切地想要记起那个名字，而就在这时，他们同时看到了照片背面，用蓝色钢笔写的一段斜体字：

1992年4月4日，贝的生日。午餐后，我们约在巴特书店碰头，一起沿着河边散步。然后我们坐在最爱的长椅上吃着三明治，喂着鸭子。

15

第十五章

安德鲁看着殡葬承办方将一个简单的花圈放在了无名坟墓前，好奇它需要多久才会凋零殆尽。通常情况下，地方议会会出钱购买花圈，但近期，每当他申请资金时，遭遇的是越来越无聊以及令人失望的邮件沟通，一无所获。至少他还有钱在地方报纸上登讣告，只要字数越少越好。而在这次的案件中，他只能通过省略逝者的中间名字才能将字数限定在可控范围内，讣告简洁到感受不到其中的任何情绪："德里克·奥尔布赖顿，于7月14日安详辞世，享年八十四岁。"他认为字数有限制也好，那就是他可以抑制住自己想要添加"死于烤完蛋糕后，半途手淫中"的冲动了。

他跟佩姬约在一家咖啡馆碰头，在那里可以俯瞰一些铁路轨道。

"你知道吊车，对吧？"在安德鲁落座的同时，她盯着窗外问道。

"你是指那个建筑工具还是鹤[1]？"

"当然是前者了。"

"当然。"

"当你在摩天大楼旁看到这么一个庞然大物时，你有没有想过他们是用另一个吊车将这个吊车吊起来的，还是就是吊车自己能升那么高呢？我认为这可以成为宇宙起源的一个隐喻吧。又或是别的什么。"

一辆通勤列车轰隆隆开过。

"我很庆幸自己能坐下来，"安德鲁说，"你这信息量有点大。"

佩姬朝他吐了吐舌头。"今天怎么样——教堂有人出现吗？"她问。

"很遗憾，没有。"

"你看，这就是我的担心所在。"佩姬说着，喝了一大口姜汁啤酒。

"你是什么意思？"安德鲁说，犹豫着自己是否也该开始喝姜汁啤酒。

佩姬看上去有些不好意思地将手伸进自己的包，拿出了艾伦·卡特和贝的合照。

"我就是无法控制地一直在想这个。"她说。

距离他们去艾伦的住所已经过去一周了，安德鲁一再规劝佩

---

1 原文中用的crane有吊车和鹤的双重意思。

姬，他们已经尽了全力，如果继续纠结下去，会疯掉的，可她就是不愿意放手。不情愿地，他从她手里把照片拿过来。"还有你确定这是……这是哪儿来着？"

"巴特书店。是诺森伯兰郡的一家二手书店。我用谷歌确认了一下，是这地方没错。我妹妹几年前搬到了附近的一个村庄，我们经常在拜访她时顺路去逛一下。"

艾伦和他笑嘻嘻的同伴的照片已经变得很熟悉了，安德鲁盯着它看起来。

"我只是不忍想到，如果世界上还有一个爱他、本应该到场的人——至少要知道并且有机会出席，而不是他一个人孤零零地上路。"

"但那是事情的关键，不是吗？"安德鲁说，"不幸的是，现实就是如此残酷，每当我们跟这些人联系上时，他们总会找到这样那样不跟死者联络的理由。"

"对，但事实并非总是如此，不是吗？"佩姬说着，睁大了眼睛，期待着安德鲁的理解，"几乎不会发生什么重大的戏剧性的争吵。最坏的情况莫过于在钱上起一些无谓的纷争，多数情况下只是因为懒惰，而渐渐与彼此失去了联络。"

安德鲁正要讲话，但佩姬又跳了起来。

"比如说你上周打电话的那位女士——哥哥去世了的那个。她没说他一句坏话——没别的，她只是有点难为情，因为是她懒得去拜访他，也不想打电话的。"

安德鲁突然想到了萨莉，脖子上感到一阵刺痛。

"我是想说，这个社会真悲哀啊，"佩姬继续道，"一副英国人作派，冥顽不化，骄傲自满。我的意思是……"她打住了，似乎从安德鲁的身体语言中察觉到他对自己的话有些不太舒服。她快速换了个话题，并且主动提出要给他买一块"标价过高，极有可能不新鲜的"曲奇饼干。

"我不能要求你这么做。"安德鲁说着，假装一本正经地举起了双手。

"噢，但我一定要买。"佩姬说。当她走向柜台时，安德鲁又看了一眼照片。或许他不该那么不屑一顾，或许他可以找到一种不必太过于投入就能调查的方法。他向佩姬望去，她正在仔仔细细地挑选着曲奇饼干，而一旁的女侍应明显露出不耐烦的神情。与平时一样，那天早上安德鲁已经准备好了教科书级的午餐便当，但当佩姬提议出去吃时，他却假装没带饭。他又看了看照片。或许听听佩姬的想法没什么坏处。

"你打算怎么做？"当佩姬拿着曲奇饼干回来时，他说。

"我想要去那儿，"她边说边敲了敲照片，"去巴特书店。去找到这个女人——找到贝。"

"那是不是有点……我是说，她肯定不会在那儿工作了吧？"

佩姬抠着桌布，仿佛那里有一块想象出来的污渍。安德鲁眯起了眼睛："你已经跟他们联系过了吧？"

"或许吧。"佩姬说着，嘴角颤动着，努力想要掩饰绽放的笑容。

"然后呢？"安德鲁说。佩姬凑上来，语速较平常更为急促：

"我打电话过去，是一个姑娘接的，我向她讲述了事情的来龙去脉，解释了照片的存在、我的工作，还有我是那边书店的常客，最后我问她有没有见过一个B字打头的人在那儿工作，棕色的卷发掺杂着白发，现在可能白发多于棕发了，还有他们认不认识一个叫作艾伦的人。"

她停下来喘了口气。

"嗯，然后呢？"安德鲁说。

"然后，是这样的，她说她不能透露工作人员的具体信息，但确实有几个人在店里工作了好些年头，如果我下次去妹妹家的时候，欢迎我随时光临。"佩姬张开双臂，好像在说"看吧"。

"你是说，即便那个人仍在工作的可能性微乎其微，你还是想要去这家书店，就为了见到照片上和艾伦一起的人？"安德鲁说。

佩姬用力地点了点头，好像最终突破了一个横亘在二人之间的语言鸿沟似的。

"好吧，"安德鲁说，"那作为一直唱反调的人——"

"噢，该死，你真喜欢唱反调。"佩姬说着，将面包屑弹向了他的方向。

"如果找到她，照片上的女人，你要说什么呢？"安德鲁将面包屑又弹了回去，示意该轮到她发言了。

佩姬想了一会儿："我想看当天的情况吧，随机应变。"

还没等安德鲁开口，佩姬继续说道："噢，得了，又没什么不好。"她说着，伸手握住了他的手，他的手里还举着一块曲奇饼干正往嘴巴里送。"听着，我会搞定的，真的。我都没想过夏天会出去度假，但天知道我就需要一个呢——而且孩子也需要。"她松开安德鲁的手，一点点曲奇饼干掉落在桌面上，"史蒂夫最近都住在朋友家……不管怎么样，我计划下下周去妹妹家，到时候顺路拜访一下巴特书店。"

安德鲁左右摆动着头，掂量着整件事的可行性："好吧，公平来讲，如果你是去你妹妹家，那么这听上去就没那么……疯狂。"

佩姬把照片放回了包里。

"我本来想要邀请你一起去的，但我觉得你要忙着照顾家人。"

"呃，那个……"安德鲁有些不知所措，努力转动脑筋想要快速给出回应。佩姬的邀请似乎非常真诚，并非只是出于礼貌。"我需要确认一下。"他说，"但是，实际上……那周，黛安娜计划要带孩子去她妈妈家，在伊斯特伯恩。"

"你不打算一起去？"佩姬说。

"不，很有可能不去。"安德鲁说，希望大脑能够转起来，"我，嗯，跟黛安娜的父母处得不是很好。说来话长。"

"噢？"佩姬说。明显她不想就此打住，但安德鲁万能的电子表格里根本就没编过这方面的故事啊。

"有点复杂，就是她妈妈从一开始就不同意我们俩在一起，她觉得我俩一点儿也不合适。所以，我们意见从未统一过，每次见面只会剑拔弩张。"

佩姬刚想说什么，却没说出口。

"什么？"安德鲁说，有点反应过度，他担心她对这个故事并不买账。

"噢，没什么，只是，我不能想象竟然有人觉得你不合适，"她说，"你那么那么……好……还有……你知道……"

安德鲁真的不知道。他利用佩姬的一时慌乱，思考着应对措施。最简单的就是待在家里，避免再被问及家庭生活的问题。但跟佩姬共处整整一周的想法真的是有点意思——也是一次冒险，一个令人兴奋又恐怖的未来，不容错过。如果这不是迈出自己的舒适区，那何时才是呢？他必须赌一次。

"不管怎样，"他尽可能随意地说，"我会考虑一下诺森伯兰郡的。这是个转转的好机会，呃，我去不会有点奇怪或是什么的，有吗？"

他还没想好怎么表达，就脱口而出了，搞得又像是提问，又像是在自问自答。佩姬似乎正要开口回答，幸好邻桌有个人打翻了一整壶茶，地板上全是水，一下子突然冒出来的五个店员迅速打扫完毕，如同一级方程式赛车维修赛道的专业人员一样高效，回答的瞬间就过去了。佩姬似乎也利用刚才的分神掂量着自己该给出的回复。"如果你有空，一定要来。"维修站工作人员清扫刚结束，她说。安德鲁认得那个语调。人们经常会用这种语气尝试说服谈话对象，同时，也是在说服自己，劝大家相信这是个绝佳的点子。

他们离开咖啡馆，往办公室走去，一路上，两人都保持着沉默。安德鲁朝佩姬那边瞟了一眼，看到她眉头紧皱，明白她此刻正跟自己一样，回忆着方才咖啡馆的对话。他们过了红绿灯，绕过了一个推着婴儿车的女人。当他们重新并排而行时，胳膊不小心碰在了一起，他们异口同声地说了声"抱歉"，随即对两人间的客气哈哈大笑起来，沉默的紧张感被瞬间打破了。佩姬朝他扬了扬眉毛。这在安德鲁看来，是一个大胆的举动。似乎她正要开口承认两人对此次旅行的重视程度远比表面上显露出来的要多得多。不仅如此，安德鲁突然发觉，呈现在眼前的眉形真的是自己有生以来见到的最完美的一个，他的心开始不舒服地狂跳起来。

"那巴特书店怎么样呢？"他说着，试图将对话重新拉回正轨。

"噢，超级棒。"佩姬一边说，一边试图穿上外套，但有只袖管怎么也伸不进去，"它历史悠久，面积超大，一排又一排的书，到处都有舒服的沙发可以坐。"

"听上去不错。"安德鲁说。不知为什么，好像把一只脚摆在另一只脚前面已经成了不可能完成的任务。难道他平时就是这么走路的吗？太不自然了。

"是真的哦，"佩姬说着，终于把胳膊伸进了外套袖子里，"那之前是个车站，之后他们把候车室改建成了咖啡馆。最棒的部分要数书店书架上方的一辆火车模型，每天都会轰隆隆地开来开去。"

在追上佩姬前，安德鲁突然停下脚步。

"你说什么？"

16

第十六章

令安德鲁失望的是，他们甚至还没来得及订火车票，旅行就差点儿泡汤了。

不知出于何种原因，卡梅伦最近爱上了用吹口哨来引起大家的关注。起初，口哨是一种尖锐的、饱含激情的嘟嘟声。但近来，随着他情绪的变化，口哨声慢慢变得低沉、忧郁，就好像在牧羊犬将死之前最后一次出行时，农夫发出的指令一般。

卡梅伦就是用这个方法把安德鲁叫进办公室的。屋子里堆满了文件夹和文件，他不得不收拾了凳子上的一些文件拿走，才找到地方落座。安德鲁感到十分沮丧，因为眼前的办公室似乎变得跟自己戴着手套、拿着垃圾夹去进行清查的房间没什么两样了。

"啊哈，是这样的，伙计，"卡梅伦说，"你这个假期已经定好了，但未来请你在定之前跟团队其他成员规划一下，因为佩姬这段时间也不在，这样对工作不好。以后请稍微灵活一点儿，好吗？这种事情沟通起来很简单啊。"

"好吧，可以。"安德鲁说。他和佩姬并没有刻意隐瞒共同出行的事实，事态弄得如此不恰当，安德鲁却有些喜不自禁。他发现，卡梅伦正充满期待地看着自己。

"下次我会确认的。"他快速说道。

"好的，谢谢。"卡梅伦说。

安德鲁希望事情到此为止，但第二天他坐在办公桌前时，就听到卡梅伦办公室里传来的喊叫声。"这简直太荒唐了，"梅瑞狄斯用她一贯的轻描淡写的方式说，"我很抱歉，我这人最讨厌的就是抱怨了，但你不能转过身就拒绝我的度假申请啊，这侵犯了我的权益。为什么安德鲁和佩姬可以同时离开，我就不行？太扯淡了！太不公平了！"

卡梅伦跟着她走了出来，两手紧紧地攥在一起，青筋都露出来了。

"我告诉过你了，梅瑞狄斯，"他说着，声音异常平静，仿佛有种不好的事情要发生的感觉，"你有资格度假，我只是要求你不要选在佩姬和安德鲁同时离开的那一周。"

"好吧，我又怎么能知道他们哪周不在？我又不是'魔法梅格[1]'，对不对？"

"你应该提早规划，看看日志。"卡梅伦说。

"什么？"

"日志！该死的日志！"

1　英国著名占卜师。

卡梅伦双手捂住嘴，对于刚才的爆发，他比任何人都要震惊。就在那时，基思慢悠悠地踱步走进办公室，哼着不成调子的歌，拿着一个软面包卷吓了大家一跳。他看看这个，看看那个，咬了一大口下去，下巴粘上了滴下来的番茄酱。

"我错过了什么好戏？"他说。

安德鲁站了起来。他必须迅速作出反应，以确保旅途的顺利进行。"嘿，梅瑞狄斯，我想卡梅伦是想说，我们只是要确保这个日志……的事情……从现在开始有人填就好。大家都有点误会了啊，没别的问题。我相信他不是有意大吼大叫的。对吗，卡梅伦？"

卡梅伦盯着安德鲁看了一会儿，仿佛才刚发现他站在那儿。"对，"他说，"对，你说的没错。这一周太累了。克拉拉和我……我真不是存心要那样的。但是……对不起。"

安德鲁决定无视关于克拉拉的废话，迅速采取行动解决问题："梅瑞狄斯，我非常愿意为你分担一些本周的工作来作为补偿。"

佩姬饶有兴趣地看着他，或许她跟他现在一样，对于主动出击都很惊讶。他感到一种解脱——在那一瞬间，就好像把冷的餐食退回餐厅，又或是在地铁上要求别人挪开一点一样痛快。

"得了吧，"梅瑞狄斯说，"我又不能离开，无济于事。我本来要去参加一个瑜伽旅修的，好了，又要重新规划了。可以想象得到，事事都有不顺心。但是没错，我现在确实是忙得不可开交了。所以得要你帮忙，谢谢了。"

"瑜伽，呃？"佩姬边说，边舔着一个不知从什么地方拿出来的酸奶盖，"下犬式那种乱七八糟的？"

安德鲁瞪大了双眼盯着她。

"我是说，对那种老胳膊老腿有好处，我打赌。"她说。

"还有柔韧性。"梅瑞狄斯说着，瞟了一眼基思，后者得意地笑了笑，又对着软面包卷狠狠咬了一大口。

"我知道了，"卡梅伦突然恢复了一贯的开朗本色，让众人大吃一惊，"我出去买个蛋糕如何？"

"买个……蛋糕？"安德鲁说。

"是的，安德鲁，买个蛋糕，买个大大的美味的蛋糕。现在就买。作为对你们辛苦劳动的犒劳。"还未等众人说话，卡梅伦不顾外面的瓢泼大雨，连外套都没穿，就走了出去。

基思将手指吸得干干净净。

"赌五十英镑他会出现在明天早上的报纸中。"

佩姬翻了个白眼。"别这么说话。"她说。

"真是抱歉啊。"基思竭力装出一副高傲的姿态说。梅瑞狄斯咯咯笑了。"还有，"基思继续说，"如果他出局了，或许我们能保住自己的饭碗。"

似乎，没人回应他的话。整个办公室清楚地听到基思给了手指最后的吸吮。

快点，快点，快点。

安德鲁不停地来回踱着步，将火车前厅的范围用到了极致。火车计划于九点零四分离开国王十字车站，而他和佩姬约定八点半在中央大厅集合。回想起来，当她提到"八点半左右"时，他就应该有所警惕了。

那天早上，他总共给她发了三条消息。

"刚到大厅。你到了告诉我。"八点二十分发出。

"我在二号站台。在那里见吗？"八点五十分发出。

"你快到……？"八点五十八分发出。

他不能将真实想法写出来，其实他想说："你究竟在哪儿？"但他希望省略号传达了大概的主旨吧。

他将一只脚伸到火车门外，准备随时不顾一切地把门撞开。当然，他也可以直接下车，虽然他们此次买的是特定票，不能退——但显然，他并不关心这种事情。他低声咒骂着，冲到行李架旁准备取下背包。理想情况是，他会带着一只优雅的小行李箱，像BBC第4频道的穿着白色亚麻套装的旅行纪录片制作人一样，拖着它在佛罗伦萨穿梭。但实际上，他背着的是一只巨大、笨重的亮紫色背包，曾经有一段时间，包里装满了他一生拥有的所有物品。虽然他没有升级背包，也没有为旅行添置一套亚麻西装，但他已经斥巨资将衣服大换血了一番：四条新裤子、六件新衬衫、几双粗革皮鞋，最大胆的便是一件深灰色的夹克了。除此之外，他还进行了每季度一次的理发，选了一家比平时更高档点的发廊，买了一瓶理发师在未经本人许可就喷在脸上的带有浓烈柠檬味的须后水，闻起来像一款精致的甜点。同时，当他看到自己在理发师镜子中的形象——全套新衣服加新发型时，他竟然异常满意。自认为长得帅是不是太过分了？甚至或许——他敢不敢说——有点像肖恩·比恩？他内心窃喜，期待着佩姬对自己新造型的反应，但当他赶到车站时，随之而来的陌生感比往常来得更加难为情。好像车站的每个人都在对自己评头论足。"好吧，好吧，好吧，"一个上流社会男子似乎一脸轻蔑地盯着他的夹克想，"对于一个一看就知道，平时用的是洗发水和沐浴露二合一的中年男子来说，这个时尚选择可真够前卫的。"

安德鲁感觉屁股有点痒，尴尬地发现，原来是衬衫的商标没撕掉。他撕扯着商标，又拉又拽，终于扯掉了。他将其塞进了口袋里，低头看了看表。

快点，快点，快点。

还有两分钟发车。他无可奈何地将背包往背上一甩，差点摔倒。他最后看了一眼站台。就在那时，佩姬奇迹般地出现了，两个女儿跟在一边，朝检票员挥舞着车票，冲过栏杆。她们三个有说有笑，催促着彼此。佩姬也背了一个大得可笑的背包，松松垮垮的，随着跑步在背上甩来甩去。她扫视着车厢，直到看到了他。"安德鲁在这儿呢，"他听到她喊道，"你们这两个拖沓鬼赶紧的——朝安德鲁进发！"

她们距离自己只有几英尺远了，安德鲁突然产生了一股强烈的欲望，想要停在这一秒，将这一瞬间永远封存。看到佩姬朝自己奔来，他好像找到了存在感，能够主动进入另一个人的生活，或许他不再是一团碳水化合物，只能慢慢耗着沉入未上漆的棺材；他既幸福又疼痛，好似被人紧紧抱住连气都喘不上时的纯粹感觉。就在那时，他突然意识到：对于未来，他可能并不清楚——痛苦、孤独和恐惧或许仍会折磨着他，直至灰飞烟灭——但仅仅感觉到事情可能会有转机，在他看来就是一个新的开始，好像感觉到两根火柴摩擦起火的第一丝温度，那第一缕青烟。

17
第十七章

安德鲁用力把门撑开，引得站台上的检票员大发雷霆，连前厅的旅客也肆无忌惮地发出不齿的嘘声。佩姬发了疯似的把孩子推到火车上，自己也跟着跳上车后，安德鲁才松开车门。

"哇，这是我有史以来做过的最叛逆的事情了，"他说，"我觉得这跟跳伞后的感觉不相上下。"

"你真是个捣蛋鬼。"佩姬大口大口地喘着气说。当她看到他时，忍不住又多看了几眼："哇哦，你看上去……"

"什么？"安德鲁说着，下意识地用手梳理着头发。

"没什么，只是……"佩姬从他的外套上摘了一小撮棉花下来，"不一样了，仅此而已。"

他们对视了一会儿，接着火车慢慢开动起来。

"我们得找到座位。"佩姬说。

"对，好计划。"安德鲁说着，突然放下了顾虑，"带路吧……可爱的……麦克达夫。"

而佩姬将注意力转向了乖乖跟在身后的两个女儿，似乎没听到刚才的话，这让安德鲁大大松了一口气。他决定还是择日再放下一切吧。或许等他死的那天。

　　"孩子们，跟安德鲁问好。"佩姬说。

　　对于跟佩姬女儿们的碰面，安德鲁曾担心得跑到分论坛去征求意见，当时他们正在激烈却友好地讨论着从驱动车轮取下阀动装置铰链的最佳方式，等一结束，他立即提出了即将与佩姬孩子的见面让他坐立不安的话题。

　　"这听上去可能很奇怪，""砰砰67"写道，"但我能给出的最好的建议，就是不要把他们当成孩子看待。不要用那种居高临下、慢条斯理的讲话方式。他们马上就会识破这种废话的。就跟成年人说话一样，一直问他们问题就行了。"

　　所以，基本上要抱着怀疑和不信任的态度。安德鲁暗暗想着。然而，他答道："谢谢，伙计们！"他竟然也成了用"伙计"这个词的那类人，在随后的整整两个小时内，他都沉浸在对此深深的忧虑中。

　　结果，佩姬的大女儿梅茜，一路上都埋头在读一本书，自得其乐，根本顾不上理他们——只是偶尔抬头问问到了哪儿，又或是书中某个字的具体意思。而小女儿苏茜，全程都是以"你愿意"的句式提问，这比安德鲁之前预料的要容易对付多了。她的眼睛闪着光，给人一直在笑的印象，所以安德鲁很难严肃地对待本来需要认真回答的问题。

　　"你愿意做一匹可以穿越时空的骏马，还是一块会说话的大便？"是刚刚提出的难题。

"我可以问一个相关问题吗？"安德鲁问道，"那就是佩姬——我指的是你的妈妈——还有我的日常工作。"

苏茜打了个哈欠，陷入了沉思。"对对对，好吧。"她说，显然对这个诚实的回答感到满意。

"嗯，"安德鲁突然意识到，佩姬和苏茜两个人全都目不转睛地盯着自己，他强装镇定地说，"马会讲话吗？"

"不会，"苏茜说，"就是一匹马。"

"没错，"安德鲁退步道，"但大便会讲话。"

"所以？"

其实安德鲁并不知道如何回答。

"你的问题在于，"佩姬说，"你一直试图用逻辑来回答问题。可现在，逻辑派不上用场。"

苏茜郑重地点了点头。坐在她旁边的梅茜闭上了双眼，深深地吸了一口气，对于不断被干扰感到生气。安德鲁不得不压低声音。

"好吧，那我选骏马。"

"这很明显啊。"苏茜说着，对于安德鲁花了这么长时间才作出选择表示出大大的困惑。她撕开一袋青柠果冻，沉思片刻后，将其递给了安德鲁。

火车蜿蜒地驶入纽卡斯尔，泰恩桥在阳光的映照下闪闪发光，佩姬拿出了艾伦和贝的合照。

"你们怎么想，孩子们？觉得我们能找到这位女士吗？"

梅茜和苏茜不约而同地耸了耸肩。

"她们或许是对的。"安德鲁说。

"嘿，"佩姬说着，轻轻地踢了一下他的小腿，"你跟谁一伙儿呢？"

佩姬的妹妹，伊莫金，自称是"拥抱达人"，安德鲁不得不屈服于胸部丰满的她给自己的熊抱欢迎。她开着一辆缠满胶带的车，载着众人往家里驶去，安德鲁和小姑娘们坐在后排，看上去像一个笨拙的大哥哥。

那天早上，伊莫金显然忙得不可开交，厨房里堆满了蛋糕、饼干和布丁，还有一些安德鲁根本叫不出名字的食物。

"看得出来，你现在开始承办镇上的宴会了。"佩姬说。

"噢，得了吧，你们都需要胖一点儿。"伊莫金说。安德鲁很庆幸，虽然拥抱不可避免，但戳肚子明显仅限于家庭成员之间。

那晚晚些时候，等孩子们上床入睡后，伊莫金、佩姬和安德鲁在客厅看了半部浪漫言情喜剧，当出现了一个关于体液的可怕画面时，伊莫金及时地插嘴，开始询问起艾伦和鸭子的事来。

"说真的，你从来都没看过那种场面。"佩姬说。

"好吧，你们这么做真的很贴心，"伊莫金忍着哈欠说，"我是说，你们显然都疯了……"

佩姬开始解释理由。她双腿蜷缩靠向一侧坐着，身上的套头衫从肩膀滑落下来。安德鲁感到胃部一阵疼痛。就在那时，他环顾四周，发现伊莫金正在盯着自己。更确切地说，是她看到自己正在盯着佩姬。他把目光移开，专心看起电视来，庆幸屋内光线昏暗，遮住了自己发红的脸颊。他的直觉告诉自己，伊莫金可不好骗，就在他这么想的当口，她打断了佩姬关于男主角爱尔兰口音的质疑。

"你妻子对于找到这个人的看法是什么，安德鲁？"她说。

好吧，她会怎么想呢？

"说实话，对此她没发表太多意见。"他说。

"有意思。"伊莫金说。

安德鲁希望事情到此结束，但伊莫金不依不饶。

"她肯定会很好奇，不是吗？"

"伊莫金……"佩姬说。

"怎么了？"伊莫金说。

"说实话，我在家很少谈及工作。"安德鲁说着，自认为这样的回答确实也是真实的。

"你们在一起多久了？"伊莫金问。

安德鲁的视线并未离开电视屏幕。

"噢，有年头了。"他说。

"你们俩当初怎么在一起的？"

安德鲁挠了挠后脑勺。他真的不想谈论这个话题。

"我们是大学同学，"他尽量不经意地聊起来，"我们做过一段时间的朋友，主要是我们都痛恨课上的白痴，至少不喜欢那些戴着贝雷帽的笨蛋。"他喝了一口酒。不知道为什么，他觉得不得不继续这个话题："她喜欢透过眼镜的上缘看我，我经常感觉有点晕乎乎的。我从来都没遇到过如此聊得来的人。还有，我们之前去过一个派对，她就牵着我的手，远离了当时的喧嚣和人群，嗯，就是这样。"安德鲁看着自己的手。奇怪的事情发生了。他真的能够感觉到那种强有力的握手,正自信满满地引领着他离开那个房间。

"啊,好甜蜜啊,"伊莫金说,"你这么大老远……跟着佩姬过来,她都不生气。"她不客气地插嘴道。

"伊莫金!"佩姬打断她说,"你太粗鲁了。你们才刚见面。"

"没有,没有,没事。"安德鲁说着,很开心他们没有吵起来。而且谢天谢地,他找到了一个简单的解决方案。

"事实上,如果你们不介意的话,我最好给黛安娜打个电话。"由于久坐,他的左腿已经麻木了,他不得不一瘸一拐地尽快蹦着跑回了客房,如同一个从无人地撤离的受伤士兵一样。由于没上锁,屋里的窗子一直开着,冰冷冷的。他犹豫着要不要假装打个电话,以防有人在旁偷听。他可以随便说点什么,旅途怎么样啊,晚餐吃的什么啊——他能想象出大多数人在现实生活中的对话。

在现实生活中。他会因为这个被大卸八块吧。他瘫倒在床上。突然,脑海中响起了那首旋律——蓝色的月亮啊,你看到我孤独地站着——不断地循环干扰,像是浪花不断撞击礁石。他努力地想要甩掉,如此绝望,到后来他头朝下趴在床上,拳头不断锤击着羽绒被,头埋在枕头里大喊大叫。

最终,混乱退去,在随之而来的沉寂中,他静静地躺着,拳头紧握,呼吸急促,祈祷着没人听到刚才的喊叫声。他从梳妆台的镜子中看到自己的样子,苍白而疲惫,突然他有种强烈的冲动,想要回到客厅,去端起一杯红酒,就算看的是垃圾电视剧,就算屋里一半的人都在怀疑他——怀疑他的伴侣。

他不清楚是什么驱动自己这样做，等他醒悟过来时，自己已经停在了客厅门外。门开了一条缝，正好可以听到里面伊莫金和佩姬压低声音的讨论。

"你真的认为他太太对此没意见吗？"

"为什么会有意见呢？你要知道，她本人也不在家啊。去她父母家了。很显然，安德鲁跟他们相处得并不融洽。"

"我不是那个意思，你知道的。"

"那是什么意思？"佩姬嘘声说道。

"别胡扯了，你真的认为他对你没有好感？"

"我不作任何回答。"

"那，好吧，那你对他有意思吗？"

沉默。

"我也不会回答你这个问题的。"

"我觉得你也不必回答。"

"拜托，我们能不能换个——"

"我知道跟史蒂夫在一起一团糟，但这不是答案啊。"

"你真的不知道史蒂夫到底变成什么样子了。"

"我当然知道了，我是你亲妹妹。显然他故伎重演了。你越早摆脱他越好。他就跟老爸一样，不断乞求原谅，发誓永不再犯。我不敢相信你竟然这么天真。"

"别说了，求你别说了，行吗？"

一阵沉默过后，佩姬又开口说。

"瞧，能来这儿真的很幸福。你知道姑娘们有多喜欢你，我也……"她的声音有些哽咽，"我也很喜欢你。我只是想放松几天，重新振作起来。如果事情真的如我所想那样发展下去——与史蒂夫的关系、工作的情况——我也必须有良好的心态才能应对这一切。"

二人又陷入沉默。

"啊，宝贝，我错了，"伊莫金说，"我只是太担心你了。"

"我知道，我知道。"佩姬说着，突然声音消失了，安德鲁猜测大概伊莫金又开始了她的熊抱安慰了。

"佩姬？"

"嗯？"

"把饼干拿过来。"

"你把饼干拿过来，我俩距离一样的。"

"你胡说八道。"伊莫金说着，佩姬泪眼婆娑地咯咯笑了起来。

安德鲁后退了几步，既为了平复自己怦怦乱跳的心，也能让自己进来显得更自然一点。

"大家好，大家好啊。"他说。佩姬坐在他之前坐的沙发上，这样就可以随时查看正在一旁充电的手机了，这也就意味着他要坐在她或是伊莫金身边。正在他犹豫时，佩姬笑着看着他，电视发出的光映照出她还湿润的眼睛。

"一切……还好吗？"他说。

"噢，好啊，"伊莫金拍着身边的空位说，"赶紧把你的屁股坐下来。"

安德鲁很高兴有人为他作了决定，即便这意味着自己失去了与佩姬近距离接触的机会。

"我们把饼干消灭掉吧。"伊莫金说着，分发着剩余的燕麦饼干。

"你电话打得顺利吧？"佩姬说。

"哈？噢，嗯。谢谢。"

"好呀，"伊莫金说，"房子那边的信号一直不是很稳定。"

"那一定是我运气好。"安德鲁说。

就在那时，他的手机——当天下午到达时放在了壁炉架上——开始响了起来。

18

第十八章

"嗯，我有两部手机。一部是工作手机，用了好多年了。我不确定卡梅伦知不知道第二部手机的事，所以你们懂的，最好保持缄默！"

安德鲁在心里一遍又一遍地重复着混乱的解释。佩姬和伊莫金都不知道他在自言自语什么，他就一个人喋喋不休地越说越多，坑越挖越大。谢天谢地，她俩只是目光空洞地看着他，就像两个无聊的海关官员无视着面前一个正在奋力地解释陷入困境的外国游客一样，而浪漫言情喜剧高潮部分的到来也吸引了她们的注意力，不停地闲聊着。

安德鲁原以为，他们第二天一大早就会去巴特书店，可佩姬和伊莫金另有计划。接下来的两天，他们乘船去了法恩群岛，在那里，安德鲁先是被海鹦的粪便突然袭击（苏茜很开心），再是在狂风大作的海边散步时，不时地停下饮茶吃蛋糕（伊莫金很开心），最后回到伊莫金家里享用美味的晚餐，佩姬有两次靠在安德鲁的肩膀上睡着了（安德鲁很开心）。

一个人回到客房时，他的思绪回到了先前偷听到的对话中。

"那，好吧，那你对他有意思吗？"

"……我也不会回答你这个问题的。"

"对他有意思。"除了男女之间的好感，那句话还有别的意思吗？或许只是一个纯粹的人类学研究角度——佩姬正准备进行科研领域的研究：一个矮胖的人类标本，经常被观察犯蠢。不管是哪种解释，佩姬都拒绝作答，根据安德鲁之前看了那么多期《新闻之夜》的经验推断，这意味着她在回避说实话。他期待着伊莫金已经对她施行了全面的审问。

终于，他们在第五天早上去了巴特书店。安德鲁感觉得到，佩姬一直在拖延，不是她丧失了兴趣，而是她很怕这次拜访会以失败告终。

孩子们跟伊莫金留在家里，伊莫金答应给她们做一个浓郁的巧克力蛋糕，里面的巧克力容量足以让布鲁斯·波格托[1]突发糖尿病而陷入昏迷。佩姬征用了伊莫金的座驾欧宝雅特，伊莫金阐述了车子本身存在的各种各样的问题以及应对措施，大多数都是通过击打怒骂来解决。

"浑蛋。"佩姬咕哝着，前后猛烈地推拉着变速杆，还拿她初恋男友哭鼻子的事开玩笑，这让安德鲁有点受不了，摇下车窗透了

---

1 《玛蒂尔达》中的角色，曾因偷吃一小块巧克力蛋糕而被迫在一次聚会中罚吃一整个巧克力蛋糕。

透气。

他们经过了一块路牌，上面写着离阿尼克还有十五英里。

"我有点紧张，"安德鲁说，"你呢？"

"不知道。嗯，有点吧。"佩姬说着，目不转睛地盯着后视镜，因为他们正在汇入一条双车道。

他们开得越远，安德鲁的忧虑和不安就越发严重，他们离书店越近，他们的冒险就越接近终点。他们最后极有可能会失望而归，艾伦的最后一程也只有他们和一名冷漠的牧师相伴。然后又恢复周而复始的平凡工作。

他们又经过了一个通往阿尼克的路牌。还有五英里。有人用鲜红色的笔迹在上面留下了单词"狗屎"的涂鸦，没什么创意。安德鲁想到之前难得参加过的一次学校出游，在从牛津的阿什莫林博物馆返回的途中，也看到过类似的涂鸦。印象里，傍晚的天空被烤成了粉色，在它的映衬下，电线形成了一张空白的乐谱，安德鲁的视线停留在上面，就在那时，他看到了远处栅栏上用白色粗体字写的话："我为什么每天都这样做？"虽然当时并未理解其中引诱通勤者的信息，但他记住了这句话。就好像他的潜意识在说：因为你现在太年轻了，只会担心贾斯汀·斯坦莫尔会不会又要和你恶作剧，所以这句话对你来说并无太大的意义，但三十年过后，你可能就会深有感触了。

他往前坐了坐。

或许他对佩姬和盘托出算了。就现在。在车里。在一辆双车道上行驶的闷热的沃克斯霍尔欧宝雅特中。

他在位子上挪了挪，对于未来一半兴奋，一半害怕。一切都会真相大白。不仅仅是他对她与日俱增的感情，更是坦白那个弥天大谎。佩姬肯定恨他入骨，或许永远都不会理他，但最坏也就是……如此了。这种残酷的痛苦折磨——死死抓住一些并不能提供安慰的虚无。如同在静电噪声中突然找到的无线电信号，他意识到：谎言永远都站在真相的对立面，而真相是唯一让他摆脱痛苦的东西。

"你怎么老是动来动去的？"佩姬说，"很像我那条拿屁股在地上蹭来蹭去的老狗。"

"抱歉，"安德鲁说，"就是……"

"什么？"

"……没事。"

一走进书店，安德鲁就看不到佩姬了，他马上被头顶那五英尺的场景吸引了过去。一辆漂亮的深绿色火车——艾蔻特公司生产的维多利亚式NA级别，如果他没认错的话——正在书架上方搭建的轨道上优雅驶过。走廊上的空隙架起了标牌，上面写着不同的诗歌。最近的一块上面写着：

　　方升的皓月又来窥人了——
　　月哟，你此后仍将时盈时耗[1]

火车飞驰而过，带起了一阵微风。

---

1 《鲁拜集》第一百首，译文取自郭沫若先生。

"真是幸福的天堂。"安德鲁自言自语道。在刚才车上的经历后，如果有什么事情可以让脉搏恢复正常，那身处此地就是最好的途径。他留意到身边还站了个人。他瞥了一眼，看到一个穿着灰色开襟羊毛衫的高个子男子，双手搭在背后，抬头看着火车。他和安德鲁互相点点头打着招呼。

"对这个满意吧？"那个男人问道。安德鲁只记得历史剧中难对付的妓院老鸨说过这句话，虽然问得非常不合时宜，但同时，他对眼前的一切感到由衷的满意。

"真令人着迷。"他说。那个男人点了点头，有那么一会儿，眼睛沉醉地闭了起来，仿佛在说："老朋友，欢迎回家。"

安德鲁深吸了一口气，觉得自己现在已经完全平静下来了，慢慢地转身环顾着四周。显然，他不是那种会使用"氛围"一词的人，但如果他一定要用这个词，那么学萨莉之前的说法，就是巴特书店的氛围并不是太适合他。这里太平静了、太安静了。人们怀着敬意浏览着书架，声音压得很低。他们从书架上取书都非常谨慎，小心翼翼的程度不亚于从土堆里挖出古老陶器的考古学家们。安德鲁从报上得知，这家店之所以出名，是因为在这里发现了"保持冷静，继续前行"[1]最原始的海报。这句标语之后被广泛改编，多得都令人厌烦了——梅瑞狄斯在办公室放了个杯子，上面就印着"保持冷静，践行瑜伽"，或许是写在陶器上最平淡无奇的句子了吧——但在这儿，这个标语还是非常适合的。

1　1939年第二次世界大战开始时，英国皇家政府制作的海报。这幅海报原计划应对纳粹占领英国这一情况发生后，用以鼓舞民众的士气。

但他们并不是来感受氛围的。安德鲁找到了深陷在椅子里的佩姬，她看上去舒服得令人发指，双手交叠枕在脑后，脸上露出满意的微笑。

"啊，"安德鲁走过来时，她呻吟道，"我想我们还是快点做正事，是吧？"

"我想我们最好开始了。"安德鲁说。

佩姬一动不动地盯着他，伸出了双手。起初，安德鲁盯着眼前的双手不知所措，随后迅速上前将佩姬拉了起来。他们肩并肩站着，靠在一起，看着收银台旁边井然有序的队伍。

"开始吧。"安德鲁说，搓着双手，示意要开始行动了，"我们就直接上去问他们，有没有一个名字以'贝'开头的人在这里工作过？"

"除非你有更好的建议？"佩姬说。

安德鲁摇了摇头："你去说吗？"

"不要，"佩姬说，"你去吗？"

"说实话，不是特别想。"

佩姬噘着嘴说："石头剪刀布？"

安德鲁转过身，面对着她说："可以啊。"

"一，二，三。"

布。布。

"一，二，三。"

石头。石头。

他们又出了一把。安德鲁本想出剪刀的，但在最后一刻改成了石头。这次，佩姬出了布。她用手包住了他的手。

"布盖住了石头。"她轻轻地说。

他们现在站在一起，手仍然握着。好像世界一瞬间安静了下来，所有人的目光都落在了他们身上，甚至连书架上的书都屏住了呼吸。突然，佩姬松开了手。"噢，我的天哪，"她低声说着，"看。"

安德鲁艰难地转过身来，好跟佩姬肩并肩再次站在一起。就在收银台那边，有一位端着一杯茶的女士，脖子上挂着眼镜，绿色的眼睛，灰白的卷发。佩姬拉着安德鲁的胳膊往候车室改造的咖啡厅走去。

"那肯定是她，没错吧？"她说。

安德鲁耸了耸肩，并不想让佩姬抱太大希望。"有可能。"他说。

佩姬又一次猛地拉了他一把，这次是为了避让一对老夫妇，他们手里端着满满一托盘的司康饼和茶杯，正跟跄地朝桌子边走去。刚落座，老先生就开始用颤巍巍的双手往自己的司康饼上涂奶油。他的太太斜着眼瞧他。

"什么？"那个男人说。

"先奶油再果酱？你个傻子。"

"本来就是这样。"

"是个鬼。我们每次都吵，顺序应该颠倒过来。"

"胡说八道。"

"谁胡说八道！"

"这该死的就是。"

佩姬眼睛转了转，轻轻地推着安德鲁往前走。"别看了，"她说，"我们已经耽误够久了。"

离柜台越近，安德鲁的心跳就越快。直到他们到了那位女士的面前，安德鲁才意识到佩姬已经握住了自己的手。那位女士刚刚在玩纵横字谜游戏，她抬起了头，放下了手中的笔，用温柔但又因吸烟而沙哑的声音问自己能帮上什么忙。

"这个问题听上去可能会有点奇怪。"佩姬说。

"别担心，亲爱的。相信我，我见过太多非常奇怪的问题——几个月前，一个比利时男人还问我卖不卖关于兽交的书。所以，放马过来吧。"

佩姬和安德鲁机械地笑了笑。

"是这样的，"佩姬说，"我们就是想问问，那个，您的名字是不是'贝'开头的。"

那位女士疑惑地笑了笑。

"这问题是捉弄我吗？"她说。

安德鲁感觉到佩姬把他的手抓得更紧了。

"不是的。"她说。

"如果是那样的话，对，没错，"那位女士说，"我叫贝丽尔。我之前卖给你们的书有问题吗，还是什么？"

"不，不是那样的。"佩姬说着，看了一眼安德鲁。

这是暗示他从口袋里掏出照片递过去。那位女士接过照片，眼睛里闪过一丝光，她认出来了。

"天哪，"她说着，先是看看佩姬，又看看安德鲁，"我想我得再喝一杯茶。"

19

第十九章

听到艾伦去世的消息，贝丽尔悲伤地短吁了一口气，就像一个生日气球撑了一周后终于泄了气。

安德鲁都是通过打电话告知亲属某人的死讯，从来没有面对面的经历。亲眼看到贝丽尔的反应让他非常难受。如他所料，她问了很多问题——艾伦是怎么死的，谁发现的，何时何地举行葬礼——但他冥冥中感觉到她欲言又止。接下来，当然，还有一件事……

"鸭子？"

"成千上万只。"安德鲁说着，往他们的杯子里倒茶。他差点就脱口说出"我会照顾它们"的话，但及时打住了。

佩姬向贝丽尔展示了照片后面艾伦写下的关于喂鸭子的笔记。"我们认为跟这个有些关系。"

贝丽尔笑了，但眼睛也开始湿润起来，她从袖子里摸出一条手帕擦干了眼泪。

"我还记得那天。天气特别糟糕。我们走到平时经常坐的长椅旁，看到路边停着辆冰激凌车。车里的可怜鬼看上去特别沮丧，于是，我们过去各买了一支99式冰激凌，想让这个可怜的家伙高兴高兴。我们在吃三明治之前就吃完了冰激凌——感觉好堕落啊！"

她双手捧着杯子举到嘴边，眼镜立即蒙上了一层雾气。

"你还记得拍过这张照片吗？"佩姬问。

"噢，当然，"贝丽尔用手帕擦着眼镜说，"我们想在书店里拍一张合影，是因为这是我们初相识的地方。艾伦在第十次光临书店后，才鼓起勇气跟我讲话，你懂的。我从来没见过一个人可以花那么长时间假装在看一些十八世纪约克郡农场机械的书籍。最开始，我以为他或许真的是喜欢务农或约克郡——又或是二者皆有——后来我意识到，他选择站在那里，是因为那是偷看我的最佳视角。有一次，我看到他拿着一本反过来的播种机的书。就是那天，他终于鼓足勇气跟我说话了。"

"你们一开始就在一起了？"佩姬说。

"噢，没有，那花了很长一段时间，"贝丽尔说，"时机很糟糕。那时我刚跟前夫离婚，状态一塌糊涂。现在回想起来，我真不明白自己为什么那么计较时机。只是看上去我应该停下来，等一切都尘埃落定。艾伦说他能够理解我还需要时间，但在接下来的六周里，他还是雷打不动地来书店，假装关心那该死的农场业务，只要我没接待顾客，他都会凑过来打个招呼。"

"六周？"佩姬说。

"每天都来，"贝丽尔说，"就算我因为扁桃体炎请假五天没上班，我老板告诉他我这周休息，他还是坚持每天前来。最终，我们有了第一次约会。就在这家咖啡店喝了茶，吃了糖霜蛋糕。"

他们被一个正在收拾邻桌陶器的工作人员的吵声打断了。她和贝丽尔互相冷冷地笑了下，算是打招呼。"她是最差的一个了，就她。"等那个女人走远了，贝丽尔说道，没作过多的解释。

"但你跟艾伦从那之后就在一起了吧？"佩姬试探地问。

"对，确切来说，我们形影不离，"贝丽尔说，"艾伦是个——噢，我想我应该用曾经是个——木匠。他的工作室就在街尽头的房子里，旁边是个小墓园。圣诞节后，我就搬进去了。我当时五十二岁。他六十岁了，但你根本看不出来。他看上去年轻很多。他的大长腿很健硕，就跟树干一样。"

安德鲁和佩姬对视了一眼。最终，贝丽尔意识到他们心中的疑问了。

"我猜你们是想问，我们为什么分开了对吗？"

"不用强迫自己告诉我们。"安德鲁说。

"不，不——这没什么。"

贝丽尔平稳了下情绪，又擦了擦眼镜。

"这全都是因为我跟前夫的关系。我们结婚时才二十一岁。还是个孩子，真的。婚礼结束当晚回家时，当我们在彼此的脸颊上轻轻吻了一下时，我想我们就都知道我们并不会好好珍爱彼此。我们坚持了很多年，最终我再也不能忍受了，决定结束。当时，我就下定了决心，"她用手指敲着桌子以示强调，"今后如果要寻找共度一生的伴侣，我一定是为了爱，而不是别的。我不再因为社会传统而结婚，也不会只是为了找个伴儿。一旦我发现情况不对，感觉到爱意消失，一切就完了。唰，唰，唰，我就会头也不回地离开。"

"所以你跟艾伦也是这样的吗？"佩姬说。

贝丽尔又喝了一口茶，小心翼翼地将杯子放回到杯碟里。

"我们一开始非常相爱。"她说，调皮地看着安德鲁，"接下来的话你可能不想听，最初几年我们真的是全在床上腻歪。对于一个手工艺人，事实便是如此。你知道吗，活儿特别好。不管怎么样，除了那方面，我们幸福了很长时间。尽管他的家庭很早就不在了，而我的家人从来就不同意离婚，但这都无所谓。就好像是只有他和我在对抗整个世界，你们理解吗？但不久之后，艾伦就变了。起初的变化非常微妙。他只是借口太累了不想工作，会连续几周不刮胡子，成天穿着睡衣。有时候，我发现他——"她突然停了下来，清了清嗓子。

桌对面的佩姬凑上前来，把手放在贝丽尔的手上。"没关系，"她说，"你不必……"但贝丽尔摇了摇头，拍了拍佩姬的手，表示自己可以继续下去。

"有时候，我发现他盘腿坐在客厅的地板上，背靠着沙发，透过落地窗望向外面的花园。不读书，不听收音机，只是坐在那里。"

安德鲁想到了坐在黑暗卧室中的母亲：一动不动的，躲避起来，无法面对世界。

"他是个骄傲的倔老头儿，"贝丽尔说，"他永远都不会向我坦白，自己在与什么斗争。我也永远不会找到合适的话语，或是合适的时机来询问他的状况。他就这么远离了我。不管是出于精神上的还是什么别的我不知道的原因，但从那之后，他就睡在了另一个房间，因为他不想打扰到我的休息——他是这么解释的。之后，一天晚上我们正在喝茶，看着一些无聊的电视节目，他突然转过来对我说：'还记得我们刚见面时你对我说的话吗？如果你不再爱身边的人，你将要做的事情。'

"'记得。'我说。

"'你还这么认为吗？'他说。

"'是的，我依然这么认为。'我说。我的确是这么认为的。当时我应该说些安慰他的话，但我以为他知道我还是如当初一样深爱着他。我问他有没有事，他只是吻了一下我的额头，便去洗杯子了。我很担心，而我想他只是那几天过得不是很好而已。第二天一早，我像平时一样出门工作，等我回到家才发现他走了。他留下了一张字条。我仍然清楚地记得我拿着那张字条，手抖得像个筛子。他写道，他知道我不再爱他了。他不想让我经历痛苦。他就这么离开了。没留下任何地址或是电话号码。什么都没有。当然了，我试着去找过他。你知道，他没有可以联系的亲戚，据我所知，他也没有朋友。我还找了一个，那叫什么，私家侦探调查，我脑海中经常会浮现出一种想法，折磨着我，就是他可能只是在撒谎，他跟另一个姑娘私奔了。然而，现在看着这个，"她拿起照片，"听到鸭子的事情……嗯，你告诉我的。"此时，她再也忍不住了，低声抽泣起来，双手捂着胸口，"或许我当时应该再努力找找。"

等到确认贝丽尔没事了，并且她承诺会很快联系他们后，安德鲁和佩姬从书店走了出来，如同刚刚看完了一场电影：在阳光下眨着眼睛，脑子里全是刚刚听到的故事。

他们站在停车场上，翻看着手机。实际上，安德鲁只是上下翻看着为数不多的几条短信——从来没订过的比萨公司发来的促销、邮政骗局、工作的破事。他还沉浸在贝丽尔悲伤的故事中不能自拔。

佩姬凝视着远方。一根睫毛掉落在脸颊上，仿佛是陶瓷品上最不起眼的一条裂缝。周围突然响起了一声刺耳的车子鸣笛，安德鲁伸出手握住佩姬的手。她惊讶地看着他。

"我们去走走吧。"安德鲁说。

他们手拉手走出停车场，朝市中心走去。安德鲁不曾想走这条路，但直觉指引着方向，就好像被一股无形的力量推着前行似的。他们沿着大街走着，从推着婴儿车的父母以及逐渐停下的就像电池没电的旅行团身边穿过，接着便走向了阿尼克城堡，上面飘舞的红黄相间的诺森伯兰郡旗帜在微风的吹拂下绷得紧紧的。他们一句话都没说，径直朝城堡周围的田地走去，鞋上沾了刚刚修剪的草。再往下走，经过了一群扔着一个破旧网球玩的孩子堆，还有一群围坐在野餐桌边的退休老人们看着阴沉的乌云遮盖了太阳。继续向前，沿着一条靠行人走出的小径，最终到了河边，看到了河边一条孤零零的长凳，一半都长满了青苔。他们坐在上面，听着潺潺的流水声，看着跟水流对抗挣扎着挺立的芦苇。佩姬坐得直直的，双手放在膝盖上，跷着二郎腿。他们俩都一动不动地坐着，就好像安德鲁放在客厅地板上的模型一样，跟湍急的河流形成了鲜明的对比。但在一片沉寂中，还是有动作在进行。佩姬的脚几乎每秒钟都不由自主地动弹一下，就跟打节拍似的。安德鲁意识到，那不是因为气氛或是心情上的紧张，仅仅是由于心跳产生的。突然，他又一次萌生了一个希望：只要身体能动，这个人就拥有爱的能力。此刻他的心跳越来越快，就好像河流的冲力在推动着他血管中的血液循环，催促着他要赶紧行动。他察觉到佩姬动了一下。

"那个，"她说，声音中有丝颤抖，"一个小问题。吃司康饼的时候，你是先加果酱还是奶油？"

安德鲁仔细考虑了一下。

"我不确定这真的重要，"他说，"至少从大局来看不重要。"接着他靠过来，双手捧起佩姬的脸，吻了上去。

他敢发誓，他听到有个地方传来了鸭子的叫声。

20

第二十章

公平地讲，如果你真的分析一下情况，研究下数据，就可以从这些数据中得出结论：安德鲁在某种程度上已经算喝醉了。他正和傻笑的苏茜在伊莫金的客厅中起舞，跟着埃拉的《快乐交谈》沙哑地唱着歌。他们现在已经结成了最坚实的友谊同盟。

安德鲁仍然不能相信那天早些时候发生的事情。从牵起佩姬的手，无意识地往前走的那刻起，他就好像灵魂出窍般地不受控制。记忆突然变得既清晰又模糊。他们在长椅上坐了很久，额头轻轻触碰在一起，闭着双眼，直到佩姬开口打破了沉默："好了，我真的没有预见会发生这种事情。"

在走回停车场的路上，安德鲁仿佛磕了药似的。在回家途中，他都在试图闭上笑得合不拢的嘴。窗外的田野飞掠而过，他偶尔瞥见海面上闪烁的阳光。英格兰八月里阳光明媚的一天。完美。

"真是不寻常的一天啊。"回到伊莫金家时，佩姬感叹道，仿佛他们刚刚出门散了个步，看到了地上跌落的一个奇怪的鸟巢一样。

"噢,我不知道。这所有的事情对我来说都是再平常不过的。"安德鲁说着,靠过来想要吻她,但她笑着轻轻把他推开了。"别这样!万一被人看见怎么办?你先别说,起先只是长椅上的退休老人,而不是……"伊莫金或是孩子们,是她未出口的话。咒语或许没有完全被打破,但肯定已经部分失效了。正当安德鲁要下车时,佩姬夸张地环顾了四周后,侧身过来在他的脸颊上轻轻亲了一下,随后快速地转向镜子开始补妆。安德鲁唯一能做的就是不要在路上就蹦跳起来,像莫可姆和怀斯[1]一样。

在客厅伴随着埃拉的音乐起舞也同样适用。一直沉浸于小说而忽略了所有人的梅茜,直到歌曲结束才询问起歌手的名字。安德鲁双手合十,好像在庄严地祷告:"我的朋友,那就是埃拉·菲茨杰拉德,迄今为止全世界最伟大的歌手。"

梅茜微微点头表示同意。"我喜欢她。"她说,语气像是经过了冷静的深思熟虑,好裁决一场热烈的辩论似的。说完后便又低头读书了。

安德鲁正要换首曲子——他觉得当下很适合放《太热了》——而从伊莫金车库里的存酒冰箱里再拿瓶啤酒显得更为重要,就在那时,佩姬站在客厅门口召唤着姑娘们去帮她摆桌子。

安德鲁拿回了一瓶啤酒,一屁股坐在沙发上,允许自己这一刻完全放松下来享受着一切。他沉浸在音乐的世界中,听着走廊传来

---

1 英国的喜剧搭档,在广播、电影和电视中均有演出。

的轻快的声音，闻着厨房飘来的香味。一切都令人陶醉。他认为，这应该是政府计划中的一部分：每人每年至少有一个晚上，可以有权陷在软软的垫子里，肚子咕咕叫着等待着享用意式馄饨和红酒，听着隔壁房间的闲聊，感受到，即便只有短暂的一秒，自己还是有人在乎的。直到此刻，他才发现之前自己憧憬的梦想有多自欺欺人，那只不过是真实世界最无力的翻版而已。

听完《太热了》后，安德鲁走到厨房，询问着自己能否帮上忙。

"你可以给姑娘们打下手。"佩姬说。

安德鲁行了个礼，佩姬正好转过身去，没有看到。她和伊莫金不得不在狭小的空间内切、剥、搅拌，就像精心设计过的舞蹈动作一样，她们巧妙地避开了彼此。然而，已经喝得烂醉的安德鲁却在帮忙的同时带来了越来越大的麻烦。在别人的厨房里找东西，你永远都会不得要领，所以，他自信满满地打开餐具抽屉时，却只找到了一张三明治吐司机的保修卡，而本应该装有酒杯的橱柜里却放着一只新潮的蛋杯——一只被挖空了背的猪造型，还有几根生日蛋糕蜡烛。

就在安德鲁试图拉开伊莫金身旁一个错误的抽屉时，她尽量抑制声音中的失望，说："安德鲁，安德鲁，酒杯在上面左边的抽屉，刀叉在这里，水壶在那边，盐和胡椒在这儿。"她就像站在边线上的足球经理指出防守队员的盯防目标一样，指出每个物件的摆放地，安德鲁称她为"领班"，一个连他自己都不知道何意的称呼，伊莫金听到后也稍稍停下了手中的调味工作。

晚餐摆上了桌，安德鲁坐在桌边，喝着面前摆的一瓶刚开的啤酒，还有一些苏茜给他的品客薯片（她往自己嘴巴里塞了两片，活像个凸出的鸭嘴）。他沉浸在这氛围中，喝着酒。厨房跟屋内整体设计风格类似，保养得体但极具个性——窗台上一个古怪的花瓶里插了一束花，墙上印着一幅女性烹饪以及喝酒的图片，还写着"我喜欢一边喝酒一边烹饪——有时还会把酒倒进菜肴"。窗台上起了一层雾气，上面出现了几个手印和一个画得歪歪扭扭的心形。

"我一直都不确定要不要吃辣椒尖，"佩姬好似在自言自语，"不想让别人生病，也不想浪费食材。于是我就一边啃一边走到垃圾桶边，把剩下的扔掉了。"

天哪，安德鲁想道，忍不住打了个嗝儿，我想我一定是恋爱了。

正如古老的饮酒格言所说：先喝啤酒，再喝红酒，相安无事；喝完六瓶啤酒后再来半瓶红酒，那么你就会头晕目眩，坚信自己的故事要比其他人讲的重要得多。

"嗯，是，对呀……"安德鲁含糊地说，"对。"

"你们之前在厨房？"伊莫金提示道。

"对的，伊莫金，我们之前在！但当我们想到他们经常会把仅有的钱——现金，你懂的，卷进袜子或是乐购袋子后再塞到床垫下时，我们就去检查卧室了。所以，无论出于什么原因，不管怎么样，我们就进去了——是不是啊，佩姬？"

"嗯嗯。"

"在那之前我们都觉得这个男人挺安静，挺正常的……"

"安德鲁，我不确定这个是不是妥当……在孩子面前？"

"噢噢，没事的！"

佩姬在桌下拉起他的手，使劲捏了捏。过了很久之后，他才意识到那其实是让他闭嘴的举动，而不是向他表露爱意。

"卧室里只有一台电视，我不小心打开了，瞧，快看——"

"安德鲁，我们谈点其他的事情，哈？"

"——他之前一直在看一部叫作《北方的阴道》的色情电影！"

佩姬的话打断了他，所以结尾语句的震撼力有所削弱。

"来吧，姑娘们，我们来打牌或玩点什么吧？"伊莫金说，"梅茜，你可以跟我一起教苏茜哦。"

当梅茜去拿牌时，安德鲁——还醉意醺醺的——突然决定他必须起身帮忙，而且越显眼越能得到大家的夸奖。

"我来洗碗。"他坚决地说，就好像主动请愿掉头冲进一幢熊熊烈火的大楼拯救被困儿童似的。没过一会儿，正当他在洗碗池旁挣扎着想要戴上洗涤手套时，佩姬走了过来。

"哎，你，你这个喝酒一杯倒的家伙。"她低声说道。虽然面带微笑，但她的话语中带着一丝坚定，多少令安德鲁清醒了起来。

"对不起，"他说，"我有点忘乎所以了。只是……你知道。我真的非常……开心。"

佩姬开口想说什么，但又咽了回去。她捏了捏他的肩膀："你要不去客厅休息一会儿吧？你是客人，不应该洗碗的。"

安德鲁本想反抗，但佩姬此刻离他更近了，手搭在他的胳膊上，大拇指轻柔地来回摩挲着，这让他不得不按照她的指示行事。

姑娘们和伊莫金暂时放下了牌，开始玩"做蛋糕，做蛋糕，烤面包的人"的游戏，看谁反应快，她们都快成无影手了，最后失去了协调控制力，瘫倒在一起哈哈大笑起来。安德鲁离开时听到了她们聊天的结尾。

"我们刚刚吃的意大利面。"梅茜说。

"怎么了，宝贝？"伊莫金说。

"嚼劲有点大吧？"

"亲爱的，那应该是杰米·奥利弗[1]的错。"伊莫金说着被自己的玩笑逗乐了。至少我不是唯一一个搞砸了的人，嗯！安德鲁想。他瘫倒在沙发上，突然感到筋疲力尽。这些欢乐的时刻都令人疲惫，但他还是希望，这样的一天可以永远延续下去。他只想闭上眼睛休息一会儿。

他做了个梦。在梦里的他，出现在一个陌生的屋里，穿着平时的防护服，正在进行住所清查，但他觉得衣服紧得令人有些窒息。他记不清自己要找些什么东西，直觉告诉他是某些文件。"佩姬，我们是要找什么东西啊？"他喊道。然而她的回答太模糊了，他找遍了每个房间，都没找到她的踪迹。之后他便迷路了。眼前的房间不断增多，所以他每次跨出一道门槛，就到了一间完全陌生的房间，他喊着佩姬的名字寻求帮助，因为身上的防护服越勒越紧，好像下一秒他就会昏厥过去。突然，耳边响起了音乐声——跑调的音

1　英格兰大厨。

乐声极其刺耳，如此深入内心，他的整个身体都在颤抖。是埃拉的歌曲，但她的歌声似乎故意被放慢了半拍。"蓝色的——月亮——啊，你看到——我——孤独地——站着。"安德鲁试着喊人帮忙关掉，放点别的——什么都行——但他一个字也说不出来。就在那时，他突然出现在自己的公寓里，佩姬待在角落，背对着他，但当他一边走近一边尖叫着喊她的名字时，音乐的声音也不断变大，他才发现那根本就不是佩姬，而是一个棕色卷发的女人，垂下的手里拿着一副橙色边框的眼镜，随后眼镜顺着指尖滑落慢慢地摔向了地板——

"安德鲁，你没事吧？"

安德鲁睁开眼。他还躺在沙发上，佩姬靠着自己，一只手捧着他的脸。

这是真的吗？

"对不起——我不想吵醒你的，但你看上去像是在做噩梦。"佩姬说。

安德鲁的眼睛眨了眨，又闭了起来。

"你不必说抱歉……"他嘟囔道，"永远……不要说抱歉。是你救了我。"

21

第二十一章

"相信我，这个有用的。"

安德鲁用颤抖的手从佩姬手里接过一瓶巴氏牌苏格兰汽水，试探性地抿了一口。

"谢谢。"他用嘶哑的声音说。

"没有比在长达四个半小时的闻起来有尿味的火车上的旅途更能缓解宿醉的了。"佩姬说。

苏茜用胳膊肘碰了碰梅茜，示意她取下耳机。"妈咪说了'尿'。"她说。梅茜翻了个白眼，又低头看起书来。

安德鲁只知道，自己再也不会喝酒了。他的头一阵阵地痛，每当火车拐弯时，一阵强烈的恶心感便涌上心头。更糟糕的是，前一晚他几乎断片了。他说了什么？做了什么？他记得佩姬和伊莫金看上去非常生气。因为他们没认真听，所以自己提高音量，急匆匆地重复了三遍同一句子的开头（"我是……所以，不管怎么样，我是……我是"），她们是这时候生气的？如果他能自己爬上床而不是睡在沙发上就好了，但——该死——他现在想起来了，当时是佩姬把自己拖去沙发的。还好，她并没有逗留太久，否则他还不知道要出多少洋相。此刻，理想状态应该是他们像来时一样营造出欢乐和冒险的旅行氛围，可安德鲁目前除了防止自己吐个底朝天，什么也干不了。更糟糕的是，他后面坐的那个小孩儿似乎特别喜欢踢安德鲁的椅背，还一直在问他父亲一系列越来越复杂的问题。

"爸比，爸比？"

"嗯？"

"为什么天空是蓝色的？"

"嗯……因为有大气层啊。"

"什么是大气层呀？"

"是空气和一些气体组成的，可以保护我们不被太阳光晒伤。"

"那太阳又是什么做的呀？"

"我……呃……查理，小熊去哪里了呢？你的小熊比利怎么不见了呢，呃？"

我希望小熊比利是强效镇静剂的昵称，安德鲁想道。他试图催眠自己，但毫无用处。他注意到佩姬正在盯着自己，双手交叉于胸前，表情难以捉摸。他紧紧闭起双眼，佩姬陷入了一种特别难受的模式，一会儿睡过去，但很快就惊醒了。最终他打了个盹儿，醒来时满心以为至少已经到了伯明翰南部，却发现火车由于故障抛锚了，离约克郡还有好远。

"对于延误，我们表示由衷的歉意，"驾驶员说，"我们今天遇到了一些技术层面的难题。"显然他没意识到扩音器还开着，接下来的话让所有的乘客仿佛拉开了魔术师的帘子，窥探到了后面的新大陆："约翰吗？对，我们完蛋了。即便能找到替换的车，也不得不把所有人在约克郡赶下车。"

在等上面提到的替换的车来之前，安德鲁和佩姬跟其他几百个旅客一样，一边拖着行李袋从车上下来，一边嘟嘟囔囔地抱怨着，但当被告知还要等四十分钟车才来时，抱怨升级成了措辞强硬的话语。

短暂的小憩让安德鲁清醒不少，他现在已经清晰地回忆起昨晚自己是如何搞砸了的过程了，而且越想越恐怖。他正考虑如何开口，心里筹划着或许应该跟佩姬聊一聊，你懂的，聊聊所有这一切。正巧，佩姬刚从咖啡店给女儿们买来了薯片和苹果，给自己和安德鲁买了咖啡，安德鲁便说："对了，我们还是谈一谈吧。"

她弯下腰亲了亲苏茜的头。

"宝贝，这用不了多久。我们出去舒展下筋骨，不会走远的。"

她和安德鲁沿着站台走了一会儿。

"所以……"佩姬说。

"是这样的，"安德鲁语速飞快，一边咒骂自己插话，一边急于渴求对方的谅解，"对于昨晚我真的很抱歉。就像你说的，我确实酒量不好。而且我知道，尤其是史蒂夫酗酒的事实，我还这么做，真的是愚蠢到家了，我现在跟你保证——用我的生命起誓——以后再也不会发生这样的事情了。"

佩姬将手中的咖啡换到了另一只手里。

"首先，"她说，"喝了几瓶啤酒醉醺醺的，确实有点惹人厌，但跟史蒂夫还差十万八千里。你确实有点招人烦。史蒂夫已经成为一个问题了。"她吹了吹咖啡，"我没告诉过你，他被解雇是因为上班的时候喝酒。那个白痴竟然在抽屉里藏了一整瓶伏特加。"

"天哪，那确实很糟糕。"安德鲁说。

"他声称自己正在寻求帮助。"

安德鲁咬着嘴唇说："你相信他吗？"

"我真的不知道。说实话，我现在唯一能确认的就是，现在的状况就是一团乱麻，不管怎么样都会有人受伤。"就在这时，喇叭响起了广播前欢快的音乐声，站台上的每个人都竖起了耳朵，可惜只是一则火车不在此靠站的通知而已。

"我知道事情很复杂。"安德鲁说，因为在此类对话中，这句话貌似出现的频率很高。

"确实是，"佩姬说，"而且，你应该看得出来，我最近脑子有点乱。或许是我一直没好好考虑，但我真的是有点，那个……鲁莽。"

安德鲁用力咽了一口口水。

"你是指我们俩？"

佩姬先用双手将头发往后箍得紧紧的，后又一下子松开。

"听着，我不是那个意思，我不后悔昨天发生的一切，一秒都不后悔，这是我的真心话。"

她马上就要提到"但是"了。安德鲁的直觉告诉自己，即将到来的转折比进站的火车速度还要快。

"但是，事实……"正当佩姬思考着下一步该怎么说时，疾驰而来的火车发出了两声熟悉的鸣笛声，提醒着旅客要靠后站。"我只是在想，"佩姬朝安德鲁走近了几步，将嘴巴靠近他的耳边，确保自己接下来的话不被冲过来的火车声音盖住，说，"我只是不想你被冲昏了头脑，发生的一切算是个小甜蜜的瞬间。但下不为例。因为遇到你，跟你成为朋友真的是太神奇太美好了……可我们最亲密也只能到朋友了。"

火车隆隆开过，消失在隧道尽头。安德鲁真的很希望自己就坐在那班火车上，随之一起消失。

"你理解我的意思吗？"佩姬说着，后退了一步。

"嗯，当然。"安德鲁说着，用一种自认为漫不经心的方式摆了摆手。佩姬握住了他的手。

"安德鲁，求求你别因此难过。"

"我没有难过，真的，一点儿都没有。"

他能从佩姬看自己的表情中得知，自己的伪装毫无意义。他的肩膀沉了下去。

"我只是觉得……我真的觉得，我们之间确实有感情。就不能再试试吗？"

"没那么简单，不是吗？"佩姬说。安德鲁从来都没感到如此可悲、绝望。他必须继续，继续尝试。

"是不简单，你说得对。但也不是没有可能。我们可以离婚，不是吗？这是选择之一。很难——显然易见——孩子们，还有各个方面，但我们能挺过来的。然后组建一个家庭。"

佩姬用手捂住嘴巴，五指大大分开。"你也太天真了吧？"她说，"全宇宙都找不出一个地方可以如此顺利、迅速地解决问题，更别提要理清所有的逻辑，确保不会伤害任何人了。安德鲁，我们都不是小孩子了。凡事都要考虑后果。"

"我想得太超前了，我知道。昨天还是有意义的，不是吗？"

"当然了，但是……"佩姬咬着嘴唇，努力让自己平静下来，"我必须为我的女儿们考虑，那意味着，我必须时时刻刻都要保持最佳状态，可以在她们需要我的时候随时出现。"

安德鲁刚要开口，就被佩姬打断了。

"而且，现在，在经历了跟史蒂夫的一切后，我真正需要的——虽然这听上去不好听——是一个善解人意的朋友，善良并且支持我。一个诚实的朋友，一个我可以信赖的朋友。"

本来官方给出的承诺是增开一辆车，而事实上，他们被迫挤上了下一班已经满员的列车。这是个人人为己的世界，安德鲁还是设法抢占了一个车门，让佩姬和姑娘们赶在投机分子们之前上了车。最后，他自己挤不过去跟她们会合，只好窝在走廊，在自己笨重的紫色帆布背包上勉强坐了下来。对面的厕所门坏了，一直都在开开合合，空气中充斥着尿液和化学物质的混杂气味。他身边的两个青少年正在用平板电脑看电影——两个男扮女装的老太太角色扮相怪异，放了个屁后又掉进了蛋糕里——两个青少年全程面无表情。

火车最终抵达了国王十字站，当他们慢吞吞地下车时，安德鲁才发现自己的火车票不见了。他甚至都懒得跟工作人员解释，只是又掏钱补了张票，过了关。安检栏杆的另一侧，他看到苏茜由于长途跋涉后，发小孩子脾气拧在一起的小脸蛋，但让安德鲁惊讶的是，她还是在看到自己的第一时间奔了过来，热情地抱着他告别。梅茜选择了正式的告别方式——握手，但也饱含深情。正当姑娘们为了剩余草莓夹心糖的归属而争吵时，佩姬小心翼翼地靠近安德鲁，像是他可能试图继续先前的对话似的。察觉到这点后，安德鲁勉强挤出一丝令人安心的微笑，佩姬放心了，凑上来拥抱了他。安德鲁刚想抽身，却被佩姬抓住手。"在经历了这么多后，我们不应该忘记，我们真的找到了贝丽尔！"她说，"毕竟这才是我们此行的目的。"

　　"当然。"安德鲁说。这种亲密接触，太痛苦了。他决定假装手机震动了起来，一边道着歉一边倒退着，用一只手指堵着另一侧耳朵，仿佛是为了挡住车站的噪声。他朝一根柱子走去，手机还放在耳旁，一边默默地动着嘴巴假装在跟人讲话，一边看到佩姬带着姑娘们走远，最终消失在人潮中。

　　之后，他看着眼前破旧的公寓楼，它在过去的一周内好像一下子旧了十年。他考虑着是否要找个咖啡厅或什么地方再坐几个小时，至少能假装自己不在家。他回想到当初离家时自己反常的匆忙、打破常规的改变让他感到震惊，但同时能与佩姬长时间共处又让他兴奋得头晕目眩。他匆匆关掉电脑——被背包压得喘不过气来——从楼梯上冲了下来，冲出了大楼。

最终，他鼓起勇气进了门，走在公用走廊里，闻着熟悉的邻居的香水味，看着墙上的磨损污渍，灯光一闪一闪的。

正要开门的空儿，他明显听到屋里有声音。天哪，不会真是进贼了吧？他咬紧牙关，把背包甩到前面当作临时盾牌，用钥匙开了锁，把门撞开。

他站在那里，光线忽明忽暗，心怦怦直跳，意识到那个声音是远处角落里的唱片机发出的。他离开时太匆忙了，没有关好，所以唱针在跳，一直发出同一个音符的声，一圈一圈地来回走着。

第二十二章

22

他叫沃伦，享年五十七岁，当人们察觉时，他离世距今已有十一个月又二十三天了。他最后一次露面是在银行兑换支票，等他回家后，便非常可怜地在一个铺有蜂鸟图案罩子的沙发上死去并且腐坏了。

公寓楼中剩下的另一间房没有人住，这就解释了为什么尸臭味并没有引起邻居的关注，也一直没有人发现沃伦的死亡。安德鲁还没踏进公寓，就被臭味熏得直想吐。事实上，人们现在能发现沃伦死亡，只是因为他的房租和电、燃气账单扣款失败。一个不幸的收债人——显然是以一副反恐行动的紧张态势，急匆匆地赶到公寓——眯着眼透过大楼信箱的缝隙，结果看到的是一群苍蝇。

周日晚上，他们从诺森伯兰郡回来的第二天，佩姬发了一条信息过来，说她患了重感冒，第二天无法上班。而实际上，她不来，安德鲁大大松了一口气。经历过这么多事情后，他不确定自己还能否一如往常地与她共事。于是，几个月以来，他第一次单独进行了住所清查，脸上扣着一张浸满了须后水的面具，鼓足勇气准备踏进公寓。尽管他拼尽了全力，但仍然止不住地干呕起来。他把背包扔在了地板上，赶走了因惊扰乱飞的一群苍蝇。他加快速度地工作着，分开一袋袋辨认不出的腐烂食物和脏衣服，寻找着一切能够显示亲人的线索。在近两个小时的搜查中，他一无所获。找遍常规角落后，他不得不查看了烤箱，那里面挤满了凝固的油脂；冰箱里除了一盒小小的丝滑酸奶外，空空如也。到最后离开时，他也没找到一丁点儿关于沃伦家人、藏匿现金的证据，他没回办公室，而是直接回了家。一进门，他就脱光了衣服冲进淋浴间，将水温调到自己能接受的最高温，用光了一整瓶沐浴露，疯狂地擦洗着每一寸皮肤。他满脑子全是沃伦。如果在死前几周一直活在那堆垃圾中，他会怎么样？他一直认为混乱点比整洁无瑕要好，可单单从感官上来说，真的很难接受一个人的生活条件如此恶劣。他之前肯定是神志不清，才会忽略那种处境有多糟糕。这让安德鲁想到了温水煮青蛙，青蛙却浑然不觉越来越热的水。

之后，他回到了办公室，全身散发的味道犹如"美体小铺[1]"吐了他一身。他进去发现卡梅伦端坐在梅瑞狄斯的瑜伽球上，双眼紧闭在冥想，身旁放着的一杯水好像是一片氤氲起雾的沼泽水。

"你好，卡梅伦。"安德鲁说。

卡梅伦保持双眼紧闭，朝安德鲁摊开一只手，就像是一个梦游的交警在示意想象中的车流停下一样。健身球太大了，安德鲁根本

1　英国著名化妆品牌之一。

没办法从旁边挤回到自己的办公桌前，所以只能等着卡梅伦结束这些奇怪的动作。终于，他发出了一声长长的、颇具能量的呼气声，安德鲁起初还以为是健身球被戳破了。

"下午好，安德鲁。"卡梅伦一边说，一边极尽优雅地从那只超大塑料睾丸球上爬了下来，"住所清查完成得怎样？"

"说实话，这可能是我接手以后碰到的最糟糕的案件。"安德鲁说。

"这样，你感觉怎么样？"

安德鲁思考了一会儿，犹豫着是不是在试探自己。

"那个……很糟糕。"

"听你这么说，我感到很抱歉。"卡梅伦说着，把袖子卷起到肘部，一会儿又改变主意，放了下来，"今天，佩姬还不在，可怜的家伙。"

"没在。"安德鲁说着瘫坐在椅子里。

"梅瑞狄斯和基思请了几天假。"卡梅伦说着，手指沿着安德鲁的屏幕上方滑动着。

"啊啊啊。"

"这就意味着只剩下我们俩……坚守着岗位。"

"没错。"安德鲁说，不确定后续如何，犹豫着是否应该向卡梅伦提议，他走向启蒙的下一步应该是一段强制的沉默。尽管清晰得可怕的是，卡梅伦早已有某类日程安排。安德鲁看着他先慢慢走远，突然猛地转身打着响指，装出一副要改变主意的样子。

"对了，我们聊一聊不介意吧？如果你需要，我可以为你泡杯花草茶。"

安德鲁不知道是跟眼前这个傻子聊天——不管多短——更糟糕，还是他刚刚念错的"草茶[1]"更糟糕。

安德鲁不在的这段时间，小隔间又有了新的布局。沙发上罩了蓝色和紫色的沙发套，原来放咖啡桌的地方换成了一个懒人沙发，上面精心摆放着一本关于冥想静坐的小书。安德鲁很庆幸，这里还没有明显可以挂风铃的钩子。

"期待周四晚上吗？"卡梅伦问道。

安德鲁茫然地望着他。

"该梅瑞狄斯请我们吃晚饭了。"卡梅伦说着，显然对于安德鲁忘掉的事实，感到很失望。

"噢，对，当然了，应该会……有趣。"

"你这么认为？看，我知道上次克拉拉和我招待大家时，度过了挺开心的一个晚上……"

安德鲁不确定自己是否要附和他的观点，所以依旧保持着沉默。"但我相信这次聚会肯定会更放松的。"卡梅伦说。

他们抿了一口茶，安德鲁偷瞟了一眼手表。

"真的，办公室就剩我们俩，我还挺开心的，"卡梅伦说，"正好趁此机会跟你聊聊天。"

"嗯。"安德鲁说着，压抑着即将出口的尖叫，"如果你要我'说话'就说'说话啊，你这个疯癫的小浑蛋！'吧！"

1　卡梅伦提到的是花草茶（herbal），安德鲁对于茶的味道有些担心，故为草茶（erbal）。

"你还记得不久之前我的演讲吧，就屏幕上跳出来某个通知那次。"

裁员。最近烦心的事情太多了，安德鲁压根儿就没空想这个。

"事实是，"卡梅伦继续说，"连我都不知道是否轮到了我们部门裁员，让剩下的人承担更多的责任，又或是别的部门。"

安德鲁坐立不安："卡梅伦，你为什么跟我谈这个？"

卡梅伦龇牙咧嘴，露出了一个绝望透顶的笑容。

"因为，安德鲁，这事一直在我脑海中回荡，让我无法干别的事。我就是想找个人聊聊，因为……我们是哥们儿，不是吗？"

"当然是了。"安德鲁说着，充满内疚地回避着卡梅伦的视线。如果卡梅伦跟自己说这个，是不是就意味着自己已经安全了？但意识到佩姬可能是被裁的那个人时，他的乐观情绪很快便消失了。

"谢谢你，哥们儿，"卡梅伦说，"说出来真的是舒服多了。"

"很好很好。"安德鲁说着，犹豫着自己现在能不能为佩姬说说情。

"对了，我们亲爱的家里人怎么样？"卡梅伦说。

这个问题打得安德鲁措手不及。令人不安的是，他花了好一会儿工夫才意识到卡梅伦指的是黛安娜和孩子们。他肯定要回答的，可脑子一片空白，虚假的故事或新闻并没像往常一样信手拈来。赶紧的，想啊！就跟之前一样，编点东西出来啊！

"呃……"他说着，突然很怕卡梅伦误会自己的迟钝，以为发生了什么不好的事情，于是迅速接上，"他们挺好的，反正就是挺好的。对了……"他站起来，"我真的还有好多事要处理，所以我得回去干活了。抱歉。"

"噢，那个，如果你——"

"抱歉。"安德鲁再次致歉，急匆匆地离开，差点被地上的一个杂物绊倒，一时间喘不上气来，勉强坚持到了洗手间，吐了个底朝天，胆汁都吐出来了。

当天晚上，他跟"砰砰67""修补匠亚历"和"宽轨吉姆"聊天，企图忘掉跟卡梅伦的对话。他当时脑子一片空白，真的是太可怕了。也许他全心全意想着佩姬，脑子变得迟钝了。他离她越近，黛安娜就离自己越遥远。他忽略了他的"家庭"，忽略了依赖他生存的家人，深深的内疚感如此真实。这种强烈的情感让他很是烦恼。这个，很不，正常。他告诫自己，指甲深深地抠进了大腿。

对于要打断分论坛此刻的讨论，他表示很过意不去——哪种橡胶马鬃更适合打造丛林景色？——但他没别的人好倾诉了。

伙计们，我本不想打扰大家的好兴致，但你们还记得我之前告诉过你们的那个人吗，就是相处特别融洽的那个？原来我对她不仅仅是单纯的友情，可现在我搞砸了。

"宽轨吉姆"：听到这个消息很抱歉，"追踪器"，发生什么了？

"追踪器"：有点复杂。她生活中还有个人。但那不是重点。主要是我对她隐瞒了一些事情，而我知道，一旦坦白，她有可能永远都不会理我了。

"砰砰67"：哎呀，听上去确实很严重。

"修补匠亚历"：伙计，挺棘手的。我能给出的建议就是，何不跟她坦白一切呢？或许你说得对——她可能永远都不会理你了，但只要有一线生机，她可能理解了你，不就值得最后一搏吗？下周的这个时候你们就能在一起了！我知道，这听上去有点陈词滥调，可人生最美好的部分不就是爱过、失去过、曾经拥有过吗？

耳边瞬间响起了《蓝月亮》不和谐的曲调，尖锐的噪声和安德鲁太阳穴的刺痛使他异常痛苦，他一下子滑到了地上，双手拍打着头，膝盖蜷缩至胸口，等着阵痛消失。

那天晚上他睡得极不安稳。他的耳朵开始疼痛，喉咙又痛又痒，全身也酸痛无比。清晨，他醒着躺在床上，听着雨水敲打着窗子，想起了佩姬，不知道自己是被她还是被某个陌生人传染了感冒。

23 第二十三章

第二天，佩姬还是请了病假。安德鲁给她发了短信，问候她有没有好一点，但未收到回信。

染的风寒已经让他精力全无，全身难受，无法入眠。他只能坐在羽绒被里看了些无脑的动作片，一会儿瑟瑟发抖，一会儿大汗淋漓。每部影片的主旨都是告诉你，如果开车够快，肯定会有姑娘主动脱掉上衣的。

第三天早上，他在去上班的半道上，沉重的双腿好像在泥地里跋涉，突然想起艾伦·卡特的葬礼就在今天。他不得不掉转头，拦了辆出租车。

牧师——一个长着猪一样的小眼睛的矮胖男人——站在教堂门口迎接了他。

"亲属？"

"不是，议会工作人员。"安德鲁说着，庆幸自己不是亲戚，牧师刚刚唐突的质问听上去真不怎么舒服。

"啊，也对，当然，"牧师说，"那个，里面还有一位女士，但看上去应该没人再来了，所以我们抓紧开始吧。"他握起拳捂住嘴巴打了个嗝儿，鼓起的腮帮子就跟青蛙脖子似的。

教堂里空荡荡的，贝丽尔坐在前排，安德鲁走进来时把衬衫塞进了裤子，整了整头发。"你好啊，亲爱的，"他走到贝丽尔身边时，她说，"天哪，你没事吧？你看上去憔悴了好多。"她说着，将手背放在了他的前额上。

"没事，"安德鲁说，"就是有点累，没事。你还好吗？"

"没啥事，宝贝，"贝丽尔说，"不得不说，我很久很久都没来过教堂了。"她压低声音耳语道，"我对上面那个长胡子家伙不怎么感冒。艾伦也是，实话实说。真的，我肯定，他会觉得这些空话很有趣的。你知道佩姬来吗？"

"恐怕她来不了了，"安德鲁说着，为了以防万一，回头看了看门口，"很不幸，她病得不轻，但她送来了她的哀悼。"

"噢，没事，别放在心上，"贝丽尔说，"那我们可以多吃点了。"

安德鲁一下子没反应过来贝丽尔在说什么，直到他看到她手里端着一个打开了盖子的特百惠饭盒，里面装满了美味的小蛋糕。他迟疑了片刻后，拿起了一个蛋糕。

牧师出现了，他努力憋回了另一个嗝儿，安德鲁很担心布道的水准，但谢天谢地，牧师的布道情深意切。整个仪式中唯一的意外状况是一个戴着棒球帽、穿着防水裤的男人冲了进来——安德鲁猜测是一个园丁——推开了教堂门，低声道出一句"噢，一派胡言"，却正好让在场的每个人听得清清楚楚，随后又溜了出去。

从头至尾，贝丽尔都十分冷静。而或许是因为在此次案件中投入了更多的个人感情，安德鲁仔仔细细地听着牧师的每一个字，眼眶里噙满了泪水，这让他十分难为情。一阵羞愧感袭上心头——他从来都没见过这个男人，他没有资格在这里掉眼泪。但内疚只会雪上加霜，他最终没能忍住，两滴眼泪顺着脸颊流了下来。还好，他趁贝丽尔发现之前擦干净了。如果她问起自己红肿的眼睛，他归咎于感冒就能蒙混过关吧。

当牧师请他们跟自己一起念主祷文时，安德鲁才意识到，刚刚他哭不是为了艾伦，更不是为了贝丽尔，而是因为他看到了未来的自己：在他死后，在一间透风的教堂里举行的葬礼，无人参加，只有四处的墙壁来回应牧师敷衍了事的悼文。

他们跟牧师礼貌地道别，交流十分客套。"对于握手这样用力的人，我都觉得不能信任，他们会让你觉得这是在过分弥补某种过失。"贝丽尔说。他们俩手挽手沿着教堂院子里的小路走着，安德鲁问贝丽尔是否需要送她去车站。"亲爱的，别担心。我还要去看两个老朋友。是真的老朋友了。这些日子，希拉和乔吉之间，我觉得他们快十七周年了。"

他们走到小路的尽头。教堂院子内长着高大挺拔的紫杉树，风从中间呼啸而过。九月也没过几天，但好像已经很久都没见过诺森伯兰郡八月的好天气了。

"我走之前，你有时间喝杯茶吗？"贝丽尔说。

安德鲁挠了挠后脑勺："很抱歉。"

"时间不等人啊，哈哈。等等，"贝丽尔在手袋里摸索了一阵，找出一支笔和纸，"我会在这儿待几天，留个联系方式给我吧。我有一个砖头大小的老太太专属手机，或许我们这周晚些时候可以找个机会碰面。"

"那太好了。"安德鲁说。

又一阵狂暴的风掠过。贝丽尔整理了下帽子，握住了安德鲁的手。

"安德鲁，你今天能来，证明你是个好人。我知道，我的艾伦对此很是感激。保重。"

她慢慢走远，风中的背影显得很虚弱，走了几步后，她转头走了回来。

"给你，"她从包里捞出一盒蛋糕说，"跟佩姬一起吃，好吗？"

24

第二十四章

安德鲁弯下腰再三查看着，十分确定：眼前的是一只死老鼠。

后楼梯天花板不知道哪个洞一直在漏水，所以他想找个水桶。卡梅伦已经打电话让维修队过来了，但他们只是敷衍了事，并没解决实际问题。对此卡梅伦只是双眼紧闭，默默地重复着某种魔咒。

"等一下。"安德鲁说着，慢慢退了出去。

一打开厨房水池下方的橱柜，他就被一股熟悉的死亡的恶臭味熏到了，果不其然，在漂白剂瓶子和一件工作马甲中间，躺着一只四脚朝天的死老鼠。这其实不属于安德鲁的工作范畴，但他也不能置之不理，于是，他戴上一只清洁手套，拎着死老鼠的尾巴把它捡了起来。他从咖啡机光亮的一面看到了自己扭曲的形象，手里的老鼠前后摆动着，好像自己在进行可怕的催眠。不管卡梅伦正在进行何种冥想仪式，他都不想去打扰他，所以他只能穿过办公室，从前门入口出去，准备找个地方把死老鼠给处理了。真是邪门得很，他一路走到大门都没看到一个人，却迎面撞上了反方向而来的佩姬。

她正折着雨伞，安德鲁迅速作出反应，将死老鼠塞进了大衣口袋里。折好雨伞后，佩姬看到了安德鲁，朝他走了过去。

"哈啰，"她说，"你还好吗？"

除了口袋里的死老鼠？

"嗯，很好。没什么新玩意儿，真的。对了，你好点了吗？"

本来他是挺真心诚意的，但眼下他慌张不安，说出口的话近似嘲讽。还好，佩姬没想那么多。

"嗯，好多了，"她说，"那今天有什么好玩的？"

"噢，跟平常一样。"

口袋里有死老鼠，口袋里有死老鼠，口袋里有死老鼠。

"基思和梅瑞狄斯来了？"

"还没。"

"谢天谢地，这真是太好了。我们还没被解雇吧？"

"据我所知，没有。"

"嗯，算是好消息。"

打从安德鲁认识佩姬后，他们之间第一次出现了尴尬的沉默。

"那个，我最好抓紧时间进去了，"佩姬说，"你来吗？"

"当然了，"安德鲁说，"我只是要去……过会儿见。"

他把死老鼠丢在了停车场角落的杂草堆里。回到办公楼内，他向窗外望去，正好看到基思骑着摩托车到了墓地旁边。他的身材跟摩托车的对比让安德鲁联想到了坐在一辆只有脚踝高的三轮车上的小丑。不到半分钟，梅瑞狄斯开着乳黄色的掀背轿车到了停车场，安德鲁看到她和基思偷偷地环顾了四周后，双唇紧贴在一起，吻到情浓处，基思双手环抱着梅瑞狄斯，看上去就像她掉进了流沙一样。

安德鲁正在努力撰写沃伦的讣告，却心神不宁地一直忍不住朝佩姬那边偷瞟着。尽管之前佩姬说身体已经好多了，但脸色还是很苍白，虚弱无力。或许是被迫听着梅瑞狄斯对于她刚参加的"小型静修"的牢骚话导致的。他正考虑着要不要过去解救佩姬，但事态已不同往常。他不能忍受当自己靠近时，她小心翼翼地微笑，担心他忍不住会提起诺森伯兰郡发生的事。所以，他跟跟跄跄地走去了厨房准备泡杯茶。有人喝完了牛奶，却把空盒子放回了冰箱。安德鲁真诚地希望，不论这是何人所为——别猜了，肯定是基思——不久后，他就会光着脚踩到一个翘起的插头上。他站在厨房门口，朝卡梅伦的办公室望去。卡梅伦坐在电脑前，两臂高举，恶狠狠地捏着手里的压力球。他看到安德鲁时，龇牙咧嘴瞬间变成了略带痛苦的微笑，活像一个正在往纸尿裤上撒尿的小婴儿。至少今天不会再糟糕了，安德鲁想道，而且卡梅伦像是能读懂他的心思似的，就在那一刻，他推着自己坐着的转椅过来。

"伙计们，别忘了，今晚是我们第二次共进晚餐哦！"

25

第二十五章

安德鲁站在一棵树后，偷偷观察着对面梅瑞狄斯公寓的情况。他在街角的商店买了一瓶最便宜的红酒。他不是这方面的专家，但也十分清楚拉脱维亚肯定不是因为玫瑰而出名。

他打起精神准备走上战场。自从上次裁员的对话后，卡梅伦就变得异常安静，尽管他们本应该是一边的"队友"，但安德鲁也不能放松警惕，一刻都不行。今晚他必须拿出最好的状态。卡梅伦肯定会大谈特谈那些无聊的晚餐派对，所以假装成那种一边吃着没烤熟的馅饼一边开心地谈论着学校生源区的家伙，不失为一个好对策，就这么干吧。

他正要过马路，碰巧看到一辆车停在了外面，佩姬从副驾驶那边走了出来，跟后座的梅茜和苏茜挥手告别，吓得他缩了回去。车窗摇下来，安德鲁听到了史蒂夫嘶哑的声音。佩姬转过身从车窗探进去，想要取回史蒂夫递过来的手袋，车里的光线刚刚好，安德鲁看到了他俩在亲吻。他一直等到佩姬走进公寓楼，看着史蒂夫扳了下指关节，从贮物箱里掏出一瓶小扁酒壶——肯定没错——痛饮了一口后，驱车离去，轮胎在柏油路上震动着。

梅瑞狄斯开了门，在安德鲁的双颊上各亲了一下表示欢迎，他对此无动于衷，仿佛是一个被她亲吻求好运的雕塑一样。梅瑞狄斯开心地告诉他，屋里隐藏扬声器里播放的是一个叫作迈克尔·布雷的歌手的作品。

"是爵士乐哦！"她补充道，从他手里接过了红酒。

"是吗？"安德鲁说着，环顾着四周，想找个坚硬尖锐的物件痛击自己的脑袋。

房子内部设计像是出自一个可能会将自己的马命名为"纳粹拥护者"的人之手。其他人都到了。出乎安德鲁的意料，基思穿了一身灰色西装，系了一条紫色领带，虽然领带大部分都被脖子上的肉褶子给挡住了。他的喜悦之情令人困扰。卡梅伦——已然坐在了餐桌旁，举着一大杯红酒——穿着一件白衬衫，最上面的三个扣解开着，露出了灰白色的胸毛，手腕上戴着一串木珠链子。

安德鲁撞上了刚从洗手间回来的佩姬，他们俩尴尬地来回挪动着，都想避让着让对方先过。

"不如这样，我站着不动，眼睛闭上，你先找路过去。"佩姬说。

"好主意。"安德鲁刻意地大笑起来。当他从她身边经过时，他闻到了一股新的味道——一种微妙而新鲜的味道。不知为什么，这比自己看到的那个亲吻更令他吃惊。他感到胃部一阵痉挛。

"我觉得我们可以先玩点游戏，放松一下。"当大家都聚集到餐厅后，梅瑞狄斯说。

噢，天哪，安德鲁想。

"我们按组别，每个人说一个词，串成一个故事。内容不限。第一个卡壳或笑场的人算输。安德鲁，你先开始吧！"

噢，天哪。

安德鲁："好吧，'咱'。"

佩姬："都。"

卡梅伦："去。"

梅瑞狄斯："了。"

基思："梅。"

安德鲁："家。"

佩姬："而。"

卡梅伦："咱。"

梅瑞狄斯："都。"

基思："真。"

安德鲁："恨。"

安德鲁看了眼佩姬。她为什么那样盯着自己？是不是意味着她输了？突然他意识到了他刚出口的话。

谢天谢地，佩姬救了他的场，卡梅伦机械地哈哈大笑起来，给游戏画上了句号。整个晚餐时光波澜不惊。梅瑞狄斯准备了好几道菜，全是以打造不同造型为主题的虚物，饿得安德鲁饥肠辘辘。他闷着头几乎喝光了带来的拉脱维亚红酒，味道出奇地好——所以他现在除了是个小气鬼，还是个种族主义者了——听着大家谈论着自己还没看过的一部斯堪的纳维亚的犯罪片时，他不断用手指敲击着桌面。梅瑞狄斯说着"这不是剧透"后，贡献了她的看法，交代了一个主角的死亡，两个剧情转折还有最后一幕的完整对白。那他只能把这部片子从待看影单里划掉了。

卡梅伦一如既往地活力四射，逐渐走到了令人头晕目眩的极端。安德鲁起初还没觉得他的举动有何反常，随后卡梅伦晃晃悠悠地抓住一个柜子当支撑物站起来，一摇一晃地走出了房间，走向了洗手间。

"他早到了一个钟头，"梅瑞狄斯开心地低声私语道，"你们不敢相信吧，一来就狂喝马尔贝克葡萄酒。我想他肯定是跟克拉拉吵架了。"

"你那口子今晚去哪儿了？"佩姬问道，碰巧基思正在为梅瑞狄斯拭去袖子上的面包屑。他猛地抽回手，却被梅瑞狄斯牢牢抓住，就像动物园里被投食了一大块肉的狮子一样，她把他的手按在桌上，用自己的手死死地扣住。

"那个，事实上，"她说，"我正——我们正——准备吃完自制泡芙后，就跟大家宣布一件事的。"

"你们睡了？"佩姬说着，忍住了哈欠声。

"那个，你也不至于说得这么粗俗，"梅瑞狄斯说着，脸上的笑容凝固了，"但是，没错，基思和我已经是正式搭档了。是情人。"她补充道，以防万一有人怀疑他们是合作上市公司的搭档。

餐厅的门被猛地推开，"咣当"一声撞到墙上，卡梅伦摇摇晃晃地走向自己的座位。"那么，我错过了什么？"他说。

"那俩，是'情人'，显而易见。"佩姬说。安德鲁想要帮她斟满酒，可她用手捂住了酒杯，摇了摇头。

"哇，那是……我是想说，很好……对你们很好啊，"卡梅伦说，"这就是我提到的团队凝聚力！"他对自己的玩笑哈哈大笑起来。

"基思，你能来厨房帮我一会儿吗？"梅瑞狄斯说。

"好，当然可以。"基斯说着，脸上露出了熟悉的邪笑。

"我想出去透透气。"佩姬说。她看着安德鲁，扬了扬眉毛。

"我觉得我也想出去透透气。"安德鲁说。

"真是稀奇。"基思轻声说。

"什么稀奇？"佩姬说。

"没什么，没什么。"基斯说着，求饶似的举起了双手。

卡梅伦抬头看着四个站着的人，困惑不解，好像是在人群中迷路的小男孩一样。

外面，佩姬拿出一支烟递给安德鲁，虽然他并不想抽，还是接了过来。他垂下手，任香烟燃烧，看着佩姬深深地吸着烟。

"基思，那个笨蛋的嘴脸。"佩姬说着，扬起头来吐着烟。安德鲁又闻到了她身上飘来的新款香水的味道，感觉自己要失去平衡了。他不知道为什么自己会有如此大的反应。他哼着不成调的歌，因为两人之间安静得难以忍受。

"怎么？"佩姬说着，好像觉得他的反应是对自己关于基思的评论提出质疑似的。

"没什么，"安德鲁说，"你说的没错，他就是个傻子。"

佩姬又吐了一口烟："你没有……跟他说什么吧，对吗？"

"没有，当然没有。"安德鲁说，一副哀求语气。

"嗯，很好。"

真令人痛苦。佩姬唯恐他们的秘密外泄，语气中充满了忧虑，安德鲁在得知她最大的担忧是怕损坏跟史蒂夫复合的可能后，更是加倍的折磨。要告诉她自己看到史蒂夫酒后驾车吗？不管他们俩之间发生了什么，她是有权知道史蒂夫仍在撒谎的事实的，特别是在威胁到女儿们的人身安全时。佩姬一脸狐疑地瞧着他。

"我们说明白了，你不会做蠢事吧？别跟里面那俩傻子学，太疯狂了。相信我，那行不通。"

这次，安德鲁感受到的是深深的愤怒。他可不是自己要求出来吹冷风受屈辱的。

"噢，别担心，"他说，"我从来都没想过要毁了你的生活。"

佩姬吸了最后一口烟，把烟头扔到地上，用靴子跟踩了踩，随后一脸坚决地盯着安德鲁。

"我只想让你知道，"她说，语气十分严肃，吓得安德鲁倒退了一步，"我这周过得真的很糟。说实话，简直就是煎熬，就像那个傻子卡梅伦所形容的，我花了整整一周的时间对婚姻作着所谓的彻头彻尾的清算。但谢天谢地，虽然历经磨难，但史蒂夫还是决定悔过自新，重新立志成为一个好丈夫、好父亲。这就是我的生活，也是我唯一的选择。虽然我不该说这话，但如果你跟黛安娜之间有不愉快，或许你得跟她坦诚相待地好好谈一次。"

安德鲁本想看着她走进去的，可被最后一句话深深刺痛了，他终于忍不住了。

"之前我看到是史蒂夫送你来的，"他脱口而出，"姑娘们也在车上。"

"然后？"佩姬说着，手还放在门把手上。

"你进去后，他拿出来一个小扁瓶。"

佩姬低下了头。

"对不起，"安德鲁说，"我认为你应该知道。"

"噢，安德鲁，"佩姬说，"难道我们之前谈的——关于做朋友，支持彼此……对你来说难道一点意义都没有吗？"

"什么意思？当然有意义了。"

她难过地摇了摇头。

"那么，你对我撒谎一点儿羞耻感都没有？"

"不，我——"

但佩姬并没有留下来听他讲完，而是紧紧地关上门进屋了。

安德鲁站在原地，听着屋里传来的微弱的音乐声和讲话声。他盯着佩姬扔在地上冒烟的烟头，意识到自己手中还握着烟。他瞄准了地上的烟头，将自己的扔了过去，随后用鞋跟将它们一起碾碎。

整个晚上，他都沉浸在自己的世界里，想象着他把珍藏的埃拉的唱片和火车模型都整整齐齐地摆到地板上，纠结着如果是他被解雇，靠着售卖这些收藏品能不能过活。或许，可以卖那张《纪念专辑》。反正他听的次数最少。他想起来，德铁申克67号有些年代了。虽然看上去仍然壮丽非凡，但不管他如何保养，它运行时经常停下来，出了几次故障了。

佩姬闷闷不乐地坐着，而卡梅伦、基思和梅瑞狄斯则已进入了醉酒的境界——以胜人一筹的吹牛玩笑取乐。他们吹嘘着曾经参加的酒会、无数个与名人碰面的轶事，最令人反感的是，他们竟然满口讨论着性虐待。

"来呀，来呀。"基思说着，音量比其他人都洪亮。梅瑞狄斯还未当众宣布他俩的恋情前，他满身不自在，但现在，他完全放松了，恢复到了之前的自己，衬衫散着，领带松了，就像周五便装日时的蟾蜍先生。"这里谁当众这么做了？"

到目前为止，安德鲁一直安安静静地坐着，吃着自己的食物，不时笑一笑或者点头给予回应，表示自己也在参与着大家的对话，逃脱了他们的恶整。但现在盘子都收拾走了，他便躲无可躲。与基思目光相遇时，安德鲁立即就明白了，对方肯定不会错失取笑自己的大好机会。

"到你了，安迪·潘迪。你和你太太在一起多久了？"

安德鲁喝了一口水："很久了。"

"快说，你们有没有……"

"我们有没有干什么？"

"在公共场所做坏事！"

"啊。嗯。没有，据我所知没有。"

梅瑞狄斯对着酒杯偷笑。卡梅伦也大笑了起来，但他目光呆滞，明显喝高了，根本不知道目前是什么情况。

"据你所知？"基思说，"安德鲁，你不知道做爱是怎么回事吗？你一个人偷偷干是不行的啊。"

"这个……要取决于你身体的柔韧度。"梅瑞狄斯说完自己的玩笑后，笑得前仰后合。安德鲁借口要去洗手间。"别以为我们会放了你哦。"基思在后面喊道。

安德鲁并不想马上就回到那个已经变成学校操场的餐厅，但梅瑞狄斯的浴室让他感到有些不自在——主要是那张她和她的，应该说是前任的合影。照片拍得相当专业——毛茸茸的白色地毯上，摆着不自然的姿势。安德鲁看到照片里的男人坚毅地面对镜头笑着，好奇他现在身在何处。也许正在跟朋友们一起借酒消愁，脸上挂着一成不变的笑容，跟所有人说着，不，说真的，老实话，这是发生在我生命中最好的事情了。

回到餐厅，虽然卡梅伦已经昏睡过去，但他们丝毫没有消停下来的迹象。基思拿着一支马克笔站在他身边，显然是要往卡梅伦的脸上画东西。一旁的梅瑞狄斯兴奋地跺着脚，挥舞着手臂，就像刚刚学会蹒跚走路的小孩儿似的。安德鲁走向餐桌的途中，注意到明显丧失了耐心的佩姬，正在大步走向基思，意图打掉他手里的笔。

"哎呀！"基思喊着，缩回了手，"别这样啊，不就是图个开心嘛。"

"你能再孩子气一点吗？"佩姬说着，再次想要抢夺那支笔，但这次梅瑞狄斯站在了她面前，保护着基思，眼睛里充满了怒气。

"我不知道你到底怎么了,易怒太太。"她发出嘘声。

"噢,我不知道啊,"佩姬说,"不过,你之前那么好心地提到他跟太太之间明显不是很融洽,这很好吗?就因为你们俩如胶似漆甜蜜美满,也不意味着你就能随意羞辱他!"

梅瑞狄斯歪着头,噘着下嘴唇说:"噢,哈,你听上去压力满满啊。你知道你需要什么吗?一节优秀的瑜伽课。我知道有个好地方——塞诺秀——上周我就去了。它会把你所有的烦恼排空的,行吗?"

塞诺秀?听上去怎么这么耳熟?安德鲁想着,从桌边绕过去站在佩姬身边。他本想要摆平争执,但佩姬另有打算。

"你知道吗?"她说,"上几个月,在我不得不跟你俩共处一室时,唯一让我开心一点儿的就是猜测你俩的真面目。"

"佩姬——"安德鲁刚想开口,但她举起一只手,一只不容小觑的手。"而且,我很高兴地宣布,我终于有结论了,因为在我看来,这再清楚不过了,你,基思,就像是香烟盒上的健康警告。"

梅瑞狄斯发出了奇怪的咯咯声。

"还有你,哈,你完全就是画虎不成反类犬嘛。"

尽管安德鲁很享受此刻基思和梅瑞狄斯的表情,但他知道这段沉默,是自己唯一能够防止事态失控的机会了。

"听着,"他大声喊道,把自己都吓了一跳,"还记得之前卡梅伦演讲时,我们看到的裁员通知吗?如果他是最终拿主意的人,你们觉得这样继续下去真的好吗?我知道他笨,但并不妨碍他仍然是这间屋里权力最大的人。"

就在这时，卡梅伦鼾声顿起。

"哈，对，他现在看上去确实挺重要的，"基思嘲笑道，"你们这些该死的，就跟平常一样，被吓破了胆。我，就我而言，已经烦透了假装把他当成什么重要人物，不就是菊花茶下肚的一泡尿嘛。让他开除我好了，看看我关心个屁。"

他咬掉笔盖，一口吐在地上，更加得意忘形起来。梅瑞狄斯头一次显得紧张不安，至少她听进去了安德鲁对于裁员的话。安德鲁和佩姬对视了一眼。他本想告诉她，他们俩就应该立马走人，让那两个白痴自己决定命运算了。但还未等他开口，佩姬就冲向了基思，一把夺下了笔。

"你个婊子。"基思咆哮着，朝佩姬冲去，不曾想佩姬躲闪了一下，他扑了个空。

"哎呀！"安德鲁尖叫道，冲了过去，屁股撞到了桌子。佩姬假装从一边走，但又原路折回，爬到一个椅子上，高高地举起笔来。基思和梅瑞狄斯拼了命地去够那支笔。如果此刻有人从外面进来，还以为他们在跳什么奇怪又怒气冲冲的莫里斯舞蹈呢。就在安德鲁靠近混战现场时，佩姬用脚把基思踢开，让他踉跄着后退了几步。当基思蹒跚地朝佩姬走去时，安德鲁可以看到他眼中的怒火，他出于本能使出吃奶的劲儿将基思推向了一侧。失去平衡的基思跌跌撞撞地后退着，重重地撞向了后方的墙，背部遭到两次重击，接着头撞到了门框上。

那一刻，同时发生了几件事。

卡梅伦突然惊醒了。

基思摸了摸后脑勺，看到了手指上沾染的血迹，接着便"咚"的一声倒在了地上。梅瑞狄斯尖叫起来。

　　就在那时，安德鲁终于反应过来了——赛诺秀，而不是塞诺秀——他感觉到手机在震动，便从口袋里掏了出来。是卡尔。

26

第二十六章

安德鲁不知道自己在浴缸里泡了多久（也不知道当初为什么要泡澡），刚开始水太烫了，他只能试探着一点一点进去，但现在水温正好。他在客厅里放着埃拉的唱片，由于浴室门被关上了，所以他只能依稀听到些音乐。他曾想出去把门打开，但转念一想，这样听音乐也别有一番风味，全神贯注地听有利于训练自己的听力，听出每一个音调的变化、每一个音节变化中的细微转变，就好像第一次听这首歌一样。过了这么长时间，连他自己都惊叹于埃拉音乐带来的新奇和震撼力，但随着唱片的播放接近尾声，每次姿势的变换，他都能感受到冷水刺骨的冰寒。

他真的不记得当晚是如何离开梅瑞狄斯家的。他跟跟跄跄地出来，手机还在响，隐约中好像听到梅瑞狄斯在嘶吼着"他杀了他！他杀了他！"，而同时佩姬正在强装镇定地跟急救人员打电话解释着情况。接下来他只记得墙壁的磨损污点、条形照明灯和邻居的香水味了。或许他晕了过去。

他终于鼓足勇气从浴缸里爬了出来，裹了一条浴巾坐在床上瑟瑟发抖，盯着被自己丢到地板角落的手机。在卡尔三次来电后，他直接关了机，但知道这不是长远之计。卡尔和梅瑞狄斯。梅瑞狄斯和卡尔。卡尔现在打来电话，绝对不是巧合。还有基思。或许他应该先给佩姬打个电话，问问现在的情况。他不可能把他伤得那么重，对吗？

他在客厅坐下，手里拿着手机，不停地在两个号码中转换，无法作决定。最终，他按下了拨号键。手指使劲地抠着胳膊，他等着卡尔接通电话，沉默最令人可怕。他突然不顾一切地想要打破宁静，冲到唱片机前笨拙地放下了唱针，埃拉的歌声顿时充满了整个房间。这是他能够寻求到的最近的支援了。他围着火车轨道绕了个"8"字形，电话铃声还在响。

"你好，安德鲁。"

"你好。"

沉默。

"怎么样？"安德鲁说。

"什么怎么样？"

"卡尔，我在回你电话。你想干什么？"

安德鲁听到卡尔吞咽的声音。一准儿又在喝恶心的蛋白质奶昔。

"我上周碰见了一个你的同事，"卡尔说，"梅瑞狄斯。"

安德鲁头痛欲裂，慢慢地跪倒在地。

"她来上了一节我的瑜伽课。生意一直很冷淡，所以课堂上就她和其余几个人。当然，我们连基础的广告费都负担不起。"

"嗯。"安德鲁说，抱着最渺茫的希望，但愿卡尔不会提到他认为的一些事情。

"下课后我们聊了一会儿，"卡尔说，"真的有点尴尬。她突然开始跟我讲述自己当时一些痛苦的遭遇。我不知道她为何认为我会对此感兴趣。我正拼了命地想要摆脱她时，突然，她提到了自己工作的地方。哈哈，你瞧，就是跟你一起上班的啊。世界真小，不是吗？"

安德鲁想挂电话了。他可以把手机卡取出来，从马桶里冲下去，这样就不用再跟卡尔纠缠了。

"安德鲁，你还在听吗？"

"在。"安德鲁咬牙切齿地说。

"很好，"卡尔说，"我还以为有人在烦你呢。或许是黛安娜，再不就是孩子们。"

安德鲁将空出来的手握成了拳头，狠狠咬了下去，直到尝到了血腥味。

"我们记忆的扭曲，真是挺有趣的。"卡尔说。安德鲁可以听出来，对方正在刻意压抑着自己的音量。"因为我可以发誓，你一个人住在老肯特路的单人房里，一个人睡，也没有谈恋爱，自从……那个……但据这个梅瑞狄斯说，你是一个幸福的已婚男人，还有两个孩子，住在一个豪华的联排别墅里。"卡尔的声音明显因压抑的愤怒而颤抖，"而且，只有两种解释。一是梅瑞狄斯完全记错了，要么就是你一直在对她撒谎，天知道那老婆和孩子是谁的——天哪，我希望是第一个解释，因为如果是第二个的话，我就觉得那或许是有史以来听到的最悲惨、最可怜的事了吧。而且我能想象你老板得知真相后的想法。长久以来，你都跟脆弱的人打交道，为议会工作。我都不敢想象，如果这事情公之于众，会引起大家热烈的反响，是吗？"

安德鲁把手从嘴里拿出来，看到上面卡通形状的咬痕。突然，过去的记忆浮现在眼前，当母亲训斥萨莉时，萨莉气得把啃了一半的苹果扔到了篱笆外以示抗议。

"你想要什么？"他平静地说。起初对方没有回应。只听到两人的呼吸声。随后卡尔开了口。

"你摧毁了一切。萨莉本来能好起来的，我知道她能的，如果你可以改过自新。但现在她走了。你猜怎么着？我今天跟她的律师谈过了，她跟我说钱——萨莉毕生的积蓄，我就是提醒你一下，安德鲁——随时都会打到你的账户上。天哪，如果她了解你的真面目，你能拍着胸脯说，她还会这样做吗？"

"我不……那不是……"

"你闭嘴，老实听着，"卡尔说，"鉴于我现在知道你有多能撒谎了，那我就把话挑明了，如果你违背誓言，不给我应得的东西，就走着瞧吧。我马上把银行账户信息发给你。如果你拿到钱后不立即转给我，那么只消我给梅瑞狄斯打个电话，你就一切都完了。所有的一切。听明白了吗？很好。"

说完后，他就挂断了电话。

安德鲁将手机拿离耳朵，慢慢地，他专注到了埃拉的歌声上：

"如果你相信我，一切都可以成真。"他马上用手机登录了网上银行。当看到手机屏幕上显示的账户余额时，他花了好一会儿才意识到：钱已经入账了。他的手机震动了一下——卡尔发来了银行账户信息。安德鲁打开了新的转账页面，输入了卡尔的信息，他的心跳加速。再点击一下，钱就没了，一切就结束了。然而，有些事情却阻止了他的本能行动。即便卡尔说了那么多萨莉关于自己说谎的看法，但对于卡尔目前的行径，她真的会表示赞同吗？这笔钱是连接萨莉和他最后的纽带了。这是姐姐留给自己的最后的礼物，是他们姐弟亲情的最后的象征。

还没来得及制止自己，他就按下了取消键，将手机扔到地毯上，双手捂住脑袋，长长地、平静地呼吸着。

他呆坐在地板上，思绪在疲惫的打击和绝望的恐慌中飘忽不定，突然手机又响了。他有点希望是卡尔——他不知道怎么得知安德鲁已经拿到钱了，但手机上显示的是佩姬的名字。

"喂？"他说。背景声十分嘈杂，人们的喊叫声此起彼伏，吵着想让大家听到自己的声音。

"喂？"他又说了一遍。

"是安德鲁吗？"

"对，你是……？"

"我是梅茜。等等，妈妈？妈妈？我找到他了。"

安德鲁听到一声集体的"哇哦"欢呼声，还有刺耳的喇叭声，接着一切都模糊不清，被手指摸索手机的声音掩盖了。

"安德鲁？"

"佩姬？你没事吧？基思——"

"你之前对史蒂夫的评价没错。我回来后，看到他对姑娘们大喊大叫，喝得烂醉如泥，天知道发生了什么。我忍不了了，真的忍不下去了。我装上一切能找到的东西，把姑娘们推上了车。史蒂夫没能阻止我走，一直在忙着摔东西，但最后他还是跳上了摩托车追我。"

"该死，你们没事吧？"

又是一声刺耳的喇叭声。

"嗯，不好，有点不好。安德鲁，我真的很抱歉，之前我不该怀疑你的。"

"没关系，我不在意——我只想知道你们现在是安全的。"

"嗯，我们没事。我想我甩掉他了。但是，听着，事情是这样的，我知道时间很晚了，但我已经尝试联系过所有人了……我一般都不会问，但是……我们可以到你家坐一下吗？就一个小时什么的，让我想想下一步该怎么办。"

"啊，当然可以。"安德鲁说。

"你真是我们的救命恩人。我保证我们不会惹麻烦的。对了，你地址是什么？梅茜，亲爱的，拿支笔，我需要你帮我把安德鲁的地址记下来。"

意识到刚刚自己答应的事情，安德鲁胃里一阵翻腾。

"安德鲁？"

"嗯，我在，我在。"

"谢天谢地。你住在哪里？"

他能做什么呢？除了告诉她，他别无选择。话刚说完，电话就断了。

"没事。"他大声说着，声音被公寓的冷漠所吞噬，四面墙围起来的空间既是客厅、厨房，也是卧室。

那好，我们用逻辑分析一下，他想着，试图平息心中逐渐升起的恐慌。或许这里是自己的第二间房子？他独有的一个小空间去做点……梅瑞狄斯那天说的那句可怕的短语是什么来着？"自我时间"，就是这个。他慢慢地转身，重新打量着整个房间，假装是第一次到这里。这不行。这里一看就是长期有人住的，根本就是自己的家。

我要把一切都告诉她。

这个想法打了他个措手不及。好一会儿后，外面传来停车的声音。他环顾了四周。或许他应该收拾一下房间——尽管一切都整整齐齐的。与往常一样，排水板上放着一个盘子、一副刀叉、一个玻璃杯和一个平底锅。一切都很整洁。天哪，这又有什么用呢？

他最后看了一眼，抓起钥匙出了门。下楼梯。走过了满是划痕的墙壁，穿过了淡淡的香水区。他每下一层楼，温度就降低一点儿，他感到自信在慢慢消失。

不行，你必须得这么做。他敦促自己。做。别回头。

他站在走廊里，跟佩姬和姑娘们只隔着一扇门，透过磨砂玻璃，他都能看到她们模糊的身影。

做。别回头。

他一只手放在门把手上，双腿抖得厉害，差点一屁股坐下来。不经历风雨怎能见彩虹？做，你这该死的胆小鬼——做！

佩姬一下子抱住了他，他感到脸上沾到了她的泪水。他紧紧地抱着她，可以感觉到对方由于惊讶慢慢地松开了臂膀。

"嗨，那个，嗨。"她低声说道，温柔的语调令他两眼湿润起来。他看到苏茜一个人从车里拿了三个包出来，努力维持着平衡。梅茜站在一旁，脸色苍白，双臂紧紧地抱住自己。佩姬把手放在安德鲁的胸口。"我们能进去吗？"她说。安德鲁看到她正在寻找自己的目光，开始担心起来。

"安德鲁……"

27

第二十七章

　　安德鲁坐在一张死人的床上，心想自己的脚是不是断了。昨晚开始就莫名其妙肿胀起来，在肿了的肉下面，血管不断充血，现在又热又疼，就好像感染了似的。那天早上，他连鞋都穿不上——还好他从一个柜子底部找到了一只破旧的人字拖。疼痛难忍，但远不及闭上眼睛，脑海中再次浮现出的佩姬的失望表情令自己难受。

　　同时发生的一切，模糊不清——他对她和姑娘们混乱不清的道歉（不行，抱歉，她们不能进来，他真的特别特别对不起，他在可以的时候会解释原因，但今晚真的不可以）——接着，佩姬脸上露出了困惑、受伤，最后是失望的表情。他逃了进去，无法直视佩姬将困惑的女儿们带回车里，用双手堵住耳朵，不去听她们对于为何要马上离开发出的质疑。他回到走廊，经过了磨损的墙壁，穿过了香水区，上了楼，进了屋，无助地听着外面的车驶离的声响，等一切安静后，他低头看着被精心设计、呵护并且耗费了大价钱的火车模型，突然爆发了，各种踢踩，火车轨道和场景的碎片砸到了墙壁上，而后又归于沉默，呈现出一片大屠杀后的狼藉景象。刚开始他还没什么感觉，但等肾上腺素渐渐退去，疼痛慢慢地一波波地侵袭而来。他爬到厨房，找到了些冻豆子，然后在旁边的橱柜里翻找着，希望能翻到一个急救包。然而，他只找到两瓶布满了灰尘的料酒。他一口气吞下了半瓶，直到喉咙刺痛，酒顺着口角流到了脖子根。他挪了挪身子，靠坐在冰箱上，就这样断断续续地睡着了，但刚过三点他就醒了，爬回了床上。躺在床上，眼泪顺着脸颊流了下来，想到佩姬大半夜开着车，街灯照耀下时隐时现的脸庞，苍白又恐惧。

他关上手机后，把它丢到厨房的一个抽屉里。他再也忍受不了别人的打扰。他还不知道基思的状况如何。或许自己早就因为对他的所作所为被辞退了。

第二天一早，他除了赶赴既定的住所清查，别无选择。他坐在早高峰的地铁上，脚上的剧痛让他行为极其反常，他大胆地盯着每个人来回地看，多么希望有个人来询问自己还好吗，对此他感到很悲哀。

这次住所清查的地址有点熟，但直到安德鲁一瘸一拐地走到房子前时，他才想起来，这就是跟佩姬在她第一天工作时来的街区。（埃里克，他是叫这个名字吧？）当他准备妥当，准备进入已故的特雷弗·安德森的住宅时，他望过雨后光滑的混凝路，依稀看到了一间小屋，那里有个男人拎着两个卖酒商家的购物袋，费劲地开着原本是埃里克居住的房门。安德鲁好奇，那个男人是否知道屋内发生的一切。事实上，世界上有多少人，在开门进屋的那一瞬间，对这间房的上一任主人在里面过世、腐烂却无人知晓的过往一无所知。

据验尸官说，特雷弗·安德森在滑了一跤后，头重重地砸到了浴室地板上，随后死亡，并且补充说屋内的状况"非常恶劣"，口气跟评论从加油站买来一份令人失望的乳蛋饼一样无聊。安德鲁穿上防护服，强忍着脚上的一阵疼痛，依照常规，在进屋之前，提醒着自己来的目的和应有的行为方式。

显然，特雷弗最后的日子很难捱。客厅角落里垃圾堆成了小山——墙上某处有多种污渍，表明各式各样的垃圾被随意扔到墙上，然后滑下去堆在一起。离地板上摆放的电视机几英尺远的地方，有个小木凳，周围一圈都是大大小小的瓶瓶罐罐，里面的尿液灌满到了瓶口，发出难闻的气味。唯一有点价值的就剩一堆衣服，还有靠在米色散热器上的一个自行车轮胎，上面有烧焦的痕迹。明知不会有什么收获，他还是在垃圾堆里翻找着。随后，他站起身来，取下了手套。在房间一侧的厨房区域，烤箱门开着，像在做着无声的尖叫。冰箱嗡嗡响了一阵，随之归于安静。

他一瘸一拐地挪到卧室，这里跟客厅之间原来隔了一扇门，但现在被一条用胶带粘起来的薄床单所取代。羽绒被套和枕套都是阿斯顿维拉品牌的。床边有一面镜子，靠在墙壁上，上面沾满了剃须水泡沫，旁边是一张用四个鞋盒临时搭成的床头柜。

突然传来的一阵剧痛，疼得安德鲁一蹦一跳地来到床边，坐了下来。鞋盒上放了一本书，一本他听都没听过的高尔夫球手的自传，典型的二十世纪八十年代的造型——俗不可耐的笑容和松垮垮的西装。他随意翻开一页，里面讲述了菲尼克斯公开赛时一场艰难的沙坑打球的经历。几页之后，笔锋转到一场轻松的慈善比赛趣闻，那里提供了大量的免费西班牙起泡酒。他跳着翻看着，突然里面夹的一个东西掉到了他的膝盖上。那是一张十二年前的火车票——一张从尤斯顿到塔姆沃斯的往返票。背面登载着一则撒马利亚会的宣传语：我们不只是听你说，我们在用心倾听。下面，在一块空白处，有人用绿色圆珠笔写了什么字。

安德鲁花了很长时间研究着特雷弗的涂鸦。他知道这是他的笔迹，因为里面画了三个简单的长方形，旁边各写了一个名字和日期。

威利·亨布雷·安德森：1938—1980

波希亚·玛丽亚·安德森：1936—1989

特雷弗·亨布雷·安德森：1964—？

还剩了几个字：格拉斯科特墓地——塔姆沃斯。

安德鲁满腹狐疑。这个涂鸦是专门为了某个人而画，还是给任何一个发现它的人看的？在写下自己想要埋葬的墓地到坐着等死，中间又过了多久？

安德鲁本以为，特雷弗·安德森过的是极好的享乐主义生活。而这一小片纸只是无忧无虑的享乐生涯中罕见的实际规划。环顾肮脏的公寓，安德鲁意识到，这一切都是自己极其乐观的期望而已。事实是，在过去的几年里，每天早上，特雷弗睁开眼睛，在确定自己并没有死后，才起床。直到有一天，他再也没能睁开眼睛。

等死，是最可怕的——每天吃饱喝足维系生命，什么都不干。维持生命，就是生活的全部。安德鲁突然想起来，在基思倒地前他那呆滞的眼神。天哪，自己到底做了什么？他绝对不会逃脱制裁的。还有卡尔。他该如何应对？他可以承认失败，把钱转过去。但一切就能结束了吗？卡尔看上去气愤难平，满心仇恨。怎么才能阻止他一时兴起拿起电话拨给梅瑞狄斯呢？等待是一场煎熬。这件事悬在自己头上，他又怎会真正开心快乐呢？还有佩姬。他想起了诺森伯兰郡的那个下午。那时候的他满心希望，坚信着一切都能改变。他之前错得离谱啊！他永远都不会指望佩姬能够理解自己的谎言，特别是在她最需要自己的帮忙时，他却头也不回地转身离开。

当然，有一种可以终结一切的方法非常简单。很久之前，他就有过这种想法，现在又出现了。这个念头起源于日常生活，作为一项简单的备选，而非危急时刻。当时，他好像是在排队。可能是在超市排队结账，又好像是在银行。这个念头一旦出现，就再也无法摆脱。好像是被石头击中的挡风玻璃，留下了一个小小的裂缝。它无时无刻不在警告你，玻璃随时都会破碎。而现在，他觉得，那个方法可以一劳永逸地解决问题。不仅仅是得到解脱，而且作为平生第一次，他能够完完全全掌控自己的人生。

他看着镜中的自己，脸上蒙了一层灰尘，有些看不清楚。他小心翼翼地把火车票放在了书上面，慢慢地站了起来，静静地站了好一会儿，听着整栋公寓轻柔的哼鸣——隔壁电视机里传来的预录好的笑声，楼下播放的福音音乐。他感到自己的肩膀松了下来。几十年的重压都会卸掉。一切都会变美好的。他脑海中想起了埃拉《难道这不是快乐的一天吗？》的前奏。脚上又是一阵剧痛。但这次他都没怎么注意到。没关系了。现在没关系了。一切都不重要了。

厨房的冰箱嗡嗡响了好一阵儿，突然，"咔嗒"一声戛然而止。

最后，他又在特雷弗的屋里搜查了一遍后，将报告用电子邮件传回了办公室。希望他给出的数据足够让他人来安排葬礼事宜了。

他乘公交车回家，像只火烈鸟一样单腿站立着，感觉自己解放了，因为他根本不在乎周围人对自己的看法。一回到家，他径直去了卧室，放了洗澡水。等浴缸放水时，他一瘸一拐地蹦到了厨房，好像是自己的双眼被遮住了似的，他看都没看便将手伸进了抽屉，摸索着他想要找的东西。他来回抚摸着凹凸不平的塑料刀柄，熟悉感让他莫名地感到安慰。他在水龙头下冲刷着刀子，觉得还是要干净点，但无所谓了。他刚要离开厨房，便突然停下脚步，转过身来。这不会改变什么的，他对自己说，但他感觉应该去看看，以防万一。他打开了抽屉，掏出了手机。好像过了一个世纪，手机才开机。突然震动时，安德鲁惊得差点把手机摔了。但当他看到卡尔的信息——"你收到钱了没？你最好不要另有所图"时，他缓缓地摇了摇头。佩姬当然不会发短信过来了，对她来说，自己已经死了。他把手机扔到了工作台上。

他翻阅着埃拉的唱片，犹豫着要播放哪一张。一般来说，他都是凭直觉选的。但这次，他觉得要挑一张囊括了自己所有挚爱的专辑。最后，他选了《埃拉在柏林——引进的再版》。他放下唱针，听着观众的声音逐渐变小，他们兴奋的掌声好似雨滴打在窗台上。

他站在原地脱光了衣服，三心二意地叠好后，放在了椅子扶手上。他原想自己或许也写个便条，但只是因为大家都这么做。如果你没有对象可以倾诉，那又有什么意义呢？不过就是一张普通的白纸，等着被捡起来丢掉而已。

等到全身浸入浴缸时，热水刺痛了伤脚，他疼得喘着气。外面播放完《古老的黑魔法》尾声后又响起了掌声，《我们的爱会停留在这里》的低音提琴和钢琴伴奏声飘了过来。

他本想喝完剩余的酒，但忘了把酒瓶从厨房带过来。这样挺好的，他想。完全清醒。在控制中。

低音鼓的隆隆声和钢琴急促的尾声标志着歌曲的结束，埃拉向观众致谢。安德鲁一直觉得，她那样做显得非常真诚，一点儿都不做作，也没有一丝虚情假意。

他开始有点头晕眼花了。连续好几个小时滴米未进，房间里氤氲的水蒸气开始模糊了感官。他在水下敲击着大腿，感觉到阵阵涟漪。他闭上眼睛，想象着自己正在世界另一端的一条静谧的河流里漂浮着。

又一阵热烈的掌声响起，下一首是《刀子麦克》。埃拉在这里忘词了。或许这次会不一样，安德鲁一边想一边在浴盆边缘摸索着，直到摸到了塑料刀柄，把它紧紧地握在手里。但事实并非如他所愿，先是卡壳，再是上气不接下气、大胆的胡诌完全破坏了原来的歌曲，接着又模仿路易斯·阿姆斯特朗嘶哑的嗓音开始了厚颜无耻的即兴创作，观众咆哮起来。他们跟她一起，为她加油鼓劲。

他将手沉入水底，又握紧了些。还没等她停下来喘口气，《月亮有多高》急促的鼓声响起，埃拉开始了她的拟声吟唱法。音乐紧跟她的歌词，但她总是太快了，太快了。他扭了扭胳膊，攥紧了拳头。他感觉到了金属的锋利，皮肤紧紧贴着刀锋，快要被割开了。就在这时，一阵响声盖过了音乐声，想引起他的注意。他缓过神来，是手机的响铃声，随后他睁开眼睛，手指慢慢松开了刀柄。

28

第二十八章

是佩姬打来的。

"你不在就真的死定了。卡梅伦怒火冲天，把气全撒到我们身上了。该死的你在哪儿？"

她听上去很生气，但或许也会很开心，因为可以有个借口给他打电话，发泄一通，却不用直接提及那晚的事情。

他挣扎着爬到卧室，赤身裸体地坐在地板上，筋疲力尽，好像刚从一场噩梦中醒过来似的。他突然产生了一种幻觉，仿佛看到一朵朵鲜红的花朵把清澈的水染脏了，而他不得不抓住自己的膝盖，以停止自己要摔倒的幻觉。他还活着吗？这一切是真的吗？

"我在家。"他说，声音浑厚却陌生。

"你装病在家呢？"

"没有，"他说，"不是那样的。"

"好吧，那，到底是怎么样的？"

"嗯，那个，我想我刚刚差点把自己给杀了。"

沉默。

"你说什么？"

在安德鲁一再拒绝佩姬带自己去医院的请求后，他们约在酒吧碰头。周五下班后的夜间饮客们很快就要来了，但现在还空荡荡的，只有一个男人坐在吧台跟礼貌却很无聊的女侍应生搭讪着。

安德鲁找到一张桌子，慢慢地坐了下去，双手合抱于胸前。突然间，他觉得自己虚弱无比，好像骨头全是腐朽的木头做的似的。不一会儿，佩姬用肩膀撞开了门，急匆匆地走过来，紧紧地拥抱了他一下，压得他有些喘不过气来。他任凭她抱着，却没有回应，因为他一时间不自主地打起哆嗦来。

"等等，我知道什么对你有帮助。"佩姬说。

她从吧台端着一杯类似于牛奶的饮品回来了。"他们没有蜂蜜，所以只能凑合了。没有特别热的棕榈酒，但这也可以。之前我和伊莫金着凉时，妈妈都会让我们喝这个。当时我还觉得这药方不错，但现在回忆起来，妈妈明显只是让我们喝醉，好让她清静清静。"

"谢谢。"安德鲁说着，喝了一口暖暖的酒，感觉到威士忌不那么刺鼻的味道。佩姬看着他喝，有点坐立不安，双手不停地动来动去，摆弄着耳钉——一副精致的蓝色耳钉，看上去就像泪珠似的。安德鲁呆呆地坐在对面，感觉十分陌生。

"那么，"佩姬说，"你，那个，在电话里说了那些事，你知道的……"

"杀了我自己吗？"安德鲁说。

"嗯，对。你真的——我知道这听上去有点傻，但我想——你还好吗？"

安德鲁想了一会儿。"嗯，"他说，"那个，我想我觉得有点……或许我已经死了。"

佩姬低头看着安德鲁的酒。"好了，我认为我们真的有必要去医院。"她说着，伸过手来握住了他的手。

"不，"他坚决地回绝道，佩姬的握手让他清醒了过来，"真的没必要，我没伤到自己，而且现在感觉好多了。这个酒有效果。"他又喝了一口威士忌，咳嗽了起来，双手紧紧地握在一起，试图停止身体的颤抖，直到指关节都发白了。

"好吧，"佩姬一脸狐疑地说，"那，我们就等等再看。"

就在那时，酒吧门被推开，四个穿着极为花哨的西装、系着领带的男人走了进来，在吧台坐下了。老顾客喝完了啤酒，将报纸夹在胳膊下，起身离开了。

佩姬看着安德鲁喝完了威士忌，才想起自己也点了一杯啤酒，她灌了两大口，靠过来，轻声说道："发生什么了？"

安德鲁听到后，打了个冷战，佩姬伸出手来握住了他的手。"没关系的，你不需要告诉我细节，我只是想知道为何你……要作出那样的事情。当时黛安娜和孩子们在哪里？"

安德鲁的神经细胞立即启动，想要找到一种解释，但脑子一片空白。这次不行。他意识到现实时，只能苦笑了几声。这次，这次，他要把一切都说出来。他一边深深吸了一口气，平复着心情，一边在心里使劲将那个拼命阻止自己这么做的小人儿给摁回去。

"什么？发生什么了？"佩姬说，看上去更加担忧了，"他们没事吧？"

安德鲁开始回答着，犹犹豫豫的，每几秒钟都停一下："你……你有没有撒过弥天大谎，结果把自己套牢了……所以你……你不得不撒更多的谎来圆之前的谎言？"

佩姬平静地看着他："我有次告诉我婆婆说，我已经将小甘蓝的根部十字切好，但我没有。所以那个圣诞节的气氛有些紧张……但你指的不是这个吧，对吗？"

安德鲁慢慢地摇着头，这次连他自己都没作好准备，话便脱口而出了。

"黛安娜、斯蒂芬和戴维根本就不存在，"他说，"这就是一场误会，但我不得不继续这个谎言，时间越长，对于真相，我就觉得越难以启齿。"

佩姬一副百感交集的神情，像是打翻了五味瓶，什么感觉都有。

"我觉得我好像没听明白。"她说。

安德鲁咬了咬嘴唇。他突然有种奇怪的冲动想要大笑。

"我只是想做个正常人，"他说，"刚开始没什么，但之后……"他突然高声哈哈大笑起来，"就有点失控了。"

佩姬似乎吓了一跳。她不断摆弄着一边的耳钉，直到耳钉松了，掉了下来，弹到桌子上，就好像坠落的蓝色泪珠凝固了似的。

安德鲁盯着它看，脑海中响起了那首歌的旋律。只不过，这次，是他主动想要听的。"蓝色的月亮啊，你看到我孤独地站着。"他开始大声地哼唱起来。他察觉到佩姬有点慌了。问我。求求你。他在心里祈求着。

"所以说，我这么理解没错吧？"佩姬说，"黛安娜真的……不存在？是你编造出来的？"

安德鲁抓起杯子，将剩余的威士忌一饮而尽。

"那个，也不完全是。"他说。

佩姬用手掌揉了揉眼睛，伸进包里摸着手机。

"你在给谁——你给谁打电话？"安德鲁说着，站了起来，已然忘记了脚上有伤，痛得哇哇叫。

佩姬朝他挥了挥手，示意他坐下来。

"嗨，露西，"她对着电话说，"我打过来是想问问你，能不能麻烦你再多照看姑娘们几个小时呢？谢谢了，亲爱的。"

安德鲁刚要开口，就被佩姬伸出的手制止了。"在继续下一步探讨之前，我得补充下能量。"她说着，喝光了剩下的酒，抓起他俩的空杯子朝吧台走去。安德鲁双手紧紧合十在一起。手仍然冰冷，似乎已失去了知觉。佩姬拿着酒水回来时，已然换了一种表情，她眼神坚毅，表明她已经做好了准备，即便听到再糟糕的事情也不会被吓到。他意识到，这跟当年黛安娜看自己的表情几乎如出一辙。

29

第二十九章

在母亲去世后的那个夏天，安德鲁就去了布里斯托尔理工大学。鉴于萨莉跟新男友住在曼彻斯特，所以他去的原因，与其说是对高等教育的渴求，还不如说是想要多找些人聊聊天。他没作什么调研，就在城市内一个叫作伊斯顿的地方定居了下来。离公寓不远有一片草地，它的名字乐观地让人觉得很田园："福克斯公园"。其实就是一小块将住宅区和M32公路隔开的绿地而已。安德鲁拖着那个装着所有家当的笨重的紫色背包到达公寓门外时，正好看到公园里有个全身穿着垃圾袋的男人在踢鸽子。一个女人从灌木丛后面出来，把男人从鸽子旁拽走，但令安德鲁毛骨悚然的是，她这么做的目的只是为了能够自己踢那只鸽子。当房东太太带他走进公寓时，安德鲁还沉浸在方才目睹踢打场面的痛心中久久缓不过神来。布里格斯太太染了一头鲜艳的蓝色头发，咳嗽起来如远处的雷声，但安德鲁很快发现，在她严肃的外表下隐藏着一颗善良的心。她好像一直都在烧菜，一旦电用完了，就借助蜡烛光做事，这是常有的事。她还有个令人头疼的毛病，经常说着说着就冒出一句不相关的批评："别再为那个家伙和鸽子烦心了，亲爱的，他就是那种搞笑的人——天哪，你应该理发了，我的天——我觉得他就是精神有点问题，真的。"这是在聊天时隐藏坏消息的方法。

安德鲁很快便喜欢上了布里格斯太太，这也没什么，因为他讨厌班上的每一个同学。他不傻，知道哲学吸引的是某种固定的人群，可那些人就好像是在同一个实验室里培训出来的似的，只会惹他生气。男孩们都留着稀疏的胡子，抽着劣质的小卷烟，大部分时间都靠引用他们从笛卡尔和克尔恺郭尔那里学到的最晦涩难懂的哲学名言，试图给女孩们留下深刻的印象。女孩们一身牛仔装，上课时面无表情，怒气在板着的脸下燃烧着。安德鲁之后才发现，这很大原因归咎于男教师们，他们经常跟男孩们陷入激烈的辩论，却对女孩们像跟聪明的小马驹说话一样。

几周过后，他交了两个朋友，其中一个威尔士人叫加文，他神情有些呆滞，但整体不错，喜欢喝纯杜松子酒，声称曾在兰多弗里橄榄球场上空看到过飞碟。还有他的女朋友黛安娜，一个戴着橙框眼镜的三年级姑娘，不怎么喜欢蠢人。安德鲁很快意识到，加文才是最大的笨蛋，他经常变着法儿地试探黛安娜，挑战她的忍耐底限。他们是在一起长大的——"我们青梅竹马，你知道吧。"一天晚上，在连喝了六杯杜松子酒后，他第七次重复道——加文追随她到了布里斯托尔修读同一门课程。后来，黛安娜跟他吐槽说，这不是因为加文不愿意跟她离别，而是因为他连最简单的事情都做不好。"有次，我回家看到他竟用吐司机烤鸡块。"

安德鲁也说不清楚，黛安娜成为他短暂成年生活中唯一一个可以畅所欲言的对象。跟她在一起，他从来不会卡壳或是结结巴巴地说不出话来，他们都有一种独特的幽默——冷笑话却不伤人。有几次他们单独相处——不是在酒吧等加文来碰头，便是他去厕所或去吧台时——安德鲁便开始敞开心怀向她讲述自己妈妈和萨莉的事情。黛安娜有种天赋，在她的引导下，他没有轻描淡写那些经历的困难，反而从中发现令人开心的一面。所以，他谈及自己的妈妈时，回忆起来的都是母亲少有的无忧无虑的开心岁月，大部分是她伴随埃拉·菲茨杰拉德的音乐，在花园里沐浴着阳光干活。当谈到萨莉时，他回想起那段跟斯派克一起看汉默恐怖电影的时光，她从酒吧回来，带着"战利品"作为他的礼物——明显是从一个狡猾的惯犯那里获取的，从卡车上截获下来的一套桌上足球、一种叫作竖琴的小型木制乐器，最有名的要算苏格兰飞人R176型号了，苹果绿的火车头带着柚木车厢。他很喜欢那个火车，但黛安娜让他明白，这不仅是出于对物品本身的欣赏——更是它代表了萨莉表现出的极其少见的温情时刻。

偶尔，在喧闹的酒吧中，透过烟雾，他注意到黛安娜正在盯着自己。被发现后，她一点儿都不难为情，反而是继续盯着他看一会儿，再加入大家的对话。他为这些时刻而活，以至于这成了他生活下去的唯一动力。他好多门课程都不及格，自己也完全放弃了努力。他准备在圣诞节辍学。然后再在什么地方找份工作，存点钱。他告诉自己会去旅游，但实际上，搬到布里斯托尔已经够他受的了。

一天晚上，他、黛安娜和加文受邀去参加一个在哲学系学生宿舍的大堂举办的即兴派对，要求每个受邀者带来一箱啤酒。一大群人涌进了一间卧室，敲开了啤酒罐。没人想谈论学业，但加文却找到了一本《论自由》[1]，醉醺醺地大声宣读起来，大家都不想理会他。当加文在寻觅新书时——或许伏尔泰才是此次派对需要的！——安德鲁伸手去摸自己带过来的皮尔斯啤酒，将信将疑中，却突然被人从后面拉住了空余的手，拽到了外面的走廊里。是黛安娜。她带着他穿过走廊，下了三层楼，走到大街上，外面已经积了厚厚一层雪。

"哈啰。"她说着，用双手环抱住他的脖子，趁他没来得及回答前亲了上去。等到他睁开眼时，睫毛上已经落了一层雪。

"你知道我这周晚些时候就要回伦敦了吗？"他说。

黛安娜扬起了眉毛。

"不！我不是那个意思……我只是……我只是想，应该告诉你。"

黛安娜礼貌性地示意他闭嘴，又亲了上去。

他们当晚偷溜回了布里格斯太太家。第二天一早，安德鲁醒来时，以为黛安娜已经不告而别了，但她的眼镜还放在床头柜上，正朝着床的方向，好像在监视自己似的。他听到抽水马桶的声音，接着便是两组不同的脚步声在楼梯口相遇。短暂的碰头。尴尬的介绍。黛安娜爬到床上，用冰块一样冷的双脚夹着他的腿来惩罚他刚刚没有下去救场。

---

1 英国思想家约翰·斯图亚特·穆勒创作的政治学著作。

"你身上一直这么凉吗？"他说。

"或许吧，"她低声说道，将羽绒被拉过来盖住他们的头，"你肯定会帮我取暖的，对吗？"

过了一会儿，他们侧躺着，双腿仍然纠缠在一起。安德鲁轻轻地抚摸着黛安娜眉毛上的白色小伤疤。

"这是怎么弄的？"他问。

"一个叫作詹姆斯·邦德的男孩朝我扔了一个沙果。"她说。

五天后，他们站在火车月台上，温暖的阳光透过栅栏的缝隙洒进来。前一晚，他们才进行了第一次正式约会，一起去电影院看了《低俗小说》，虽然两人都不太记得具体的故事情节了。

"真希望之前再努力努力就好了，"安德鲁说，"我都不知道自己这么差。"

黛安娜双手捧起他的脸："听着，你还在为这个难过呢。你能从那个家里逃出来，就是最令人骄傲的事情了。"

他们抱在一起站着，等着火车进站。安德鲁连珠炮式地问着黛安娜各种问题。他想了解关于她的一切，在自己离开后才可以尽可能多地保留有关她的回忆。

"我保证我一有钱买票，就来看你，好吗？"安德鲁说，"然后我会给你打电话的，还有写信。"

"用信鸽传书吗？"

"嘿！"

"对不起，只是你刚刚说得好像是被派去打仗似的，而不是去图亭[1]。"

"再说一下我为什么不能留在这里？"

黛安娜叹了口气："因为第一，我认为你应该多陪陪你姐姐，特别是圣诞节时；第二，我认为你应该回家好好想想下一步的计划，我不干涉你。而我，首先要专心攻读我的学位，反正在学业完成后，很大可能还是要搬回伦敦的。"

安德鲁皱了下脸。

"很大可能。"

沉默了一会儿后，他意识到自己刚刚生闷气的形象在黛安娜看来是多么没吸引力啊，但告别时，她抱他抱得那么紧，以至于回伦敦的一路上还能感受到她的余温。

他搬进了一所公寓的空余房间，那所公寓已经住了两个都柏林人，最近才发现他们染上了毒瘾，他一般都会避开他们走，除非被他俩特意叫过去处理一些莫名其妙的辩论——他倾向于站在那个如果不胜利就很有可能放火点什么东西的人一边。他每天靠吃脆米饼为生，心心念念等着下次跟黛安娜的通话。在每周他们约定的固定时间，他会到街角处的付费电话亭给她打电话。戴安娜要求每次通话都以他描述电话亭广告中新宣传的丰满或异域风情的女郎的长相开始。他卧室的窗台上放着一个空的雀巢咖啡罐，用来存钱买去布里斯托尔的火车票，他在一个光碟租售店找了份柜员的工作，顾客

---

1 伦敦南部小城。

基本都是来买色情片的躲躲闪闪的醉鬼。这种事情他只会在酒吧喝多了后才会跟黛安娜吐露一点儿。

现在，他一点儿都不想再继续学业拿学位了。夏天快要到了，一想到要重回课堂，他就焦躁不安。

"所以说，你就准备在伦敦色情商店里一直干下去了？"黛安娜问他，"你不是要作决定吗？难道你的志向就到此为止了？你必须弄清楚自己想做什么。如果你不想继续学业，那么你必须好好规划一下自己的职业生涯。"

"但是——"

她对他的抗议置之不理。"我是认真的。关于这件事，我不想再听到一句废话。"她双手捧起他的脸，把他的嘴捏出一条滑稽的鱼的造型，"你必须自信一点儿，从这个该死的地方出去。你理想的工作是什么？你理想的职业是什么？"

她放开捏的鱼嘴，等他回答。

他理想的工作是什么？更重要的是，他要怎么说才不会被她嘲笑呢？

"我想，可能在社区工作，或什么的。"

黛安娜眯着眼睛盯着他看，好像他是在开玩笑。

"那好吧，很好，"她说，"所以说，这就是积极跨出的第一步。你确定了想要工作的领域，再多点经验就行了，那就先要在办公室工作。所以，等你回到伦敦，就去找份工作。可以吗？"

"嗯。"安德鲁嘟囔道。

"别丧气！"黛安娜说着，见他没反应，她就顺着床滑下去在他肚子上狠狠吹了一声。

"那你呢？"安德鲁哈哈笑着说，把她拉上来，使其躺在自己身上，"你的理想工作是什么？"

黛安娜的头靠在他胸膛上："那个，虽然整个青春期我都在说，一定不会重蹈我父母的覆辙，才选择了攻读哲学学位等，但我现在考虑转去法学。"

"噢，真的吗？处理毒品交易告密者那样的案件吗？"

"你这想法让我觉得，你肯定从商店里看了很多可怕的没上映就做成DVD的电影。"

"那里除了这种就是色情片了。"

"那你一部也没看过？"

"当然没有。"

"所以当你'独处'时，你只会想象……"

"你。只有你。全身上下一丝不挂，就套了件由弗吉尼亚·伍尔夫小说的纸张制作的套衫。"

"我也是这么想的。"

她从他身上翻下来，并排躺着。

"所以你会成为一名律师。"安德鲁说。

"不是律师就是宇航员。"她打了个哈欠说道。

安德鲁哈哈大笑："你不能成为一个威尔士宇航员。太荒唐了！"

"嗯，为什么不行呢？"黛安娜问。

安德鲁摆出最佳的乡村口音："那个，现在哦，很好。一个人的一小步，那就是人类的一大步，听到了没？"

黛安娜怒气冲冲地准备下床，但安德鲁飞身一扑抓住了她故意摇来晃去的胳膊。他喜欢她这个样子。故意取笑他。他知道她不会走远的，顶多一步远，自己手一伸就可以把她拽回来。

回到伦敦后，大部分时间他都坐在光碟租售店的柜台后面，圈着报纸上的招聘岗位。他刚刚卖了一张很恶心的光碟给一个面容憔悴的男人，后者解释说"手淫能让我落魄时好受点"。就在那时，电话响了。五分钟后，他搁下话筒，思前想去，觉得刚刚那个打电话让他去面试的女人或许是加文雇来的，他想实施某种残忍的报复行动。

"首先，你疯了。"那天晚些时候，当他在电话亭（贝拉，美丽丰满的金发女郎）告诉黛安娜这个猜测时，后者反应道，"其次，我觉得我有权说我早就告诉你了。所以说，我们可以现在说或者等你真正拿到工作再说。这取决于你……"

这次面试应聘的岗位是当地议会的行政助理。他向其中一个爱尔兰男孩借了套西装，是那男孩父亲留下的。他坐在等候室，检查西装口袋时，找到了一张1964年的舞台剧《费城，我来了！》的票根，在都柏林的欢乐剧场上映。萨莉去美国时到过费城吗？他忘了，而且也早就把明信片丢了。他认为这个标题很喜庆，是个好兆头。

第二天一早，黛安娜拿起电话对他说的第一句话就是："我早就告诉你了。"

安德鲁笑了起来："如果你这么说，我没听明白，你该怎么办？"

"嗯，假装是我另一个男朋友？"

"嘿！"

一阵沉默。

"等等，你在开玩笑，对吗？"

一声叹息。

"是的，安德鲁，我在开玩笑。上周，哈米什·布朗修上面的投影仪时不小心碰到了我的胸部，那就是我接近背叛你的极限……"

尽管他很克制，但安德鲁每天都要花上70%（好吧，80%，最多90%）的时间担心黛安娜会被别人引诱。不知为何，他脑子里经常出现一个叫作鲁弗斯的头发蓬乱的家伙。宽宽的肩膀，家财万贯。

"你很幸运了，虚构的鲁弗斯无法与现实生活中在色情片商店工作且跟两个吸毒者一起生活的皮包骨的哲学系辍学生相提并论。"

安德鲁头一天在议会上班时紧张得不行，他不得不在两种选择中纠结，是一整天就蹲在厕所，还是坐在办公桌前，每隔五秒钟因胃部痉挛而缩起身子来，哪个显得不那么奇怪呢？谢天谢地，他熬过了第一天，又撑过了一周，随后一个月过去了，他没有出洋相也没有惹什么麻烦。"我们真的应该好好讨论下你的标准了。"黛安娜告诉他。

随后，最美好的日子来临了：1995年6月2号，黛安娜结束了学业，要来伦敦了。安德鲁跟两个爱尔兰男孩道别后——两人出乎意料地感伤（或许是因为他们连着三天都在嗑药，极其兴奋）——带着全部家当坐进了一部出租车，等着载他去之前为黛安娜和自己找到的公寓。而黛安娜则成功地将所有的东西塞进了两个行李箱，搭乘火车从布里斯托尔赶来。

"我妈妈想开车送我，"她说，"但我有点担心，你租了个毒品贩卖点什么的，我不想让她惊慌失措。"

"啊。嗯。真有意思，你说……"

"噢，我的天啊……"

安德鲁不确定自己在老肯特街找到的小公寓之前有没有贩卖过毒品——那幢公寓楼虽不精致但可以住，走廊墙上留下了磨损的痕迹，室内有些潮湿——但当晚上他躺在床上，看到黛安娜睡在身边，膝盖弯曲靠近胸口，安德鲁忍不住笑了。这就是家的味道。

他们搬来的那个夏天正好赶上了一股令人极度厌恶的热浪。七月份尤其难熬。安德鲁买了一个风扇，到酷热难耐时，他和黛安娜两个人穿着内衣坐在前屋，不出门。那个月，他们都对温布尔登网球赛产生了点兴趣，在黛安娜心中，施特菲·格拉夫[1]更是一个超级大英雄。

"太他妈热了，是不是？"黛安娜趴在地上，打着哈欠说。格拉夫在离开中心球场前，签下了大名。

"这样好点吗？"安德鲁从杯子里捞出两块冰块，小心翼翼地

1　德国史上最优秀的女子体育人物之一，世界网球历史上最成功的女选手之一。

放在黛安娜的背上。她半是尖叫半是大笑，他赶忙故作无知地道起歉来。

八月份的热浪在持续。地铁上人们紧张兮兮地盯着彼此，生怕有人晕倒。马路都干裂了。政府被迫实施了软管禁令[1]。在一年中最热的一天，安德鲁下班后跟黛安娜约着去布罗克韦尔公园的枯草坪上仰面朝天地躺着，周围的人们踢掉了鞋子，挽起了袖子。他们带了啤酒，但忘了带开瓶器。"别担心。"黛安娜说完，自信满满地走到旁边一个吸烟者那儿借了个打火机，不知用了什么方法把瓶盖打开了。

"你从哪里学来这一招的？"重新坐在草坪上后，安德鲁问道。

"我爷爷。在紧急情况下，他还能用牙开呢！"

"他听上去……很有趣。"

"很棒的老爷爷戴维。他过去常跟我说，"她装出一副低沉洪亮的声音说，"'如果说这辈子我有什么经验，那就是永远都不要买便宜酒。人生太短暂了。'而我奶奶只会朝他翻白眼。天哪，我好爱他，他是个英雄！你知道吗，如果我有儿子的话，我真的很想给他取名叫戴维。"

"噢，真的吗？"安德鲁说，"那要是生了个女儿呢？"

"嗯，"黛安娜看了一眼胳膊肘，上面被小草压出了纵横交错的印痕，"噢，我知道了，斯蒂芬妮。"

"又是个亲戚？"

---

1 英国政府在高温持续天气颁布的禁令，督促消费者在持续高温、干燥的环境中明智地用水。

"不是！显而易见，是施特菲·格拉夫啊！"

"显而易见。"

黛安娜将啤酒沫吹向他。

之后，在家里的沙发上，当她骑坐在他身上时，闪电划破了天际。

当人们在沉睡时，一阵雨降落下来，油腻的洪流冲刷着街道。拂晓时分，安德鲁站在窗台边，喝着一杯咖啡。他不清楚自己是有点醉酒，还是宿醉效应还没袭来。这是一种不知不觉开始恶心的感觉，就好像你正在吃从煎锅里倒向盘中的培根似的。他听到黛安娜挪动的声音。她在床上坐起来，头发垂落在脸上。

安德鲁哈哈笑了起来，继续望向窗外。"你头疼吗？"他问。

"我哪里都疼。"黛安娜发牢骚说。他听到她拖着步子走过来，感觉到她的胳膊搂住了自己的腰，脸颊搁在他的背上。"我们能煎个鸡蛋吗？"她说。

"当然可以，"安德鲁说，"我们得去商店买点东西回来。"

"我们需要什么呢？"黛安娜打了个哈欠说，安德鲁好像也被传染了。

"噢，就是培根啊，鸡蛋啊，香肠啊，还有面包。可能再买点豆子。如果你想喝茶，牛奶是必不可少的。"

他感到她的手松了，痛苦地呻吟道。

"轮到谁干活了？"他一脸无辜地问。

她将脸埋进他的背里："你知道轮到我了，才故意这么说的。"

"什么！没有啊！"安德鲁说，"我是说，我们来回忆下：我调了台，你把水壶烧上了，我把垃圾丢了，你买了报纸，我刷了碗……噢，你说的没错，确实轮到你了。"

她用鼻子戳了他的后背好几次。

"哎哟。"他说着，最终屈服了，转身抱住她。

"你保证吃完培根和豆子，一切都会变好吗？"她说。

"我保证。我向天发誓。"

"那你爱我吗？"

"爱你胜过培根和豆子。"

他感到她的手滑进了自己的四角内裤里，捏了捏。

"很好。"她说，夸张地对着他的嘴唇"呜哇"亲了一大口，然后突然走开，穿上人字拖，并且在睡衣外面套了一件运动衫。

"那个，那不公平。"安德鲁说。

"嘿，轮到我干活了，我只是遵从规则……"黛安娜耸耸肩说，努力板着脸。她摸到了眼镜，一把抓起钱包，哼着小曲儿离开了。安德鲁花了一会儿工夫才发现她哼的是埃拉的《蓝月亮》。终于，他想道，她也被改变了。他站在那里，傻乎乎地笑着，无可救药地陷入了爱情中，就好像一个醉醺醺的拳击手拼了命地想要站直身子似的。

他听了两遍《蓝月亮》后才去冲澡——满心愧疚地希望出来时就能闻到培根的香味。但他出来时，黛安娜压根儿还没影儿。又过了十分钟，还是没回来。或许她路上碰到了朋友——一个布里斯托尔理工大学的校友。世界很小，不是吗？但他的直觉感到有点不对劲。他快速穿好衣服，离开了家。

他可以看到人们在街角的商店会集起来。"就是这么回事，"

他靠近人群时，无意中听到一个人在嘟囔，"酷暑再加上突袭的大风暴……肯定会造成灾害的。"

警察们围成一个半圆，将闲杂人等拦在外面。有个人的无线电通话设备突然吱吱呀呀地响起来，一阵混乱的反馈和电流噪声让举着设备的警官眉头紧锁，不得不把设备举到一臂远。突然，在一阵嘈杂声中，响起了一个声音："确认一人死亡。坠落石块。没人知道建筑归谁所有。结束。"

当他穿过人群中的最后一排，靠近警戒线时，安德鲁才感觉到恐惧慢慢侵袭了全身。好像是被电流击穿，他走起路来浑身发抖。前面，他看到地上有几个蓝色的塑料袋，在微风中飘着，一边还有一堆碎石板。就在那个旁边，他看到了一副完好无损的橙边眼镜，跟布里格斯太太家里床头柜上摆的那副一模一样。

一个警察双手挡住他的胸，命令他回去。他口气中还残存着咖啡的味道，一旁的脸颊上有一处胎记。他起初很愤怒，但突然停止了喊叫。他知道了。他明白了。他本想问安德鲁几个问题，但安德鲁撑不住了，跪了下去。有人把手放在了他的肩膀上。关心的问候声。无线电静音了。然后有人试图拉他起来。

耳边又响起了酒吧的喧闹声，警察的手变成了佩姬的手，他好像从水下刚冲出水面，佩姬安慰着他，告诉他一切都没事了，并且紧紧地抱着他，掩盖着他的抽泣声。尽管他哭得停不下来——感觉他会一直哭下去——但他慢慢地感觉到手指的刺痛，身体慢慢暖和了过来。

30

第三十章

他几乎没有力气独自回家。在佩姬的搀扶下，他走了回去，并且佩姬坚持要一起进屋。他心不在焉地抗议着，反正她都已经知道真相了，也就没什么可隐瞒的了。

"不进去那就去医院。"佩姬的话解决了问题。

火车模型依旧躺在原地，破破烂烂的，自从他踢烂之后就没管。"瘸腿的原因。"他嘟囔道。

他躺在沙发上，佩姬给他盖上毯子，又盖上了自己的大衣。她为他沏了杯茶，自己盘腿坐在地板上，每次他惊醒时，她都会捏捏他的手，平复着他的情绪。

当他醒来时，她正坐在摇椅上看着《埃拉爱科尔》唱片套上的介绍，用一个自己十年都没碰过的马克杯喝着咖啡。他脖子有点抽痛——肯定是睡姿不大正常导致的——脚仍然隐隐作痛，但他感觉自在多了。他隐约还记得睡觉时做了个有关梅瑞狄斯派对的梦，突然，脑海中闪现出一个问题。

"基思怎么样了？"他问。

佩姬抬起头看着他。"早安，"她说，"你应该会很开心，基思没事。"

"但我听到你叫救护车了。"安德鲁说。

"对啊。但救护车到后，他已经醒了，祈求医护人员不要把他带走。说实话，他们可能更担心卡梅伦——傻傻地坐在那里，晕了过去，满脸涂满了笔迹。我觉得他们可能怀疑我们绑架了他，逼他加入邪教组织什么的。"

"基思回来上班了吗？"

"嗯。"

"据你所知，他还生我气吗？"

"是这样的，他并不是特别高兴。但梅瑞狄斯把他像个战争英雄似的供着，无微不至地照顾他，所以我觉得，他私底下很享受。她才是那个你应该……"佩姬突然打住了。

"什么？"安德鲁说。

"她一直劝说基思去提出指控。"

"噢，我的天。"安德鲁呻吟道。

"别担心，没事了，"佩姬说，"我找机会跟她聊了一会儿，她不会再提这件事了。"

安德鲁有点不太相信，但看上去佩姬好像努力想忍住不笑。

"你说话跟黑手党大佬似的，"他说，"但不管你说了什么，我都很感激。"他朝远处望去，看了看烤箱表，挣扎着坐直了身子。

"天哪，"他说，"我真的昏睡了十二个小时吗？你怎么还不走？你应该回家了啊。"

"没关系，"佩姬说，"我跟姑娘们视频对话了。她们跟伊莫金的一个朋友待在克罗伊登。她们昨晚通宵看了一些特别不健康的电视节目，所以压根儿不在乎我在没在场。"

她翻到了唱片的背面。"我要跟你坦白一件事情。我还没听你为我制作的混音磁带。"

"这次饶了你，"安德鲁说，"我早就说了，做这个没花多大工夫。"

佩姬小心翼翼地将唱片放回了那一堆唱片集上。

"你说，你妈妈是她的超级歌迷？"

"我真的不知道，但我清晰地记得，每次她在厨房或是花园做事时，都会放上一张唱片，跟着一起哼唱，或是隔着窗户听。每当这样放松时，她看上去，我不知道怎么说，似乎变成了一个完全不一样的人。"

佩姬把双腿缩至胸前。"我想说，我妈妈年轻的时候也是这样的，那时候我还小。但如果她在厨房起舞，通常是因为她准备要揍我们，或是有什么东西着火了，又或是二者兼有。好了，你看上去需要吃点吐司。"

"没事，我来做吧。"安德鲁说着准备站起来，但佩姬让他坐着休息。安德鲁在心中祈祷，她不会因为自己橱柜里仅有的三罐烤豆子还有估计都不新鲜的面包而对自己产生偏见吧。还没来得及打预防针道歉，他的手机便震动了起来。他看了一眼信息，头又有点晕眩。他坐着没动，一直等到佩姬端来一盘涂满黄油的吐司和一杯热茶。

"我还要告诉你一件事情。"他说。

佩姬咬了一大口烤吐司。"好吧，"她说，"但我得跟你实话实说，安德鲁，昨晚过后，我真不知道，你还有什么能够震惊我的话。不过，你还是说吧。"

等他把卡尔和被勒索的事情告诉她后，佩姬对吐司丧失了兴趣，厌恶地把它一下子扔回到了盘子上。她双手叉腰，来回踱着步。

"他不能这样对你。萨莉给你钱是有原因的，他威胁你简直令人发指。你现在就给他打电话让他滚蛋。"

"不行，"安德鲁说，"我办不到。"

"到底为什么？"

"因为……"

"什么？"

"这没那么简单。我不能……我就是不能。"

"但他对你的威胁毫无依据，现在，因为这个好像……"佩姬停了下来，看着他，"因为你要跟工作上的人坦露一切，说明真相，对吗？"

安德鲁一言不发。

"那个，"佩姬实事求是地说，"你不得不说了。两周之后就轮到你主持晚间派对了，所以你别无选择。"

"什么？"安德鲁说，"上次梅瑞狄斯家发生的那些——简直是一场大灾难。卡梅伦肯定不想再经历一次吧。"

"噢，恰恰相反，他一直觉得，这是你跟基思和好的最佳机会。他那晚喝得太醉了，除了依稀记得你跟基思有'小争执'，根本不知道还发生了什么。我设法把他的脸擦干净后把他塞进了一部出租车。他一直跟我嘀咕着一些关于裁员的事情，但天知道到底发生了什么。"

安德鲁环抱双臂。

"我不能告诉他们，"他轻声说，"我不能。"

"为什么不能？"

"什么意思，为什么不能？因为我会被炒鱿鱼的！我承担不了那样的后果，佩姬。再说了，我没有别的谋生技能。"

他们沉默了一会儿。安德鲁真心希望当时在播放着音乐。佩姬走到窗边，背对着他站着。

"其实我觉得你有别的技能，"她说，"你可以做点别的事情。而且我认为你自己也知道你可以。"

"这话是什么意思？"安德鲁说。

佩姬转过身来，刚想开口，但突然打住了，好像是改变了主意。

"我能问你点事情吗？"最终，她说。

安德鲁点了点头。

"自从你搬进来后，这里有多少改变？"

"什么意思？"

佩姬环顾四周。"你上次新添置东西是什么时候？实际上，你改变了什么，自从黛安娜……"

安德鲁突然感到很不自在。

"我不知道，"他说，"没多少。其实，就一点点。电脑是新的。"

"嗯。现在这份工作，你做了多久了？"

"你这是干什么，面试吗？"安德鲁说，"对了，你还要来杯茶吗？"

佩姬走过来，坐在他身边，握着他的手。"安德鲁，"她温柔地说，"我不会假装理解你到底经历了多少困难，但从经验中我也知道，生活在自我欺骗中，不去正面面对是什么样子的。看看我跟史蒂夫。我打心底里清楚，他是不会改变的。但没到无药可救的时候，我是决不会行动的。难道你昨晚没有同样的认识吗？你不觉得现在应该要尝试着继续向前看了吗？"

安德鲁喉头一紧，眼睛开始刺痛。一方面，他想佩姬继续陪着自己唠叨，另一方面又想自己单独静静。

"人们不会像你那样善良，"他平静地说，"而且你还不能责怪他们。我只是需要多一点的时间——考虑一下该怎么做，你懂吗？"

佩姬拉起安德鲁的手，一起按在他的胸膛上。隔着胸腔，他能感受到怦怦直跳的心脏。

"你必须作出选择，"佩姬说，"要么你就试着继续表演下去——把钱转给卡尔，尽管那本该属于你，跟大家继续撒谎——或者你可以把真相说出来，接受所有的后果。我知道这很难，我真的懂，但……还有那天在诺森伯兰郡。等我们有了合适的时机，可以聊聊吗？"

安德鲁真的，真的希望自己的脸不会轻易变红。

"嗯。"他嘟哝着，揉了揉眼睛。

"看着我，求求你了。"

"我不能。"

"好吧，那你就把眼闭上吧。回想一下当时的画面。你不必说出来，但就是想想当时你的感受。那么可爱，不同又……强烈。我不知道。我就是把自己的感受描述了出来。"

安德鲁睁开了眼睛。

"之后，"佩姬说，"你在沙发上睡着后，不停地说'是你救了我'。你觉得我是能将你从里面救出来的人。但是，在这件事情上，你要信任我——只有你可以改变一切。只有靠你自己才可以。"

安德鲁的视线转向了铁路的残骸，就好像踩踏事件刚刚才发生一样。

佩姬看了看表。"对了，我觉得现在得走了。我得去监督姑娘们早餐除了巧克力棒外，是否还吃了别的东西。"她站了起来，松开了安德鲁的手，取回了外套和包包，"考虑一下我刚刚的建议，好吗？如果你感觉要……你知道的……马上给我打电话。好吗？"

安德鲁点了点头。其实，他一点儿都不想让她走。不管她怎么想，没有她，他自己是肯定做不了的。"我会去做的，"他脱口而出，"我会说出真相，跟所有人坦白——但不能是现在，卡梅伦正要裁人的时候。我会想办法，撑过这该死的晚餐派对，而且不让名声受损，之后，等一切都稳定了，我就会解决问题，我保证。所以短期来看，我只需要一点点帮助，我该怎么……"当他在佩姬的眼里看到了失望之情时，话音渐渐低了下去。她朝大门走去，他一瘸一拐地跟在后面。

"你要……求求你不要——"

"我该说的都说完了，安德鲁。我不会改变已经决定的事情。此外，我自己还有一个烂摊子需要处理。"

安德鲁忍住了哀求她留下的冲动。

"没问题，"他说，"当然了。我理解。抱歉，我并非有意不放你走的。而且对于之前说谎，我要说声对不起。我一直想告诉你真相的，真的。"

"我相信你有，"佩姬说着，在他的脸颊上轻轻吻了一下，"而且我也信任你。"

佩姬走了之后，安德鲁在那里站了很久。他低头看着地毯上的酒渍。在黛安娜死后的那天，他也是站在同一个地方，沉浸在绝望中不能自拔，任凭萨莉打来的电话一遍又一遍地响起。他为之前的行径感到无比的愧疚——之前就那么躲起来，太过伤心欲绝而缺席了葬礼，还不让萨莉安慰自己，是多么胆小和懦弱啊——甚至到了现在，他还沉浸在幻想中：如果那天早上黛安娜没出门，自己的生活会是怎样。他不敢相信，知道真相后的佩姬一如既往地善解人意。他本以为她会躲得远远的。不过，当然，她这么做也可能是在骗他，让他觉得安全，其实早就飞奔到最近的精神病院，举报他这个被蒙骗的、危险的幻想主义者……当然了，当然了，如果他大胆地站出来说明真相，不是所有人都像她一样通情达理的。他能想象到，卡梅伦的小眼睛瞪得圆滚滚的，而在转瞬间，基思和梅瑞狄斯就会由震惊转为刻薄。

他听到手机又震动了起来。毫无疑问，又是卡尔发来的。他本能地想要听点埃拉的音乐，但在唱片机前停了下来，手放在唱针上。没有音乐或是火车轻柔的隆隆声，他能感受到更多声音的存在。他打开窗户。麻雀在歌唱。一只大黄蜂正在慢慢移动过来，又突然飞走了。

尽管咖啡因让他心跳加速，但他还是泡了第二杯茶，享受着入口的温暖，思绪蔓延开来。他能理解，佩姬对于自己已经跟她坦白了一切后，不直接出来对所有人说明真相的犹豫而感到沮丧，但她或许不能明白，对于他来说，幻想的力量有多大，他有多依赖那段幻想。不可能说走就走的。

他站在那里检查着火车模型的残骸。很难判断哪些损伤是可以修复的，而哪些破坏是永久性的。他当时摆出来的——一架鲁滨逊O4型号的火车头——可能没救了，车厢也坏了。谢天谢地，这不是他最珍爱的火车头。大部分的布景——照明的一些设备——是无法复原了。树木和动物也都被夷为平地阵亡了。小人儿趴倒在了地上。他发现，除了三个早先种植园的农场工带着一脸反抗的表情仍然坚挺地站着之外，其他的都被毁了。

佩姬让他自己单独待着的时候做好决定，或许她是对的。但那是不是就意味着，他可以决定只有等他真正做好准备后，才跟大家摊牌呢？他仍然是主导，不是吗？他忽略了脑海深处的反对声，而是把注意力集中到他自认为更重要的事情上，也就是即将到来的晚餐派对。把卡梅伦哄开心才是至关重要的。他现在只需要一点点帮忙。佩姬是不可能了。所以就剩下……好吧！"没有人了。"他大声喊道。但当他又看了一眼坦然面对困难的农场工人时，他想起来，其实，严格来说，自己还有可以求助的人。

31

第三十一章

　　周六下午的分论坛人一般都不太多，但安德鲁还是能够想象，"砰砰67""修补匠亚历"和"宽轨吉姆"在夜晚到临睡前肯定会登录一次——趁晚餐烧好前匆匆一瞥，就是想来看一下有没有人发表意见，确认新款的温赖特H型号0-4-4T是不是真如疯狂炒作的那么高级。

　　好的一方面是，最近的一系列事件让他上周在论坛上出现的次数极其有限，最后两条提到他的信息来自"修补匠亚历"和"宽轨吉姆"，对他表示出了真切的关怀：

　　"追踪器"，你最近有点安静啊。没事吧？

　　刚想问你呢！可别说是你这把老骨头去戒毒了啊？

　　他们非常关心自己的事实让寻求帮助的他感到自在了一点。

　　他打开了个空白文档，写了一条信息，而后又从头到尾斟酌修改了好几遍措辞。

　　还是觉得有点冷，所以他从一个橱柜里翻出来几条毯子，洗了洗又烘干了之后，一条条地围在了肩头，搞得自己的脑袋好像是从一个帐篷里冒出来似的。他在论坛上开了一条新帖子，将信息复制粘贴过去，最后检查了一眼，然后在退出之前，点击了发送键。

安德鲁喝了一口啤酒，在心中记下，提醒自己说，他的直觉——跟街边售卖车里买的汉堡和总以"我跟你说实话"开头的人差不多——不值得被信任。他在国王十字车站附近选了一家叫作"铁路酒馆"的酒吧，因为这名字听上去就不错。他本以为那里的氛围会跟巴特书店一样，只是没有茶、司康饼和书籍，取而代之的是大杯的苦啤酒和味道奇特的薯片。然而，这家酒吧给你的感觉是从人们嘴里听到的"逃离现场"和"不明原因的攻击"相关联的地点。对于哪个俱乐部在一级联赛，或是现在改叫别的什么联赛里争夺冠军了，安德鲁早就过时了，但保守估计，酒吧里至少有二十几个人热衷于此，他们一边饶有兴趣地观看，一边出言不逊。更让人困惑的是，每当他们支持的球队作出一个决定或换人时，一个蓄着姜黄色鬓角的男人总会不停地鼓掌，好像掌声可以穿透屏幕传送到上场的球员耳朵里似的。另一个身穿球队T恤、外套皮夹克的男人时不时地高举双手，转身试图要跟一群球迷搭话，却总被他们无情地忽视。一个站在吧台远处的年轻女人紧张地扯着自己跟棉花糖一样黏稠的紫色头发。安德鲁从来没在一个地方见识过这么多同一支球队的球迷出现，他们穿着一模一样的T恤，却看上去如此孤单。

换其他时候，他早就起身离开另觅他处了，但现在不行。他之前在论坛上留下酒吧的名字和时间后就退出了。他只知道，紧随其后的会有三条即时回复，说着抱歉或是别的，推脱着约会，但他就是不敢看看大家回复了没有。最大胆的一次尝试就是用手捂着脸，从指缝里一边下拉一边看，仿佛是在观察日食。

他紧张地摆弄着一个啤酒杯垫，忍不住把它撕成了条，在桌上留下了一堆纸板，就跟仓鼠窝一样。他突然发觉，自己已经绝望透顶了。他对自己在论坛上最后开心的道别语感到难为情——对了，我们如果在现实中见面，会很有趣的，对吧？——现在看来，真是明目张胆地找骂和嘲笑啊。这违背了他们所有的初衷。论坛本就是一个可以假扮成别人的地方，而且，更重要的是，你乐意赤身裸体地吃奶酪，没人会管你。现实生活怎么能跟那个相提并论呢？

他小心翼翼地环顾着四周——记起来佩姬曾在第一天告诫过自己，不要在酒吧显得过于醒目——希望能找到他认为的论坛伙计中的一员。他费尽心机地躲避跟那个穿皮夹克的男人产生对视，因为当安德鲁在向花白头发的酒吧侍应生买啤酒时，那个男人转过头来，眼睛布满血丝，对他咕哝了一声："有事吗？"安德鲁假装没听见，迅速跑开了，装作没听到身后的男人嘟囔着"傻瓜"。

他整理了下大衣翻领，露出了上面挂的一枚小小的火车徽章。他认为，这样微妙的举动可以使自己在不过分引人注目的情况下让其他人认出他。就在那时，一个男人走了进来，身上的T恤印着宣传语："火车模型就是答案。"他费了老大劲才没放声大笑出来。谁在乎问题是什么呀？

安德鲁半站着，朝那个男人挥着手，而对方也咧嘴大笑了起来，这让他松了一大口气。

"'追踪器'？"

"对！现实生活中，你懂的，我叫安德鲁。"

"很高兴见到你，安德鲁。我是'宽轨'——吉姆。"

"太棒了！"

安德鲁伸手握住了吉姆的手，从吉姆的表情来看，他可能过于热情了，但安德鲁太兴奋了，根本没觉得难为情。有人来了！

"对了，徽章很棒。"吉姆说。

"谢谢。"安德鲁说。他正准备要反过去称赞吉姆的T恤时，酒吧里突然出现了一片喝倒彩的咆哮声，明显是对方进了一球。吉姆快速地观察了周围的混乱状况后，转过头来，眉头紧锁。

"抱歉，这地儿选得太糟糕了。"安德鲁立即说道。

吉姆耸了耸肩："没有，挺好的。对了，你喝什么？"

"噢，啤酒，谢谢。"安德鲁说，等吉姆朝吧台走去时，他才把剩下的三分之一杯啤酒一饮而尽。

当吉姆端着酒回来，那个紫头发的年轻女人跟在了后面，她应该是刚刚从洗手间出来。还没等吉姆和安德鲁开口，她就在桌边坐下了，紧张地打了声招呼。

"嗯，对不起，"吉姆说，"实际上，我们正在等人。"安德鲁朝女人投以抱歉的一笑。

"对，那就是我。"女人说。

安德鲁和吉姆看了彼此一眼。

"等等，"安德鲁说，"你是……"

"'修补匠亚历'。"女人说。

"可是……可是你是个女人！"吉姆说。

"讲得没错。"女人哈哈大笑了起来。随后，当安德鲁和吉姆都哑口无言时，她翻了个白眼，说："'亚历'来自亚历山德拉，但人们喜欢叫我亚历克斯。"

"好吧，"吉姆说，"那真是，你知道……你真行！"

"谢谢。"亚历克斯说，强忍住笑，随即开始了一段关于近期新购入设备的激情演讲。"我真的认为它比卡菲利城堡4-6-0要好。"她说。

"不可能！"吉姆说着，眼珠子都快蹦出来了。

他们三个继续聊着火车，有时候，那个男人由于电视屏幕中的某种明显的不公裁定而破口大骂，他们必须提高音量盖过他才能使彼此听到。尽管皮夹克男人偶尔会投来愤怒的凝视，但安德鲁开始慢慢放松了下来。不过，如果"砰砰67"再不来，这可能会是个问题。他最需要他了。

在一场庆祝主场球队扳平比分的混乱中，一个男人慢悠悠地从门口进来了，拖了一把凳子坐在了他们桌边，就好像在过去的二十年里，他们天天见面一样冷静。他把上身的一件深蓝色的牛仔衬衫，塞进了一条米黄色的宽松裤子里，身上喷了昂贵的须后水。他先自我介绍是"砰砰67"，后又说出自己的名字叫鲁珀特——其他人努力装出一副镇静的样子，都失败了。在鲁珀特跟亚历克斯握手时，在一旁看着的吉姆没忍住说："她竟然是个女人！"

"没错，"亚历克斯说，"我有证，以及一切可以证明的材料。对了，谁要薯片？"

他们四个人喝着啤酒，吃着桌子上摆出的一袋袋熏肉。当他们在讨论新买的模型和各种即将到来的展览时——他们已经答应要在亚历山德拉宫的一个展览碰头了——安德鲁真有点犹豫，要不要提出自己的问题，打乱本就和谐的气氛。但在他离开去洗手间的间隙，其他人明显讨论了他之前的信息，吉姆清了清嗓子说："所以说，安德鲁，你，那个，邀请我们过来是为了……说件事？"

即便安德鲁早已把要说的话仔仔细细地排练了几次，但还是觉得血冲到耳朵里，嗡嗡直响。他决定尽快坦白一切，只说不得不说的事实。他语速飞快，根本顾不上停下来喘气，以至于说完时，都有点头晕了。

"就是这样。"他总结道，喝了一大口啤酒。

大家陷入了可怕的长久的沉默。安德鲁又抓起一块啤酒杯垫，开始撕扯起来。

随后，鲁珀特清了清嗓子。

"是不是这么个意思，"他说，"你需要我的房子来举行晚餐派对？"

"我们所有人都要帮你准备那个提到的晚餐派对？"亚历克斯说。

"还有我们要随叫随到……帮忙什么的。"吉姆补充道。

"因为，"亚历克斯说，"有可能会进行裁员，你需要老板站在你这边。"

听到赤裸裸的事实时，安德鲁才发现，这真是个疯狂的计划。"我真的无法跟你们解释，我老板到底有多变态。我认为，他坚持让我们举行晚餐派对，就是想让我们都成为朋友，但其实，他只是想通过派对来判断自己最喜欢谁，自己可以解雇谁。而且我……那个，我真的不能成为那个人。"

其他人彼此对视了下，安德鲁察觉到他们或许要商量一下。

"我再去买杯酒。"他说。尽管十分担心吉姆、鲁珀特和亚历克斯将要作出的决定，但他还是情不自禁地咧嘴笑着，朝吧台走去。我再去买杯酒——多自然啊！就好像这是世界上最自然的事情了！

"我得把酒桶里换上淡啤酒。"酒吧侍应生说。

"好吧，慢慢来。"安德鲁说着，等他意识到自己刚才的话有些讽刺时已经晚了。酒吧侍应生盯了他好一会儿，才朝地窖走去。

"你要小心了，"皮夹克男说，"我之前看到他因为一件很不起眼的事情把一个可怜鬼打得落花流水。上一秒挺正常的，下一秒就精神失常了。"

但安德鲁根本没在听。那一排酒上面有一面镜子，透过上面他能看到桌子边讨论的朋友们。他突然对周围球迷发出的一阵阵此起彼伏的叫声敏感起来，就好像那些咆哮、咒骂和鼓励声都成了他眼中对话的背景音乐似的。

"伙计，你为什么不理我？"夹克男大声说。

安德鲁假装没有注意到，数出了买酒的钱。

"哈啰，哈啰，哈啰！"那个男人说，伸出手来故意在安德鲁眼前晃来晃去。

安德鲁装出一脸惊讶的表情。"抱歉，我今天不怎么在状态。"他说，希望自己别听上去像慌张的代课老师。

"你没理由那么无视我，"男人说着，戳了戳他的肩膀，"该死的人类基本礼貌，知道吗？"

安德鲁现在非常期待酒吧侍应生回来。他看了看镜子。朋友们似乎还在热烈的讨论。

"所以说，你认为如何？"男人说着，指着电视屏幕。

"噢，我还真不知道。"安德鲁说。

"伙计，猜猜啊，有点情趣。"男人又戳了戳他的肩膀，这次劲儿更大。

安德鲁尽量不为人发现地后退了几步。"平局？"他说。

"呸。一派胡言。你该不会是乔装打扮的西汉姆联俱乐部的球迷吧？哎呀，大家啊，这人是西汉姆联的！"

"我不是，我什么都不是。"安德鲁的声音都变成假声了。还好，没人注意到他们，而且此时，酒吧侍应生终于回来并倒好了酒，安德鲁大大地松了一口气。

当他回到桌边时，大家正陷入一阵难堪的沉默中，他突然意识到，自己漏了一个关键问题。"我忘了说了，我请大家做不是无偿的。我们可以商量，你们懂的，某种付款形式，现金或是任何我自己的藏品。我最近搞坏了鲁滨逊O4型号的火车头，但我还有其他的火车头和布景，所以告诉我就——"

"别犯傻了，"亚历克斯打断他说，"我们怎么会要你的钱？我们刚刚只是在研究后勤的准备工作而已。"

"噢，好的，"安德鲁说，"我是说，太棒了，你们同意了。"

"对啊，当然了，"亚历克斯说，"我们毕竟是朋友啊。"她补充道，语气听上去是她在里面起到了主导作用。她朝鲁珀特使了个眼色。

"噢，对，是的啊，"他说，"欢迎你到我家举办派对。正好我的伴侣下周出差不在家，所以时机刚好。就是我怕自己的厨艺太烂了。"

吉姆双手交叉在一起，伸直双臂，手指关节咔咔作响。"你们可以把烧饭的事留给吉姆。"他说。

"就这么说定了，完事！"亚历克斯说。

他们又核对了下时间和地点，便很快聊回到火车模型的话题上。那是当天下午第二次，安德鲁需要努力掩饰自己憋不住的傻笑。

足球比赛结束了——最后打成了平局——大部分球迷一边摇着头一边嘟囔着离开了酒吧。然而，夹克男好像还有别的意图，当安德鲁看到他朝自己这边挪过来，并且拉了一把椅子坐到了他们旁边时，心里不由得哀叹起来。

"呃，火车模型，"他说，瞅了一眼吉姆的T恤，把脚搭在了安德鲁的椅背上，"该死，人们现在还信这玩意儿？"

亚历克斯朝安德鲁扬了扬眉毛。"你认识他吗？"她无声地口语道。安德鲁摇了摇头。

"抱歉，伙计，"亚历克斯说，"我们有点忙。麻烦您让我们单独待会儿好吗？"

那个男人装模作样地上下打量着亚历克斯。"好吧，好吧，好吧，如果我年轻十岁……"

"我还是看不上你，"亚历克斯说，"好了，现在乖一点儿，马上离开。"男人原来的谄媚的笑脸瞬间变得怒气冲冲。他踢着安德鲁的椅背："你告诉那个贱人，让她闭嘴！"

"好了，够了，"安德鲁说着，站了起来，"我希望你现在不要打扰我们。"他的声音在颤抖。

"好啊，那如果我不愿意怎么样？"那个男人说着，站了起来，挺直了身子。这是给鲁珀特、吉姆和亚历克斯站起来的信号。

"天哪，看看这群人，"那个男人说，"一个懦弱的浑蛋、一个人渣、弗雷德·迪布纳[1]，还有一个该死的夏洛克·福尔摩斯。"

"嗯，这场面好像不怎么好看啊？"鲁珀特异常镇静地说。安德鲁正在纠结着要不要用一种讽刺的方式解决问题时，但他发现鲁珀特已经这么做了。与此同时，皮夹克男并未留意到，酒吧侍应生正在朝他走来，头在肩膀上左右摆动着，仿佛是在做百米冲刺的热身一样。等到那个男人朝安德鲁跨近了一步后，他迅速冲上前去，抓住他的衣领，把他拖向了出口，从门口扔了出去，还不忘在他背后狠狠踢了一脚。等到走回吧台的途中，他甚至还装模作样地拍了拍手上的灰尘，这场面安德鲁只在动画片里看到过。

安德鲁、吉姆、亚历克斯和鲁珀特原地站了好久，哑口无言。最终吉姆打破了僵局："他竟然知道弗雷德·迪布纳，你们不震惊吗？"

---

[1] 英国高空作业者和电视公众人物，对机械工程情有独钟。

32

第三十二章

　　佩姬担心安德鲁会直接去上班。"你应该再休息几天，整理一下思绪，"她给他发了一条短信，"你要知道你的工作有多残酷。你不是歌手或冰激凌品尝师。"但安德鲁在家的时光也很煎熬。他孤零零一个人在胡思乱想，他讨厌那些想法——基本都是垃圾。在佩姬来过他的公寓后，他才渐渐意识到自己的居住环境到底有多么可笑。在跟分论坛的朋友聚会回来后，他把角角落落全部清扫了一遍，直到浑身是汗，筋疲力尽。

　　就当第二天一早走出公寓楼时，他突然奇迹般地瞥见了那个喷香水的女人关门前的背影。竟然能亲眼看到她生活在这里，真让安德鲁惊讶到差点叫出了声。

　　周四晚上的晚餐派对那天，凑巧是两周以来安德鲁和佩姬首次搭档的住所检查——六十三岁的马尔科姆·弗莱彻在凹凸不平的日式床垫上突发心脏病而亡。而这一次，他们竟只用了几分钟就有了重大的突破。

"找到了。"佩姬在卧室里喊道。安德鲁看到她盘腿坐在一个步入式衣帽间的地板上，周围是一双双擦得锃亮的皮鞋，头上挂着几乎是一模一样的西装外套，就好像她是一个玩捉迷藏的小朋友似的。她递给安德鲁一个很时髦的通讯录。他从头到尾浏览了一遍，没找到任何笔迹。

"最后一页。"佩姬说着，伸手抓着安德鲁顺势站了起来。安德鲁翻到通讯录背面的"备注"部分。

"啊。"他说。这张纸的最上端写着"妈妈&爸爸""姬蒂"，小小的字迹很整洁，旁边还有对应的电话号码。他拿出手机拨通了"妈妈&爸爸"的电话，但接电话的女性听上去很年轻，她从未听过马尔科姆的名字，也不知这个号码之前的主人是谁。安德鲁在姬蒂那儿倒是有了些收获。

"噢，天哪，那是……他是我的哥哥……可怜的马尔科姆。天哪，真是个可怕的打击。恐怕，我宁愿跟他没有联系。"随着最后几个字的进展，安德鲁用唇语告知了佩姬。

"事情处理得如何？"在离开公寓时，安德鲁说，他想尽量问得含糊一些，这样佩姬就能随意回答了。

"嗯，史蒂夫昨天来取了最后的一点儿行李，我真是松了一口气。他说自己已经连续十天没沾酒了，但他浑身都是酒味，除非他非常不幸，有人在他身上洒了大量的杜松子酒，那么在我看来，他就是在撒谎。"

"很抱歉。"安德鲁说。

"不用抱歉。我很早之前就该这么做了。有时候，你只需要一点儿外力的推动而已。一个让你下定决心的原因。"

安德鲁感觉到佩姬转头看向了自己，但他不敢抬头正视她的眼睛。他知道她的言外之意——但他不想妥协承认她说的都是对的。

就在那时，他收到了吉姆发来的关于晚上菜单的信息——食物看上去挺时髦的，令人安心——到底什么是球茎甘蓝？——还让他去买点酒。他消除了心中的疑虑。他必须集中注意力保证今晚的计划能够完美施行，不管佩姬怎么想。

"我要顺道去个地方，很快。"他说着，拐进了塞恩斯伯里超市，朝酒水专柜走去。

"你今天通话的那个人——叫姬蒂，对吗？"佩姬说。

"嗯嗯。"安德鲁正在看一瓶黑比诺酒的商标，心不在焉地说着。

"她肯定是你经历过的说出'我们宁愿失去联系'的第一百号人了吧，是不是？"

"大概是吧，"安德鲁说着，伸手拿了一瓶香槟，递给佩姬，"这酒好吗？"

"呃，不，不算是。这瓶怎么样？"她递给他一个瓶颈上缠着银网的酒瓶。"我的意思是，"她说，"我们做得已经很好了，但总有点'事后诸葛亮'的遗憾，你懂吗？我是想说，如果每个人能多做一点儿，至少给人们一个寻找陪伴的机会，能够联系到与逝者相似处境的人，就不会是这种根本无法避免的孤独了。"

"嗯，好主意，好主意。"安德鲁说。小点心。他们需要小点心吗？还是最近，小点心已经过时了？在那之前，他还没有感到那么焦虑，但现在他真的紧张起来了。

"我在想，"佩姬接着说，"如果有，比如说，一个可以提供那种服务的慈善机构，或者——我知道这听上去有点疯狂——我们是不是可以自己建立一个。如果不这样，在找不到亲属后，那我们是否能想个办法保证除了我们，至少还有一个人可以去参加葬礼。"

"听上去很棒。"安德鲁说。不过到底为什么红辣椒几乎垄断了辣味薯片？该死，要是有人对红辣椒，或是吉姆做的菜过敏怎么办？好了，放松。深呼吸。深呼吸。该死。呼吸。

佩姬叹了口气："我还想唱着《波希米亚狂想曲》，赤身裸体骑大象去海里呢。"

"嗯嗯，好主意。等等，什么？"

佩姬大笑着："没什么。"她取出他手里的酒瓶，换了另一瓶。

"所以说，今晚……"她说。

安德鲁眨了眨眼。"全部搞定了。"他说。

佩姬突然停下了脚步，等他转过身来面对自己。

"安德鲁，你刚刚对我眨眼了？"

从超市回到办公室后，他就径直走向了基思的办公桌。

基思正在吃着甜甜圈，盯着电脑屏幕哈哈大笑。但他看到安德鲁时，就丢下了甜甜圈，怒目直视。

"哈啰，基思，"安德鲁说，"对了，我来就是想对上周的行为跟你道歉的。事态真的失控了，但之前那么推你，我真的非常、非常抱歉。我真的不是故意伤害你的。我希望你能原谅我。"

他将佩姬挑选的香槟递了过去，并且主动伸出手。起初，基思似乎被他的魅力攻势吓了一跳，但很快恢复了常态。"考斯特卡特[1]自营品牌，对吗？"他说，无视安德鲁伸出的手，来回翻看着商标，而梅瑞狄斯也迅速跑过来，站在他旁边，一副防备的状态。

"不过，这可远远不够。"梅瑞狄斯说。

安德鲁举起了双手："我知道，我同意。就是一点儿小意思。我真的希望，今晚，我们在我家可以共度一段美好的时光，忘掉过去的一切。你们觉得呢？这计划不错吧？"

好了，好了，闭嘴吧，别搞得这么可怜。

"好吧，"基思说，清了清嗓子，"我觉得，我那天可能有点不正常。而且，那个，我猜你也不是故意打晕我的吧？"

"不是。"安德鲁说。

"显而易见，换一天，我可能会因为你打我而将你扫地出局，你就没有今天这么幸运了。"

"当然了。"梅瑞狄斯说着，一脸崇拜地看着基思。

"但是，为了我们能够，你懂的，继续走下去，我很开心地说，让往事随风而去吧，管他的呢。"

这次，基思跟他握了手。

---

1 英国连锁超市和便利店。

就在那时，卡梅伦刚好经过，又折回来看看情况。他眼睛下面有一层很重的黑眼圈，看上去憔悴得很。

"没事吧，伙计们？"他警惕地说。

"嗯，什么事也没有，"安德鲁说，"我们刚刚在说，很期待今晚的晚餐派对呢。"卡梅伦将信将疑地盯着安德鲁的脸，想看看他是不是在讽刺挖苦。发现不是后，他明显很满意，笑了笑，双手合十用印度的合十礼说了句："有礼了。"便退回到走廊，重新充满了力量朝办公室走去。

"真是个怪人。"基思说。

梅瑞狄斯看到基思的衣服商标从领口里露出来，伸手过去替他塞了进去。安德鲁发现，对此基思看上去有点难为情。

"所以说，安德鲁，"梅瑞狄斯说，"今晚我们终于能见到黛安娜了吗？"

"不行，恐怕见不上，"安德鲁说，"她跟孩子买了今晚的演出票，正好冲突了。"尽管他之前练了好几次，但还是要拼尽全力才使得说出口的话听上去真切一些。他回到办公桌前坐下，桌子的托盘里堆着一叠新的文件，又要处理一堆新的死亡案件了，他忍不住想到当初自己恳请佩姬帮忙时她责备的神情。只有你可以改变一切……只有靠你自己才可以。

33

第三十三章

　　安德鲁拎着酒从办公室走了出来，过马路前往两边看了看，只听"哐当"一声，突然把装酒瓶的袋子掉到了人行道上。"可怜的家伙。"一个开白色卡车正好经过的男人说。安德鲁咬紧牙关，又朝另一个塞恩斯伯里超市走去。当你拿着一个购物袋再次走进同一家超市时，你怎么产生了一种返回拙劣的犯罪现场的感觉呢？

　　他刚好还记得之前买了哪些酒，除此之外，又多拿了一瓶以期待好运。收银台的女人——铭牌上显示是叫格伦达——一边扫描酒瓶一边赞许地哼着："今晚有大场合吧，亲爱的？"

　　"差不多是那样。"安德鲁说。

　　尽管毫无恶意，格伦达的话还是让安德鲁高度紧张起来。他感到自己在匆匆赶路的过程中心跳加速，腋窝下也开始汗津津的了。他觉得身边经过的每个人都在意味深长地看着自己，就好像跟他们有利益相关似的，无心听到的对话片段也像是别有深意。去鲁珀特家的导航真是无意义地复杂，这让他更加焦虑了。他告诉所有人不要按照谷歌地图走——"它以为我住在一家叫'奇客炸鸡'的店里。我已经发过好几封邮件了。"——然后给出了自己的路线指导。当安德鲁终于找到了地方,已经是大汗淋漓,上气不接下气了。他一阵猛摁,门铃响起来,是个有点可怜又有点奇怪的不和谐的回应,似乎下一秒就要罢工似的。

门开了,屋里一阵烟雾缭绕,吉姆跟着出来了。

"快进来,进来。"吉姆说,不停地咳嗽着。

"没事吧?"安德鲁说。

"嗯,没事,就是厨房用纸和明火导致的小意外。但是,前菜我已经准备得差不多了。"

安德鲁正想问厨房有没有烟雾报警器,它就响了起来。他可怜兮兮地站着,手里拎着重重的购物袋,而同时,吉姆正疯狂地在空中挥舞着茶巾。

"先把酒放在岛台上,"吉姆说,指了指纯大理石工作台,上面摆着酒架和精心摆放的周末增刊,"我得研究下菜式搭配。"

"那可不是一座岛,"鲁珀特的声音从门口传来,"反正听我们的房地产经纪人说,它这边连着墙,应该算是一个半岛。"鲁珀特穿着跟那天在酒吧见面一样时髦的衣服,只不过腰间松松地多系了一件紫色的晨衣。他注意到安德鲁在看。

"办公室最近很冷,但我还不想开暖气。别担心,我就是个普通的信息技术顾问,不是休·赫夫纳[1]那样的人物。"

---

1 美国企业家,1960年在芝加哥创办了第一家"花花公子俱乐部"。

吉姆从一个袋子里取出一些食材，一个个地在台子上排开，开始仔仔细细地研究起来，就好像在给乡村节日比赛做评委似的。

"都还行吗？"安德鲁说。

"嗯，当然了，"吉姆一边说，一边用手指头敲击着自己的下巴，眼睛眯着，"当然。"

安德鲁看着鲁珀特，后者对他扬起了眉毛。

正当安德鲁想要开口问吉姆是否确定他现在的所作所为时，门铃响了，这次的声音更加老化，比刚才走调得更严重。鲁珀特双手插在晨衣口袋里。

"那个，今晚这是你家，你去开门比较好吧。"

当安德鲁走出房间，听到吉姆问鲁珀特有没有剁肉刀时，心跳又加快了一个层级。

安德鲁打开门，看到亚历克斯站在门外。她把头发染成了令人震惊的白金色，但之前的紫色头发还以奇怪的条纹残留着。

"看，我带了好多装饰品什么的，"她说，把手上两个袋子中的一个塞到了安德鲁手里，"是营造气氛的好帮手，肯定会非常非常、出奇地有意思！看——聚会烟花！"

她从安德鲁身边跳过去，进入了走廊。

"呃，亚历克斯，你说会'非常非常、出奇地有意思'——显然，我是想晚上有意思，但我不想那么极端……或是出奇。"

"当然了，我明白，别担心。"亚历克斯说。安德鲁跟着她来到餐厅，碰巧看到她正兴冲冲地往餐桌上撒着闪粉。

"该死。"她突然用手拍着自己的额头说。

"出什么事了？"安德鲁说。

"我刚想起来有一袋东西落在商店了。我得回去一趟。"当她放下手时，头发上也沾上了闪粉。

回到厨房，吉姆正用剁肉刀胡乱地砍着一个胡桃南瓜，仿佛在匆忙地肢解一具尸体。

"没问题吧？"安德鲁说，紧张地徘徊着。

"嗯，都很好，"吉姆说，"啊，我正想问呢，鲁珀特，你有那种可以当作手推车的东西吗？就是可以把菜放在上面送到餐厅那样的？"

"手推车？我不能端过去吗？"安德鲁说。

"是可以，但我觉得，如果你可以在餐桌旁最后准备好主菜的话，会不会看上去更精致？格林登风格，知道吗？"

"格林登？"鲁珀特说，"他不是在利兹队打左后卫吗？"

门铃又响起来了。安德鲁还在好奇亚历克斯还能带来什么新奇的派对装饰品，但开门后，却惊恐地发现卡梅伦站在台阶上。

"哈啰呀呀！"卡梅伦把尾音拖得特别长，仿佛自己身处隧道，想要听到回音似的。他脸上的笑容逐渐消失了。"噢，不好，我来太早了，是不是？"

安德鲁好不容易恢复了镇定。"没有，没有，当然不会，进来，快进来。"

"好香啊，"卡梅伦一进屋就说，"烧的什么？"

"会是个惊喜。"安德鲁说。

"好激动啊，"卡梅伦会心一笑，说，"我带了些红葡萄酒，但我今晚还是以茶代酒吧，鉴于上次——该怎么形容——放纵过度。"

"好，当然可以。"安德鲁说着，接过了酒，带着卡梅伦走去了餐厅。

"实话跟你说，那晚回家，克拉拉和我开诚布公地谈了一次——方方面面，事无巨细，全部都聊到了。把话说清楚一般都有好处，不是吗？"

"当然。"安德鲁说着，发现卡梅伦日渐苍白的脸色，不免有些担心。

"嗯，我喜欢闪粉，"卡梅伦说，"很花哨。"

"谢谢，"安德鲁说，"请先坐，我马上就把水拿过来。别动！"他补充道，同时用大拇指和食指做了个手枪的动作。卡梅伦乖乖地举起双手表示投降。

安德鲁冲进了厨房，关上门。"好了，我们现在碰到一个大麻烦，"他说，"客人之一——其实，是我的老板——已经来了，现在就坐在餐厅里。所以你们要尽量保持安静。除了我，千万别让任何人进来。"

鲁珀特坐在一个高凳上转来转去，看上去一点儿也不担心。"我们不能装成员工什么的？"他说。

"不行，"安德鲁说，"太奇怪了。他们会有一堆问题等着的。对了，我要干什么来着？啊对了，水。"

安德鲁转向橱柜，想要找杯子。

"嗯，有个小问题。"他听到鲁珀特说。

"什么问题？还有，你杯子都放哪儿了？"

"左上方的橱柜。问题是外面有个女人，在盯着我们看。"

安德鲁急忙转身看向窗外，手里的杯子差点掉了。谢天谢地，是佩姬。当他们四目相对时，佩姬笑了起来，一边的眉毛有意思地微微耸起，安德鲁瞬间就被喜悦包围了。看到她后，他放松了许多——每当跟她在一起时，自己都有相似的感觉。

他走过去推开了落地窗。

"哈啰。"佩姬说。

"哈啰。"

佩姬微微睁大了双眼。

"我可以进来吗？"

"噢，可以，当然，"安德鲁说着，迅速闪到一边，"大家，这是佩姬。"

"哈啰，大家好，"佩姬说，"我认为你的门铃坏了。"

安德鲁开始吞吞吐吐地解释起来，可佩姬摆摆手制止了他。"没事，没事的，你不必解释。我先出去，可以吗？"

"好主意，"安德鲁说，"对了，卡梅伦已经到了。"

"太好了，"佩姬说，"这里走，对吗？"

"对。你右手边的第二个——不——第三个门。"

安德鲁目送她离开后，转身回来靠在工作台上，进行着深呼吸。

"她看上去不错。"吉姆说。

"她是很好，"安德鲁说，"实际上，太好了，我都觉得我爱上她了。对了，那个胡桃什么的菜怎么样了？"

吉姆没回应，安德鲁回头一看，发现佩姬不知道什么时候又回来了。有一瞬间，大家都原地不动沉默着。佩姬随后向前走了一步，从安德鲁身边经过，避开了他的眼睛。"杯子在这里对吗？很好。我来给卡梅伦倒杯水。"

　　她从水龙头那儿接满了水，轻轻地吹着口哨离开了。

　　"噢，太好了。"安德鲁说。当他正要再说些不那么亲切的话时，前门传来了敲门声。

　　"我去开。"安德鲁说着朝大厅跑去。他打开门看到了惊慌失措的亚历克斯，被夹在了一脸困惑的梅瑞狄斯和基思中间，后者握着几瓶白葡萄酒。

　　"这是你需要的东西。"亚历克斯如机器人般说道。

　　"啊，对，好，"安德鲁说，"太感谢你了。"

　　"不客气……邻居。"

　　安德鲁接过袋子，领着梅瑞狄斯和基思进了走廊，示意亚历克斯绕到落地窗那儿。

　　"祝你好运！"她比着口型，同时竖起了两个大拇指。

　　"我能用下洗手间吗？"梅瑞狄斯说。

　　"嗯，当然可以。"安德鲁说。

　　"在哪儿？"

　　"呃，问得好！"

　　梅瑞狄斯和基思并没理会安德鲁的强颜欢笑。"穿过那边就到了。"他说着，大概往走廊那边指了指，随后抓了抓后脑勺。梅瑞狄斯开门后，里面传来了浴室排气扇的声音，安德鲁听到后长舒了一口气。他给基思指了指餐厅，并让他把亚历克斯带来的袋子拿进去。

"里面应该是有趣的东西。派对的玩意儿，你知道吧？"

他拍了拍基思的背，惊讶到自己什么时候也有拍人后背的习惯了，随即冲回到了厨房。

吉姆用双手捂住了脸，透过手指缝嘟囔个不停。

"怎么了？"安德鲁说。

吉姆放下手。"伙计，我真的对不起你。我不知道发生了什么，但我觉得，从专业的烹饪角度来看，我应该是搞砸了。"

安德鲁抓起一个勺子，试探性地尝了一小口。

"怎么样？"吉姆问。

很难用言语来精确描述安德鲁的味蕾刚刚经历了什么。实在是太多种味道要去分析了。

"嗯，味道非常独特。"安德鲁说，不想伤害吉姆的感情。自己的舌头却不由自主地想要舔干净后牙齿的余味。酒，他想到。这就是解决方案。如果他们喝得够醉，就没人会在乎吃什么了。

他起开两瓶梅洛葡萄酒，朝餐厅走去。他到拐角时，觉得氛围安静得有点不祥——就像是那种在大吵大闹之后的沉默似的——突然他听到了一连串的巨响。他吓了一跳，两个酒瓶差点都从手里滑了下去。之后的一会儿，所有人都眼睁睁地看着红酒慢慢地流到淡蓝色的地毯上，派对礼花喷出的彩带飘落在了酒水中，突然，每个人都恢复了正常，开始提供不同的建议。

"吸干，你得吸干！绝对要吸干。"佩姬说。

"只能上下擦干，不能左右擦——那样只会越搞越脏的，我在电视购物频道上看到过。"梅瑞狄斯说。

"盐，是不是？"基思说，"或许是醋？白葡萄酒？"

"我觉得那是个世纪难题。"安德鲁说着，就在那时，他看到卡梅伦拿着半瓶白葡萄酒跳过来，已经有一半倒在了地毯上。

"他这是要了我的命啊。"安德鲁喘着气说。

"谁？"梅瑞狄斯说。

"没谁。大家，请先……在这里等一下。"安德鲁从过道一路小跑冲到了厨房。他向鲁珀特解释了情况，后者听完了他的胡言乱语后，拍了拍他的肩膀说："别担心，这个我们之后再解决。你得给他们提供点吃的。我觉得，我发现了样好东西。"他指了指台子上放着的五个特百惠盒子，外面结了霜，上面贴着"意大利肉卷"的标签。

安德鲁转向吉姆，正要道歉。

"没事，就用那个吧，"吉姆说，"他们可能觉得吃我的菜有点……挑战性吧。"

接下来的一段时间里，他们忙着用微波炉分批加热意大利肉卷，收拾残局，相安无事。当鲁珀特挖苦地笑着他们现在的荒唐行径时，安德鲁都放松了，而当亚历克斯开着玩笑说，她自己都不相信安德鲁竟然说服他们加入了这个计划时，安德鲁差点就崩溃了，只好善意地发出"嘘"声使大家安静下来。他时不时地回到餐厅亲手送上面包棒和橄榄，而同时，亚历克斯也担任了电影拍摄的镜头指导，确保他每次出去，不是肩上放着个烤箱手套，便是用湿布擦擦额头，制造出刚刚在热炉灶面前辛勤劳动的假象。

当食物最终热好装盘时，安德鲁正处于当晚最平静的状态。意大利肉卷没那么可怕，他们的对话也没那么惊悚，但那都不重要了。礼貌是当晚的必需品，而截至目前为止，大家也都相谈甚欢。基思，比平时安静得多，而且也不怎么挖苦人了，只是结结巴巴地说了一个有关于他上周收到的一条语音留言的故事。有个女人在当地报纸上看到了一个穷人葬礼的故事后，才意识到那是自己的哥哥，他们已经数年没联系了。"她跟我说，他们是由于一张桌子吵崩的。他们都认为那是个祖传了十代的古董。在父母去世后，他们为之吵翻了天，最终她赢得了桌子。直到得知他的死讯后，她才决定对桌子重新估价，没想到那竟然是个赝品。一个廉价的仿制品。一文不值。"在沉思的沉默中，基思感到不自在起来。"不管怎么样，"他说，"我只是让大家好好想想，什么才是最重要的。"

"听着听着。"卡梅伦说。如果谁发表了深刻的言论，大家都会不可避免地陷入不自在的沉默中，没人想在这种时候打破沉默，说些什么相较之下无关紧要的小事被众人评论。

佩姬先打破了僵局。"安德鲁，那个，布丁是什么样的？"

"那你们要等等看了。"安德鲁说着，希望大家不会因为自己每次谈及食物都闪烁其词而变得不耐烦起来。（因为主菜离赫斯顿·布卢门撒尔[1]的风格差了十万八千里，所以他们也就不会期待会

1　英式风味烹饪奇才，最早实践神经烹饪法和多感官餐厅的大厨之一，拥有米其林三星级餐厅。

上什么所谓的漂浮的冰激凌球船之类的布丁了。）

他往厨房走去，刚到门口，就看到吉姆、鲁珀特和亚历克斯全都挤在操作台那儿，小心翼翼地将草莓和碾碎的松子倒进一碗看上去很美味的食物里去。安德鲁静静地站了一会儿，并没有打扰他们。他们三个人聚精会神，一言不发，通力合作，安德鲁觉得眼眶里开始微微湿润起来。他们多善良啊！能够跟他们做朋友真的是自己的福气！他清了清嗓子，那三个人回头，满脸关切，等发现是他时都笑了起来。

"嗒嗒！"亚历克斯低声说，摆出了夸张的爵士乐手的姿势，弥补了不能大声说话的遗憾。

安德鲁将菜送上餐桌时，收到了众人的啧啧称赞。

"天哪，安德鲁，"卡梅伦塞了满嘴的冰激凌说，"我不知道，你竟然是个厨房奇才啊。这是黛安娜的配方吗？"

"哈，不是，"安德鲁说，"她……"他正在考虑恰当的表达。轻松点的，有趣点的，正常点的。正当他绞尽脑汁时，往事重现，那么清晰，黛安娜拉着他的手离开了派对，下了楼，在深夜中站在雪地里。他不禁打了个寒战。

"她不在这里。"他最终说道。他看了看佩姬。她正拿着勺子在碗里挖来挖去，尽管碗里什么都没了，她的表情并未显露出任何异常。

卡梅伦用手指敲着桌子。他似乎在等众人快点吃完，因为安德鲁发现他在偷偷地看表。佩姬最终不再假装吃东西了，卡梅伦站了起来。

"其实，我有几句话要跟你们说，"他说着，对于其他人紧张地交换眼神选择了无视，"最近几个月很难熬。我觉得有时候，个人因素阻碍了工作——至少从某些方面上——我们每个人多多少少都出现过。就我而言，如果我的行为有惹大家不满意的，我为此表示抱歉。我知道，例如这样的晚餐派对并非迎合每个人的胃口，但我希望你们能明白，这只是为了增强团队凝聚力所作出的一种尝试。因为，你们现在应该也得到消息了，我觉得在裁员时，上级领导一般不会去拆散一支强大并且团结一致的团队的。但我怀疑，可能是我想得太天真了。而且，之前我没有跟大家开诚布公是我的不对，但你们必须谅解，因为我只是在尽力做自己认为最好的事情。然而，现在的数据——这么说有点奇怪，我向你们保证——对我们有利。今年公共健康方面的葬礼数量急剧飙升，超过了我们所有人的预期。对于大家作为一个团队的努力，我真的非常骄傲。其实，跟你们坦白说，我真的不知道接下来会发生什么。裁员的决定要推迟到年底才能明朗化。我们希望那种情况不会发生。但如果真的发生，我可以向大家承诺，我一定尽自己所能为大家谋取利益。"他一一看了每个人，"嗯，谢谢，就这些。"

他们默默地坐着，消化着刚刚的消息。安德鲁想，很显然，事情还没有最终定下来，但看上去他们至少多了几个月的喘息时间。过了一会儿，气氛又回温了，跟谈话之前差不多，不过可以理解，更压抑了些。不久，大家就都要离开了。安德鲁帮他们把外套拿了过来。你马上就成功了，他跟自己说。他看着大家即将离去的身影，对于熬过了这一晚，本应该感到巨大的放松，特别是至少短期来看，工作也还算稳定。但出乎意料的是，在一一告别后，他并未感到放松，反而感受到了一阵阵的恐惧，就好像渐渐陷入冰冷的水中那样渗透了全身。他想象着，卡尔又开始编辑下一条短信——追问钱的下落，或许又是告诉安德鲁他的世界马上就要崩塌了。然后是黛安娜。自从他把所有的事情告诉佩姬后，他压抑了多年的记忆开始重新涌上心头，今晚，记忆又重新来过，汹涌澎湃。就好像头顶上的活板门被突然打开，一张张的宝丽来快照倾泻在眼前：烟雾缭绕的房间内的凝视；雪落时的接吻；站台上的紧紧拥抱，伴他回家的拥抱的余温；布罗克韦尔公园被晒焦的草；闪电照耀下她苍白的肌肤；碎石板旁边的橙色框架。

佩姬靠过来拥抱了他并道别。

"干得很棒。"她低声说。

"谢谢。"他机械地回答。当她松开他时，就好像他身体内的呼吸也随之而去，整个人头晕目眩。在他还未意识到之前，就已经伸手握住了佩姬的手。他感觉到别人都在看着自己，可那一刻他一点儿都不在乎。在那一瞬间，他意识到，他只想让佩姬知道，她在自己心目中有多棒。尽管想到说出这样的话会很骇人，但他有了如此做的念头本身就是一个突破。这意味着他已经做好准备放手了。

就在这时，卡梅伦打开前门，一阵冷空气嗖地刮进门廊，急切地驱散着屋内的温暖。

"等等！"安德鲁说，"对不起，各位，你们介意再待一会儿吗？"

过了一会儿，其他人像放学后被留下的小学生一样，不情愿地依次回到了餐厅。

"呃，安德鲁……"佩姬说。

"我去去就回。"他说。在冲进厨房时，他的心又止不住地怦怦直跳起来。吉姆、亚历克斯和鲁珀特一脸惊恐地盯着门口，生怕自己被抓个现行。当安德鲁叫他们跟自己出去时，他们困惑地对视了一眼，但安德鲁勉强挤出了一丝宽慰的笑容。

"没事，"他说，"耽误不了多久的。"他带着他们穿过走廊，走进餐厅，介绍了两队同样困惑的朋友。

"发生什么了，安德鲁？"卡梅伦问着，大家站成了个半圆。

"好了，"安德鲁说，"我有几件事要告诉你们。"

34

第三十四章

等对方手机铃声响起时，安德鲁一口吞下了半杯温热的灰皮诺葡萄酒。

"安德鲁，真是个惊喜啊。"

"施特菲·格拉夫卡尔。"

"你主动打电话真有意思——我刚查了下银行账户，还没看到我的钱进来。"

"我才刚刚收到而已。"安德鲁说，尽量保持语气的平静。

"好啊，"卡尔说，"我已经把银行账户信息给你了，只要你立即转钱过来，我俩就再无瓜葛。"

"但问题是，"安德鲁说，"我觉得我不想转钱了。"

"什么？"卡尔打断他说。

"我说，我觉得我不想转钱了。"

"你会的，"卡尔说，"你肯定会，想想你不转的后果吧。我只需要拿起电话，你这辈子就完了。"

"我要说的是，"安德鲁说，"我知道自己可能配不上拿这笔钱——我的行为可能确实让萨莉不快乐，或许还更严重。但事实上，我们仍然深爱彼此，而且我知道，虽然我撒谎的事实可能让她难以介怀，但我认为这比你敲诈我的事实对她来说，更容易接受。"

"噢，别这样。你真的不清楚吗，不会吧？那笔钱本来就是我的。如果你一开始就做对了，我哪会敲诈你呢？所以听我说。这不是很简单的事吗，不是吗？如果在未来二十四小时内，钱还没到账，那么如你所料，你的人生就完了。"

电话线断了。

安德鲁深深地呼了一口气，紧张的肩膀放松了下来。他坐在椅子上向前倾了倾身，盯着餐桌上的自己的手机。其他七部手机在一旁围成了圈，显示还在录音中。屋子里一片沉寂。安德鲁低下头，脸颊烧得通红。突然身边的一个声响让安德鲁误以为有人要打他，但随后他发现是佩姬，下一秒就被她紧紧拥入怀中。

35

第三十五章

安德鲁一直等到出租车歪歪扭扭地绕出死胡同，再停车等着一只狐狸一蹦一跳地越过斑马线后，才开口。

"那个，你觉得我会被炒鱿鱼吗？"

佩姬把偷偷带进出租车的一瓶酒递给他，他偷偷地抿了一口。"实话实说？我不知道。"她说。

同事们坐着另一辆出租车离开了。吉姆和亚历克斯决定在鲁珀特家里多待一会儿，因为他们抵挡不住参观他的阁楼和精心设计的以落基山脉为主体的火车模型布景。

"当我坦白一切时，我真的不是很清楚，大家都有怎么样的反应。"

安德鲁只把事情的经过简短地告诉了大家，这样对自己的欺骗行为的描述，使得现实显得更加赤裸裸。他已经做好准备等着基思和梅瑞狄斯言辞犀利的质问了，可他们都沉默不语。实际上，没人开口说话，直到说到了卡尔的部分，亚历克斯忍不住爆发了，一阵疯狂的怒骂，说他们不会饶了他的。她要求安德鲁给卡尔打电话，然后不耐烦地教他怎么说，才能让卡尔不加掩饰地表明他的真正意图。她还哄其他人把手机都交了上来，在桌子上围成个圈，打开了录音设备。之后，他们依次听了录音，确定梅瑞狄斯的录音效果最清楚。

"太棒了，现在你只要把它发给安德鲁就行。"亚历克斯告诉她。

"噢，好，没问题。我怎么……"

亚历克斯翻了个白眼，从梅瑞狄斯手里把手机拿了过来。"安德鲁，你号码多少？好，在这儿。好了。"

之后，鲁珀特提议拿出些"上好"的白兰地庆祝计划圆满进行，但大家全都心不在焉。尤其是卡梅伦，似乎急着要离开。

"那个……这显然是……一个有趣的夜晚，"他对安德鲁说，"我要离开几天，我之前说过吧？参加培训课程什么的。但我回来后我们得好好谈谈，关于这一切。"

"他只是想跟你谈谈，确保你一切还好。"佩姬说。同时，出租车在没打灯的情况下直接变道，横穿了两条车道。

他脑子里思绪万千，根本没留意佩姬从座位上蹭了过来，直到她的头靠在了他的肩头。

"你感觉如何？"她问。

安德鲁鼓起了腮。

"就好像有人把扎在我脚上长达一个世纪的刺给拔掉了一样。"

佩姬动了动头，又靠了上去。

"很好。"

出租车的收音机突然响了起来——操作室传来声音，告诉他，完成这单就可以收工了。

"天哪，不好，我快要睡着了，"佩姬说，"等到了克罗伊登，记得叫醒我，呃？"

"我想你是这辈子第一个这么跟我说的人了。"安德鲁说。佩姬无精打采地用胳膊肘碰了碰他。

"那个，之前，你来厨房时，"安德鲁说，在经历了方才的事件后，他现在感到出奇地放松，"我不确认你之前有没有听到我的话。关于，那个，我可能爱上你了。"

他一度以为佩姬在沉思该如何回复，直到他听到她发出的轻柔的呼吸声。她睡着了。他轻轻地把头靠在她的头上，一切都那么自然，自然得让他的心既兴奋又疼痛。

如果那晚能睡一分钟，他就谢天谢地了，可脑子太兴奋了。他已经把录音发给了卡尔，对方没有任何回应。他很好奇，之后卡尔究竟还会不会再联系自己。

他又不由自主地想起了萨莉——她递给他那辆漂亮的绿色火车头模型，朝他眨了眨眼，拨弄着他的头发。或许，如果再有一次机会，他们肯定会重归于好的。但他摇了摇头，摒弃了那个想法。他已经厌倦了幻想。他这辈子已经做了太多的白日梦了。他喝光了剩下的酒，无声地举起了酒瓶，为他姐姐举杯。

36

第三十六章

两天后的早晨，安德鲁在睡梦中被惊醒。对于鲁珀特家里发生的一切，他好像是做了一场梦——而且在可怕的几秒钟里，他分不清现实以及潜意识企图扭曲的真相。但他查看手机信息时，看到了他打完电话后第二天卡尔发来的信息："安德鲁，你该死。好好享受你那罪恶的钱吧。"

安德鲁知道，在某一刻，他应该好好思考一下负罪感，以及应对的方式——还有他应该怎么处理那笔钱——但现在，他只是无可救药地开心到了极点，因为卡尔的事终于告一段落了。

他走过去把水壶烧上，双腿传来异样的僵硬感。前一个晚上，他参加了一个他标榜为"跑步"的活动，实际上却更像是绕街区"慢走"。过程很痛苦，但回来之后有那么一会儿——洗完澡，吃了一餐含有绿色蔬菜的饭后——他感到身体中涌出一股强烈的内啡肽[1]（之前他认为这是跟独角兽之类的一样神秘）后，最终明白了为什么人们会去参加这样的活动。虽然这活动看上去，只是为了表明上了年纪的人也是活力十足的。

他煎了点熏肉，直视着瓷砖大小的镜头。"你也许发现了我不小心把肉片煎糊了，但考虑到我马上就会在上面浇上奇效的温德米尔湖粽酱，就不值一提了。"

他举起双臂伸了个懒腰，打了个哈欠。未来的周末，他已经计划好了，不听埃拉·菲茨杰拉德，也不去浏览论坛。

这将是一次很长的旅程，但他已经做好了万全的准备。他带了一本书和苹果音乐播放器，还有尘封已久的老照相机，心情好的时候可以拍上几张。在准备午餐便当时，他已经完全放飞自我了，用白面包和各种新夹馅做了个三明治，他竟然无法自抑地大胆到往里面塞了薯片。

令他沮丧的是，在帕丁顿上火车时，他正好有时间看到了自己被安排坐在了一群去参加单身男子派对的人中间，那帮子人已经开始灌啤酒了。到斯旺西还要三个小时，也就意味着他们还有大把的时间喝酒。他们身上穿着纪念"戴蒙单身派对"个性化T恤，看上去早就醉醺醺的了。然而，他们最终冲破重重偏见证明自己是一群很友善的同行者，给车厢里每个人分发着零食，还争先恐后地

1　一种内成性（脑下垂体分泌）的类吗啡生物化学合成物激素，由脑下垂体和脊椎动物的丘脑下部所分泌的氨基化合物（肽）。它能与吗啡受体结合，产生跟吗啡、鸦片剂一样的止痛效果和欣快感，等同天然的镇痛剂。

帮其他旅客把行李箱放到头顶的行李架上，随后便玩着填字游戏和小测试什么的打发时间。安德鲁完全沉浸在友好的氛围里，还没到中午，便像个去春游的顽皮小学生一样，狼吞虎咽地吃光了午餐便当。斯旺西之后的旅程有些死气沉沉，尽管有一位织着紫色绒球帽的紫色头发的女士给了他一罐煮过的紫色糖果，那瓶好像是很久以前广告里出现的那种东西一样。

车站很小，小到称不上是个站台——就是那种你一下火车，就能走到大街上的感觉。跟着手机上的导航，安德鲁拐到了一条小道上，两边的房子都在朝彼此倾斜着，而且自从离开伦敦后，他才第一次开始真实地感觉到身体里的每一条神经都紧绷了起来。

教堂并不显眼，两棵普通的紫杉树就完全挡住了小小的尖顶。教堂周边一片荒寂——入口处长满了苔藓，墓地的杂草也蹿得老高了——但早秋的风还未吹起。

他已经做好心理准备要进行一场漫长的搜查了，他逐一排查着。他还依稀记得，当时手机贴在耳边，有一个声音告诉他葬礼举行的地点，但在他毫无回应后，紧随其后的便是困惑和伤痛。他唯一记得的细节便是教堂在橄榄球场附近，加文曾声称在那里看到过飞碟。

最终，在经过了六个墓碑时，他看到了自己想找的名字。

黛安娜·莫德·贝文。

他双手插进口袋，踮着脚尖，鼓足了勇气开始慢慢靠近。最终，他一步一步地往前走着，就像在悬崖边上挪步一样。他什么也没带——鲜花等。那些就是感觉不太合适。他现在可以触碰到墓碑了。他跪下来，轻轻地用手摩挲着黛安娜的名字，描出每个字母的轮廓。"嗯，"他说，"我都忘了你有多么讨厌自己的中间名了。记得吗？我花了周日整整一天才从你嘴里套出来。"

他深吸了一口气，感觉到身体在发抖。他朝前倾倒，直到额头轻轻地触碰到了墓碑。

"我知道，现在来看你已经没有什么意义了，但我真的很抱歉，过去从来没有看你。很抱歉我很害怕。你或许早已经想通了，但是，你知道，我真的接受不了你离开的事实。在爸爸，妈妈……还有萨莉相继离开后……我再不能让你离开了。之后，机缘巧合，我打造了一个地方，一个有你的世界，在那里，你还存在，我不能抵抗那种诱惑。这本应该是个应急措施，但很快就失控了。在意识到之前，我甚至编造出了我们之间的争吵。有时候就是些无谓的小事——大多时候是你对于我和我那无聊的火车模型的绝望——但也有更严重的情况：对于培养孩子的方式，对不能好好生活和走遍世界的担忧。这只是冰山一角，真的，我什么都想到了。因为在我的想象中，我们不仅仅是过了一生，我们还有上百万种不同的生活，每条生命的岔路口我都考虑到了。当然了，时不时地，我会感觉你正在从我身边抽离，我知道那是你告诉我该放手的方式，但那只会让我对你更加恋恋不舍。然而，直到游戏结束，我才真正能够摆脱自己那愚蠢的固执己见，好好想了想，如果你知道我的所作所为后——哪怕只有一秒——的真实想法。我没早点这么想真的很抱歉。我只是希望你能原谅我，尽管我根本不配得到你的原谅。"

安德鲁发现，几英尺之外，有个人正在走向一个墓碑。他降低了音量，开始小声倾诉起来。

"我曾经给你写过一封信，就在我们在一起后不久，但我生怕你看了之后会逃之夭夭，所以就没敢给你。在信的开头，我把生命比作了一首诗，所以你真的是摆脱了困境。里面写的全是些无可救药的浪漫主义的多愁善感，你看了肯定会笑掉大牙的，但我觉得有一点写得没错。我写道，当我们相拥的那一刻，我知道我有一部分已经完全改变了。直到那时，我才第一次发现，原来人生有时候会简单得如此奇妙，如此美丽。我只希望你离开之后，我也那么想。"

他不得不停下来用衣袖擦了擦眼泪，随后又用手开始抚摸着墓碑。他待在那里，安静了下来，感到一阵纯粹、奇特的喜悦的疼痛侵袭了全身，他知道，不管有多痛苦，他必须接受它，春季降临前的寒冬，必须让冰雪冷冻、摧毁自己的内心后，才能走上痊愈的道路。

安德鲁到达车站时，正好碰到下一班去斯旺西的火车进站，但他不想这么快就离开。他决定去附近的酒吧坐一会儿。走到门口时，老毛病又犯了，他在门外徘徊着。但当他想到黛安娜就在身边看着自己，肯定会对着他骂脏话时，他毅然决然地走了进去。尽管酒吧的常客对他的出现有点好奇，而酒吧侍应生给他倒了一杯啤酒，在吧台上扔了一包盐&醋后便无聊地走开了，他们对于他还是友好的，并无恶意。

他坐在角落里，端着酒杯，拿着自己的书，在很长一段时间里，头一次感到了心满意足。

37

第三十七章

安德鲁把一条紧身裤翻过来，里面抖出的一叠钞票掉到了床上。

"很好，"佩姬说，"足够支付葬礼费用了，你觉得呢？"

"应该够了。"安德鲁数着钞票说。

"嗯，那确实不错。可怜的老……"

"约瑟芬。"

"约瑟芬。天哪，我真差劲。这真是个可爱的名字啊。听上去就像是那种经常会带一大堆食物去参加收获节的女人。"

"或许她是这么做的。她在日记里有提到教会吗？"

"只在她唱《赞美诗》的时候有。"

约瑟芬·默里在一本旧的史密斯笔记本里写了许多日记，她就是拿我腿上的切菜板当作临时桌子用的，跟我想象中的塞缪尔·佩皮斯差不多。

日记大多写的都是再平常不过的事——对电视节目简短刻薄的

评论或是对邻居的评价。她经常二者合一："看了四十五分钟的芬达斯脆煎饼广告，中间穿插着关于渡槽的纪录片。左边邻居的吵闹声让我几乎听不见电视声。我真希望他们知道家丑不可外扬的古话后闭嘴。"

不过，她偶尔也会写些发人深省的东西：

"今晚有点心慌意乱。给外面的鸟儿喂了点食后，有点头晕。本来想给那个庸医打电话，但我不想麻烦任何人。我知道，这很傻，但我觉得自己身体可能没事还占用他人的时间，就会非常过意不去。右边的邻居在烧烤。味道很香。有种强烈的冲动——鬼知道是多久以来的第一次——想要开瓶酒，再吃点干干脆脆的东西，微醺的状态。看了一眼冰箱，什么也没有。最后，我觉得头晕再加上微醺可能不会很好。对了，之前那个不是心慌意乱，我在努力睡着前突然意识到今天是我的生日。这就是我写这篇日记的原因，希望它能帮我在明年记起来。当然，如果明年我还没死的话。"

佩姬把日记放进包里："到了办公室我再好好看一遍。"

"好。"安德鲁说，他看了看表，"三明治？"

"三明治。"佩姬同意道。

他们停在了办公室附近的一家咖啡厅。"这家怎么样？"安德鲁说，"我上千次路过这里，但从来没进去过。"

天气挺暖和，坐在外面也不冷。他们吃着三明治，看着一队穿着反光围嘴的小学生在一位年轻老师的带领下走了过来，那个老师勉强能够应付过来，还不停地跟黛西说，卢卡斯不喜欢被这样捏。

"再过个十年吧，"佩姬说，"我敢打赌，卢卡斯肯定很期待被那样捏。"

"那是你以前的调情技巧吗？"

"差不多吧，捏一捏，喝点伏特加，总归没错的。"

"经典。"

一个穿着铁青色西装的男人从他们身边大踏步走过，对着电话吼着一些听不懂的商业术语，活像个通过艾伦·休格[1]的自传自学英语的炫耀狂。他大步冲到街上，与一个飞驰的自行车邮差擦身而过，后者骂了声"蠢货"。

安德鲁觉得腿上有什么东西在震动。

"我想是你的手机在震动。"他说，把佩姬的包递了过去。

她掏出手机，盯着屏幕看了一会儿，随后将手机丢进了包里，任凭它震动。

"我猜又是史蒂夫吧。"安德鲁说。

"嗯嗯。至少他现在每天只打两个电话了。我想他很快就会明白的。"

"姑娘们反应如何？"

"噢，就那样，跟你预期的差不多。我们还有很长的一段路要走。但这肯定是最好的决定。对了，苏茜前几天还问起你来了。"

"真的吗？她说什么了？"安德鲁说。

"她问我还能不能见到'那个有趣的叫安德鲁的男人'。"

"啊，我在好奇她想的是哪个安德鲁呀？"安德鲁说，装作很

1　英国商业巨头，媒体公众人物，政治家。

失望，但从佩姬脸上的笑容来看，他应该没能成功掩饰自己超级自豪的现实。

佩姬又在包里翻来翻去，拿出了约瑟芬的日记本，快速地浏览着。

"她看上去真是个可爱的老姑娘，这个。"

"她确实是，"安德鲁说，"有没有提到过家庭？"

"我还没找到。写了很多邻居的事，但没有指名道姓，所以我不确定他们关系好不好。我认为，其中一家人由于经常吵架，所以她可能不是很想跟他们交谈。然而，另外一家，那家烧烤的——如果回去我没有新发现，估计要找他们聊聊。我就是有点好奇，她最后到底有没有去喝个酒或是什么的。"

安德鲁用手挡住阳光，这样便可以直视佩姬了。

"我知道，我知道，"她说着，自卫似的举起双手，"说实话，我不会花太多时间的。只是……这又是一个孤独终老的人，对，尽管她真的是一个很友好的、很正常的人。而且我敢打赌，如果我们真的能找到什么近亲，肯定又是另一个经典的案例——'噢，天哪，真是可惜，我们已经很久没说话了，我们不知怎么失去了联系。'如果发生这种事情，就真的太丢人了。我的意思是，我们对这些人说'抱歉，真是倒霉，我们根本不想花工夫试着帮你们这些孤独的可怜鬼'，甚至不给他们一个可以和其他人随意聊天或喝杯茶的机会，我们心里真的就过意得去吗？"

安德鲁想，如果自己到了那时候，有人主动提供陪伴，他会怎么做。可惜帮不上忙，他只能想象得出，出现在他门口的就是"耶和华见证人"组织[1]。但那证明，因为，说实话，他肯定会断然拒绝那样的帮助。他把这个跟佩姬说了。

"可事实也不必如此，"她说，"其实，我想跟你聊聊这个。我是说，虽然我还没完全规划好，但……"

她在包里翻来翻去，掏出几个空的水瓶、一个之前的苹果核、半包珀西小猪的糖果袋和一堆收据。在她如同一个愤怒的魔术师一边骂一边往外掏东西时，安德鲁目瞪口呆地在一旁看着。最终，她找到了想要找的东西。

"这就是一个简略的大纲，"她说，抚平了一张纸，"真的很简略，但概括了帮助他人这个行动。主旨就是人们可以在志愿者的电话或是拜访中申请并且选择。而且，不管你是一个小老太太还是一个三十几岁的成功人士，都可以申请。就是给了你一个可以拥有联系人的选择。"

安德鲁仔细看着那张纸。他注意到佩姬正焦急地注视着自己。

"怎么样？"她说，"疯狂吗？"

"没有，一点儿也不。我喜欢这个创意。我只是在想，你怎么没早点告诉我。"

佩姬眯起了眼睛。

"怎么了？"安德鲁说。

"噢，没什么，"佩姬说，"我只是想起上周在塞恩斯伯里超市，我差点想给你这张蠢脸来上一拳的事。"

1　耶和华见证会，基督教新教边缘教派之一。

"好吧。"安德鲁说，准备就此打住，不再深究。

"我还想给你看样东西。"佩姬说着，又在自己的塔迪斯包里摸了起来，拿出了手机，"显然，现在为可怜的老约瑟芬找个伴儿已经太迟了，祝福她，但你觉得这个怎么样？"她把手机递给安德鲁，后者在接过手机前，用纸巾擦了擦手指。是佩姬在脸书上起草的一篇推文。

"你知道吗？"安德鲁一看完就说道。

"什么？"

"你真是太有才了。"

安德鲁认为佩姬不会不好意思的，但她的脸颊还是微微泛红了。

"我可以发吗？"她说。

"一定要发。"安德鲁说。他将手机还给她，看着她把推文发了出去，就在这时，他的手机响了起来。

"嗯……不，我懂，谢谢，但我已经说了，恐怕那超出了我的预算。好，谢谢，再见。"

"'恐怕那超出了我的预算'，"佩姬说，"你要买游艇还是什么吗？"

"显然，那得等到下一步再计划了。现在，我正在准备搬家。"

"哇哦，真的吗？"

"我觉得这样最好。是时候改变了。"

"所以，你现在正在享受跟所有可爱的租赁中介交谈的乐趣。"

"对啊。我从来没在这么短的时间里碰到这么多跟我说瞎话的人。"

"朋友，你要学的还有很多啊。"

安德鲁揉了揉眼，打了个哈欠："我就想住在一座山上改造的火车站里，可以看到海，有无线网络，还可以很方便地到伦敦市区，这样要求太过分了吗？"

"再好好谈谈。"佩姬说着，轻轻地拍了拍他的头。

他们马上就到办公室了——尽管他们差点就作了决定，准备一下午都待在酒吧玩拼字游戏。

安德鲁又一次好不容易鼓起了勇气，准备问佩姬在鲁珀特厨房里是否不小心听到了自己的话，这是过去的几天里感觉最合适不过的时机了。

"那个，那天晚上……"

但还没等他说完，佩姬就突然抓住了他的胳膊。"看。"她嘟囔道。

卡梅伦比他们早一步抵达办公室，正在轻快地跳着上楼梯。他停下来找自己的大楼通行证，直到安德鲁和佩姬赶上来后才找到。

"嗨，卡梅伦，"佩姬说，"我们都以为你下周才回来呢。"

卡梅伦一边说一边忙着弄手机。

"不得不早点回来，"他说，"课程最后一天被取消了，好像是因为沙门氏菌。我是唯一一个幸免的人。"他说道。

他们三个默默地沿着走廊进去。等到办公室时，卡梅伦扶着门让佩姬进去，接着转向安德鲁说："你有空的时候，能到我办公室简单聊聊吗？"

"当然可以了，"安德鲁说，"我能问问是什——"

"那一会儿见了。"卡梅伦说，在安德鲁再开口之前走开了。他不知道要发生什么，但他能推断出来，肯定不是被授予骑士头衔这等好事。

放在几周前，他肯定会惊慌失措。但现在完全不同了。他做好了准备。他把自己的东西往桌子边一放，便朝卡梅伦的办公室走去。

"安德鲁！"佩姬从房间另一端低声喊道，关切地睁大了眼睛。

他朝她笑了笑。

"别担心，"他说，"一切都会没事的。"

38

第三十八章

新的一天，新的葬礼。

今天是约瑟芬·默里跟世界道别的日子，安德鲁是唯一参加告别仪式的人。他在吱吱作响的长凳上挪了挪身子，跟牧师对视笑了笑。早些时候，跟牧师问候时，安德鲁费了一会儿工夫才认出来，他原来就是自己参加过他主持的第一场葬礼的那个头发蓬松的年轻人。虽然只过去了大半年，但他看上去明显老成了许多。不仅仅是因为更加整洁的发型——他梳了个保守的分头——更是因为他的言谈举止自信了许多。安德鲁有种奇怪的感觉，就像是老父亲看到儿子成熟了的那种欣慰。他们之前在电话里简单聊了聊，而在跟佩姬商量后，安德鲁决定把约瑟芬日记的部分内容告诉牧师，这样他可以丰富悼词的内容，显得更加人性化。

安德鲁转头向教堂后侧望去。佩姬，在哪里啊？

牧师走上前来。"我最多再等一两分钟，那时候恐怕就真的得开始了。"他说。

"当然，我理解。"安德鲁说。

"还会来多少人啊？"

这就是问题所在。安德鲁压根儿不知道。全看佩姬进行得如何了。

"别太担心了，"他说，"我就是不想耽搁而已。"

就在这时，教堂门被推开了，佩姬出现了。起初她看上去有点慌张，但看到仪式还没开始，脸上的表情瞬间就放松了。她扶着门，让后面的人进来——那么说至少来了一个人——然后就从走廊走了过来。安德鲁看到一个人，两个人，接着三个人跟在她后面走了进来。又过了一小会儿，让安德鲁大为吃惊的是，一大堆人鱼贯而入，数到三十之后他就数不清了。

佩姬走到他身边。"很抱歉，我们迟到了，"她低声说，"我们在脸书上收到了不错的反馈，但最后一刻又在街对面的鲍勃咖啡店征集了一些人。"她朝一个穿着蓝白格子围裙的男人点了点头，"包括鲍勃本人！"

等所有人落座后，牧师走上了诵经台。等到进行完最初的流程，他决定——在安德鲁看来应该是即兴的——离开诵经台，上面还有他的草稿，这样他就能跟大家走得更近。

"碰巧，我跟约瑟芬有点共同之处，"他说，"我的奶奶也叫这个名字——她一直都是我的乔奶奶——而且她们都有写日记的习惯。现在，在奶奶过世之后，我们才有机会看到她的日记，当然了，对于我们，是很有趣的东西。我们最终看到日记时才发现，她经常是在两杯浓烈的杜松子酒下肚后，才会落笔写日记，所以有些地方很难读懂。"此时，众人发出一阵温暖的笑声，安德鲁感到佩姬握住了自己的手。

"从料理约瑟芬后事的善良的人们那里，我看到了一些她的日记，从她的日记可以看出，她睿智、聪慧、充满活力。尽管她不时会发表言辞激烈的看法，特别是针对电视节目策划人或天气预报员，但我们不难发现她性格中温暖以及坚强的特质。"

佩姬捏了捏安德鲁的手，他也紧紧地回握着。

"约瑟芬在去世时可能没有家人或是朋友陪伴左右，"牧师继续说，"而且今天可能会是个很孤单的场合。所以你们这么多人放弃了自己的宝贵时间来到这里，是多么美妙的事情啊。在出生时，没人知道我们的生命会以怎样的方式结束，我们的人生旅程会是什么样子，但可以确认的是，如果我们知道，在人世间的最后时刻会有像你们这样善良的人陪伴左右，那么我们肯定会非常欣慰。所以，感谢大家。现在可以麻烦大家站起来，跟我一起默哀片刻吗？"

仪式结束后，牧师守在教堂门口，跟前来的每个人致谢。安德鲁甚至无意中听到他跟鲍勃说他之后肯定会来"喝一杯"，但说松饼就不吃了。"它们可大啦！"鲍勃反对说，"说实话，方圆几英里你肯定买不到更大的了。"

"我觉得他今天能多二十个新顾客，"佩姬说，"他真行啊，这个无耻的家伙。"

他们慢慢走向一个长椅，安德鲁拂去了一些落叶后，他们坐了下来。

"那个，你真的要告诉我跟卡梅伦谈得怎么样了吗？"佩姬说。

安德鲁靠在椅背上，抬头看着天空，看到远处一架飞机留下了淡淡的白汽痕迹。可以像这样伸展一下脖子，感觉很好。他应该经常这么做。

"安德鲁？"

要说什么呢？

谈话漫无边际，没有结果。卡梅伦煞费苦心地表示他有多么支持安德鲁，如果换作是他，他会将晚餐派对的爆料既往不咎。但那之后，他便开始了长篇大论，通篇全是"有义务"和"遵循协议"等词句。

"你明白我必须说些什么吧？"他总结道，"因为，不管你是出于何种理由做了……那些事，这一切还是令人相当不安的。"

"我知道，"安德鲁说，"相信我，我理解。"

"我是说，天哪，安德鲁，如果换作你是我，你会怎么做？"

安德鲁站起来："听着，卡梅伦，我觉得你应该按照直觉行事，如果直觉告诉你要将我的事情汇报给上级领导，或是再碰到裁员的决定，这是一个直截了当的解决方案，那么我理解你的决定。我不会怀恨在心的。"

"但是——"

"说实话。对于我来说，把一切公之于众，能够重新开始生活，远比保住这份工作重要得多。如果这能帮你解决一个棘手的难题，那么我打心里愿意帮这个忙。"

天哪，能够这样自由地说话真是种解脱，打开了通往无限新可能的大门。他想起了佩姬的计划。他们聊得越多，他就越觉得精力充沛。

"还有，"他对卡梅伦说，"我终于知道这辈子要做点什么了。"

佩姬拉起他的手，把他带回了现实："没关系，我们现在不必谈论这个。"

安德鲁摇了摇头："不，我们可以。所以说，看上去我应该会被解雇了。"

"噢，我的天哪。"佩姬说着，双手捂着嘴，眼睛瞪得圆圆的。

"但是，"安德鲁说，"卡梅伦承诺会帮我在另外的部门找找职位。"

"你认为，你会去吗？"

"会。"安德鲁说。

"噢，那样……很好。"佩姬说，语气中透露着一丝失望。

"可能只是暂时的。"安德鲁说。

"真的吗？"佩姬飞快地说，盯着安德鲁的眼睛。他点了点头。

"我做了一些研究，关于慈善基金。萨莉给我的钱我还没用，而且我找不到更好的使用方式了，我知道如果她得知钱是这样花的，肯定会非常开心。"

佩姬看着他，既困惑又激动，安德鲁忍不住笑了起来。

"我指的是你的那个计划，以防你不知道我在说什么，"他说，"而且我在想，或许你可以，你懂的，来帮帮我。看看我们能不能把事情做好。"

"这个……安德鲁，我不是特别……"

"我并不是说这肯定能成功，"安德鲁说，"我们可能第一步就失利了。但我们可以全力以赴。"

佩姬朝他使劲点了点头。"我们可以的，我们肯定可以，"她说，"我们晚饭再细谈吧——如果提议还有效的话，行吗？"

"当然有效了。"安德鲁说。那天早上，他找到了新公寓——从下载的四个令人困惑的应用之一碰巧搜到的——尽管这意味着他不得不下周就搬家，而且需要他马上就下决定。对于搬家，他有点悲伤，不过至少当晚佩姬过去，他能够体面地跟老地方正式告别了。

"一个小问题，"他说，"你喜欢吐司上放豆子吧，对吗？"

"显然是我的最爱啊，"佩姬说，微微眯着眼睛看着他，不确定他是不是在开玩笑，"虽然我不知道你怎么样，但我此刻能消灭一大块松饼！"

"为什么不呢？"安德鲁说。

他们彼此凝视了一会儿。安德鲁想到那天她和女孩们在国王十字车站的站台上朝他冲过去，他的心再次为未来新的可能性而震颤。他不准备再问佩姬那天在鲁珀特厨房是否听到自己谈及对她的感情的话题了。最重要的是，现在她就在自己身边，并且对他的人生了若指掌。对他，这就足够了。

致 谢

感谢我出色的经纪人劳拉·威廉姆斯。语言无法表达对你为我所做的所有事情的感激之情。

感谢猎户星出版公司的克莱尔·海和普特南出版公司的塔拉·辛格·卡尔森。能与两位如此杰出的编辑和出版商共事，我感到非常荣幸。谢谢你们做的一切。

感谢猎户星出版公司的每一个人，特别是哈里特·布顿、维吉尼亚·伍斯滕克罗夫特、姬蒂·莫斯、奥利瓦·巴伯、姬蒂·埃斯皮纳、莎拉·本顿、詹·威尔逊、林赛·萨瑟兰、安娜·鲍恩、汤姆·诺布尔和弗兰帕·塔克。以及感谢普特南出版公司的所有同仁，特别感谢海伦·理查德、亚历克西斯·韦尔比和桑德拉·邱。

感谢最棒的亚历山德拉·克利夫——我永远都不会忘记那通打了很长时间的电话。同时，感谢才华横溢的玛丽娅·萨维德斯、丽贝卡·威尔茅斯、劳拉·奥塔尔、乔纳森·西森以及PFD的其他所有人。

感谢凯特·里索以及格林内与希顿经纪公司的所有工作人员。

特别感谢本·威利斯在早期阅读文本，并且以坎伯韦尔·韦瑟的方式向我提出了宝贵的建议，感谢他从一开始就陪伴在我身边。同时，还要感谢霍莉·哈里斯（正式致谢）。谢谢你所做的一切，尤其是当我在瓦哈卡发觉书即将出版时，你阻止了我要发疯的倾向。有你们两个朋友真的是我至高的荣幸。

感谢艾米丽·"矮个儿"格里芬和露西·道曼。你们绝对是最棒的!

感谢莎拉·埃姆斯利和乔纳森·泰勒，我不敢期许能碰到比你们更善良、更睿智、更温厚的人来做我的良师益友了。

感谢在Headline中与我愉快合作的其他同事，他们在消息一出来就发来的祝贺信息给我带来了无限的快乐。

特别感谢伊莫金·泰勒、谢丽丝·霍布斯、奥里奥尔·毕肖普以及弗朗西斯·道尔。

感谢以下给予我鼓励、支持、忠告和友情的朋友：伊丽莎白·马斯特斯、博·麦钱特、艾米丽·基钦、索菲·威尔逊、埃拉·鲍曼、弗兰基·格雷、克丽丝·海琳、曼迪·普莱斯、理查德·格林、夏洛特·门德尔松、吉尔·霍恩比以及罗伯特·哈里斯。

感谢姬蒂和利比这对支持我的好姐妹。爱你们。

最后，我要感谢我的妈妈艾莉森和我的爸爸杰瑞米，谨以此书献给你们——你们是我整本书的灵感来源。

全书完

马上扫二维码，关注"**熊猫君**"

和千万读者一起成长吧！

图书在版编目（CIP）数据

安德鲁不想孤独终老 / （英）理查德·罗珀著；王
颖译 . —— 上海：上海文艺出版社，2020.4
（读客外国小说文库）
ISBN 978-7-5321-7537-6

Ⅰ . ①安… Ⅱ . ①理… ②王… Ⅲ . ①长篇小说 – 英
国 – 现代 Ⅳ . ① I561.45

中国版本图书馆 CIP 数据核字（2020）第 030786 号

责任编辑：秦　静
特邀编辑：任俊芳　　姚红成
文字编辑：王　品
封面设计：陈艳丽
封面插画：Julia Breckenreid

安德鲁不想孤独终老
（英）理查德·罗珀　著
王　颖　译

上海文艺出版社 出版、发行
地址：上海绍兴路7号
电子信箱：cslcm@publicl.sta.net.cn
网址：www.slcm.com
新华书店 经销　北京中科印刷有限公司印刷
开本 890毫米×1270毫米　1/32　11.25印张　字数 225千字
2020年4月第1版　2020年4月第1次印刷
ISBN 978-7-5321-7537-6/I.5999
定价：49.90元